LOS JARDINES
PERDIDOS

LOS JARDINES PERDIDOS

Inez Corbi

Traducción de Claudia Toda

Papel certificado por el Forest Stewardship Council*

Título original: *Die Gärten von Heligan*

Primera edición: febrero de 2022

Printed in Spain – Impreso en España

ISBN: 978-84-666-7067-8
Depósito legal: B-18.895-2021

Compuesto en Comptex&Ass., S. L.
Impreso en Rodesa
Villatuerta (Navarra)

BS 7 0 6 7 8

El jardín dormía. Lo que una vez se plantó con mano experta fue devorado por la insaciable maleza. Fue absorbido en el eterno ciclo de ser y perecer. Cayó en el olvido. Durante setenta años durmió el jardín, aguardando el momento de que alguien lo despertara.

1

Lexi

Saint Austell, Cornualles, finales de febrero

Lo primero que le llamó la atención aquel domingo al bajarse del tren fue el olor. A pescado y a sal, nada que ver con Londres. Lo segundo fueron las palmeras. Sabía que, debido a la cálida corriente del Golfo, en aquel rincón del sur de Inglaterra crecían palmeras. Pero una cosa era saberlo y otra verlas de verdad.

Sin embargo, ese día el tiempo no estaba en consonancia con ellas. Un fuerte viento agitaba las palmas, al tiempo que azotaba la cara de Lexi con finas gotitas de lluvia y le sacaba el pelo de la capucha; dos gaviotas chillaban en el cielo, volando en círculos. La chica se peleaba con su equipaje, maldiciendo la gran maleta que tenía una rueda atascada. Además, la pesada bolsa de viaje amenazaba con resbalársele del hombro. Decidió detenerse un momento y mirar alrededor.

A la fachada de madera de la estación se le descascarillaba la pintura blanca. En el andén había unos cuantos macetones rojos y cuadrados con más palmeras.

Era la única viajera que se había apeado allí. Por un momento la asaltaron las dudas. ¿De verdad era buena idea quedarse en aquel lugar? Echó un rápido vistazo al andén y luego miró tras de sí, como solía hacer en los últimos tiempos. No, allí no había nadie más. O sí: un hombre con gorra que avanzaba hacia ella con parsimonia. Lexi caminó en su dirección.

—¿Señor Woods? —preguntó cuando se encontraron.

El hombre (mayor, de rostro agradable y con una gorra de cuadros) asintió:

—Ese soy yo. ¿Y usted es la señorita...?

«Andrews», casi se le escapó como un reflejo. «Emilia Andrews».

Pero carraspeó y repuso:

—Davies. Pero puede llamarme Lexi.

—Muy bien. Yo soy Edwin. Edwin Woods.

—Espero que no lleve mucho rato esperando, señor Woods.

—Prefiero Edwin. —Al sonreír, su ancho rostro se cubrió de múltiples arruguitas. Señaló el reloj de la estación, que marcaba poco más de las dos de la tarde, y dijo algo con un acento de Cornualles tan marcado que ella no logró entenderlo.

—¿Cómo dice?

—Que ha llegado casi puntual —repitió, y echó mano a la maleta—. Deme eso. Tengo el coche ahí enfrente.

El vehículo del señor Woods (mejor dicho, de Edwin) era un viejo Ford verde oscuro con el costado izquierdo lleno de arañazos. O el hombre era un mal conductor, o tenía que apartarse a menudo hacia las zarzas. Y eso tampoco resultaba muy tranquilizador.

Al sentarse a su lado se le hizo un nudo en la garganta. Se hallaba sola con un desconocido. Sintió el impulso de bajarse, pero se sobrepuso. Su problema no eran los desconocidos. Y Edwin Woods no parecía más peligroso que un osito de peluche.

A pesar de todo abrazó el bolso y, disimuladamente, lo palpó por fuera buscando el bote de aerosol. Comprobar que llevaba el espray de pimienta la tranquilizó.

Edwin encendió el contacto. El motor emitió un rugido malhumorado y después arrancó vacilante.

—Ha sido muy amable al venir a recogerme —consiguió decir Lexi.

—No es nada, no estamos lejos. Y nadie debería andar por la calle con este tiempo.

—¿Lleva muchos días lloviendo? —En realidad no tenía ganas de conversación, pero hablar la distraía del miedo.

—Pues sí, febrero ha estado bien pasado por agua —contestó él, aceptando la charla de buen grado—. Pero marzo ya asoma, y seguro que el tiempo mejorará.

La lluvia seguía cayendo y el cielo mate presentaba un color gris sucio. Atravesaron Saint Allen, giraron a la derecha en una gasolinera y enfilaron una carretera casi totalmente recta. Al poco de abandonar la localidad el paisaje se volvió más verde y más campestre.

La calefacción cumplía su cometido mientras los limpiaparabrisas se afanaban entre chirridos para apartar la lluvia, que caía cada vez más fuerte. El vehículo se caldeó deprisa y Lexi sintió que su tensión disminuía un poco. Pero solo un poco. No debía bajar la guardia.

Los arbustos que flanqueaban la carretera primero se hicieron más altos y luego desaparecieron, dejando a la vista un paisaje de onduladas praderas donde pastaban ovejas de cabeza negra, nada molestas por la lluvia. Lexi distinguió yemas nuevas en muchos árboles, y en un jardín florecía ya un magnolio.

Al cabo de un rato, Edwin giró a la derecha para tomar una carreterita, poco más que un camino rural, y entonces Lexi comprendió de dónde provenían los arañazos del coche. La carreterita se estrechaba y los arbustos de ambos lados eran cada vez más altos. El hombre redujo la velocidad antes de tomar una curva sin visibilidad. Acababan de dejarla atrás cuando, de pronto, apareció otro vehículo de frente. Un tractor casi tan ancho como el propio camino. A Lexi se le cortó la respiración, pero Edwin frenó con mucha calma, metió la marcha atrás, regresó a la curva y, una vez allí, se arrimó a un diminuto arcén. Al hacerlo rozó las espinosas zarzas, que arañaron la pintura con un chirrido. Cuando el tractor pasó a su lado, el conductor hizo un gesto con la cabeza y Edwin lo saludó con la mano. Después retomaron la marcha.

Aquello era Inglaterra, pero parecía otro planeta.

Woods Lodge era más bonita en la realidad que en las fotos de internet: una solitaria casa de campo de estilo regencia al final de un camino rural, rodeada de un gran terreno con altos árboles. Por la fachada de piedra gris de aquel edificio como de cuento de hadas trepaba una glicinia, y la bonita puerta lucía una ventanita con cuarterones y cristales azules.

Había dejado de llover. Lexi se bajó del coche y al instante se quedó paralizada, al ver un perro mestizo con manchas que salía disparado hacia ella moviendo el rabo. En la página web no ponía nada de perros.

—Este es Watson —dijo Edwin a modo de presentación—. No hace nada.

Ella se esforzó por sonreír e intentó apartar al animal disimuladamente.

—¿Y eso lo sabe él?

No tenía mucha gracia, pero el rostro del hombre se cubrió de alegres arruguitas.

—Es muy manso y encantador con los huéspedes. Hasta hace poco teníamos otro, Holmes, pero murió. Watson, ¡quieto! —El perro se tumbó, golpeando la grava con la cola—. Ya lo ve: bueno como un corderito.

—Si usted lo dice... —Lexi se disponía a sacar su equipaje cuando resonó un chillido que la sobresaltó.

—Y ese es Chester —explicó tranquilamente el hombre—. Con él sí debe andarse con ojo, no le gusta que nadie se acerque demasiado a sus damas.

—¿Sus damas?

—Las gallinas. Chester es el gallo y defiende el harén con todas sus fuerzas.

—¡Bienvenida! —exclamó alguien en ese momento. Lexi se dio la vuelta.

Una mujer mayor con el pelo corto y un peinado muy moderno salió del invernadero blanco que había adosado a la casa.

—Soy la señora Woods, pero puedes llamarme Millicent, así me conoce todo el mundo. —Se limpió las manos en el delantal de flores e hizo un gesto afirmativo con la cabeza—. ¿El viaje ha ido bien?

—Sí, gracias. Su marido ha tenido la amabilidad de recogerme en la estación.

—Lo hace con mucho gusto, ¿verdad, Edwin?

Este asintió con un gruñido amable.

—Pero entra, querida —le propuso Millicent—. Te enseñaré tu habitación y después nos tomaremos un buen *cream tea*, con su té y sus panecillos.

—Me encantaría.

Lexi siguió a la mujer por la empinada escalera alfombrada de moqueta marrón. En el dormitorio reinaba la magnificencia del estilo regencia, el sueño de cualquier turista de visita en Cornualles. Había un baño privado, una chimenea y cortinas floreadas a juego con la ropa de cama. Como si el tiempo se hubiera detenido. El decorado de una película sobre Jane Austin no sería muy distinto. La habitación resultaba más cara de lo que se podía permitir, pero para los primeros días era lo que necesitaba. Había elegido aquel alojamiento por dos razones: porque se encontraba cerca de Saint Austell y de la estación, y porque le permitía ir en autobús a su nuevo trabajo.

En cuanto se quedó sola dejó la maleta junto a la alta cama y se dispuso a abrir la histórica ventana de guillotina. La hoja solo subió con bastante esfuerzo y soltó un chirrido.

Junto a la ventana se alzaba un enorme árbol aún sin hojas, aunque en las ramas ya se veían las primeras yemas. Observó el jardín de la casa. La extensa superficie de césped, rodeada por un murete bajo de piedra, estaba cuajada de grupitos de campanillas de las nieves. Algo alejado de la casa crecía un magnolio que ya mostraba algunas de sus delicadas flores blancas y rosadas.

Se estaba bien, realmente bien. Aunque llovía de nuevo, el suave murmullo de la lluvia y el aire fresco le sentaron de maravilla.

Inspiró profundamente. Ya estaba allí. Por fin.

¿Habría borrado bien sus huellas? Había contado a todo el mundo que se mudaba a las Maldivas para echar una mano en la escuela de buceo de sus padres. El sol, el mar, playas de ensueño... sus compañeros de trabajo se morían de envidia.

Pero nada era verdad.

Bajó la ventana haciendo un nuevo esfuerzo y permaneció un rato contemplando la lluvia y el jardín.

«Te encontraré», la había amenazado él. «No importa adónde vayas, daré contigo».

Entonces sintió una opresión terrible que se le expandía por el pecho, cada vez más intensa. Se inclinó y apoyó las manos en la repisa de la ventana. Al girarse le pareció que las paredes se le venían encima y los colores palidecieron ante sus ojos. Se le cerró la garganta, como si una mano invisible la estuviera asfixiando. Le temblaban las manos y le zumbaban los oídos.

Al momento sintió náuseas. Logró llegar al baño a tiempo y vomitó en el váter. Después apoyó la espalda en la pared empapelada y se dejó caer hasta quedar sentada sobre las frías baldosas. Inspiró profundamente, todo lo hondo que pudo, una y otra vez, cada vez más deprisa. Tenía el corazón disparado y seguía sintiendo náuseas. Seguro que iba a morirse. Sola, en un cuarto de baño encantadoramente pasado de moda.

Pero no se moría. Poco a poco su agitada respiración se calmaba y el miedo atroz remitía.

Él no estaba allí.

¡No estaba allí!

Se encontraba a salvo. Allí no daría con ella.

Notaba el frío y la firmeza del suelo. Aquel suelo la sostendría.

Cuando los latidos del corazón dejaron de retumbarle en

los oídos tragó saliva y se pasó las manos por el pelo. Se levantó, aún temblorosa. Abrió el grifo del agua fría, se refrescó la cara y después la hundió en la suavidad de la toalla color lila. Malditos ataques de pánico.

Cuando se miró en el espejo apenas se reconoció. Una desconocida la observaba. El moderno tono gris plateado con que había teñido su melena castaña parecía haberle cambiado toda la expresión. Solo los ojos eran los mismos: unos ojos marrones y asustados con la máscara de pestañas corrida.

Se estaba retocando el maquillaje cuando sufrió un gran sobresalto. Gritaban su nombre desde abajo. ¡Qué asustadiza se había vuelto!

Respiró profundamente. Quizá una taza de té era justo lo que necesitaba.

—¡Así no! —exclamó Millicent con un velado tono de crítica—. Querida, tienes que hacerlo como en Cornualles.

Confusa, Lexi detuvo en el aire la mano que sujetaba el cuenco de *clotted cream*, la espesa nata para untar.

—Primero la mermelada y después la nata —la instruyó la mujer—. Al revés es como lo hacen en Devon. Y esto es Cornualles, querida.

Suspirando para sus adentros, Lexi dejó el cuenco, tomó la mermelada de fresa y untó el *scone*, un panecillo dulce. Luego le puso por encima una fina capa de nata.

Se encontraba en la amplia mesa de la cocina con el matrimonio. Una voluminosa estufa de hierro de color vainilla desprendía un calor muy agradable.

—Ponte un poco más —la animó Millicent—. Hay de sobra. Tú puedes permitírtelo, de hecho, estás demasiado delgada.

La chica torció el gesto. No soportaba que la mangonearan. Pero la mujer tenía razón: en las últimas semanas había perdido algún kilo, muy a su pesar.

Añadió un poco más de nata sobre la mermelada y después mordió el panecillo.

Lo encontró delicioso. Caliente, dulce, jugoso y cremoso, todo a la vez. Solo tras el primer mordisco se dio cuenta del hambre que sentía. No era de extrañar porque, aparte de unos frutos secos en el tren, no había tomado nada desde la tostada con mermelada de naranja del apresurado desayuno. El sándwich de queso que había comprado en Londres, en la estación de Paddington, seguía intacto en la bolsa de viaje.

—Dime, querida... —siguió dándole conversación Millicent mientras se servía otra taza de té—, ¿no te parece que este es un lugar encantador?

—Desde luego. Aquí ya es primavera. No como en... —se interrumpió un momento—. No como en Londres.

—La primavera llega a Cornualles antes que al resto del país —le explicó con expresión seria, pasándole el plato de los *scones*—. Toma otro, querida. ¿Sabías que tenemos el privilegio de anunciar el comienzo de la primavera en Inglaterra?

—Ah, ¿sí? —No sabía si le estaba tomando el pelo. Aceptó otro panecillo.

La mujer asintió:

—Desde hace algunos años contamos con un método muy fiable, basado en el número de flores de magnolio que se abren en nuestros seis grandes jardines. Los jardineros jefes van tomando nota de cuántas flores hay en unos árboles previamente designados. Cuando cada uno de los seis magnolios tiene cincuenta flores abiertas, se declara el comienzo de la primavera. Y eso sucedió precisamente ayer. —Señaló por la ventana de la cocina—. Mira, el nuestro está ya cuajado de flores.

—Sí, lo he estado admirando desde mi habitación.

—Y, dime, ¿has venido de vacaciones? Es un momento poco habitual, por así decirlo. Pero, claro, en contrapartida ahora no hay tanta gente. Si quieres, puedo ayudarte a planear algunas excursiones. Por ejemplo, al puerto viejo de Charlestown, o al complejo medioambiental Eden Project, o a las minas de estaño, o a Caerhays Castle. Y, por supuesto, a los Jardines Perdidos de Heligan. Esa tiene que ser tu primera visita en este rincón de Cornualles. Te aseguro que jamás has visto unos jardines como estos. Espera, tengo un folleto por algún sitio... Edwin, ¿dónde están los folletos de Heligan? —preguntó mientras se levantaba.

—Es muy amable —dijo Lexi interrumpiendo toda aquella verborrea—, pero no estoy aquí por turismo.

La mujer se quedó inmóvil.

—Ah, ¿no?

—No. Voy a empezar un nuevo trabajo. Precisamente en esos jardines.

Millicent exhibió una gran sonrisa.

—¿Vas a trabajar en Heligan?

—Sí. De voluntaria. Espero que me guste.

No añadió nada más. No mencionó que había dejado de repente su empleo en Londres ni que había cortado amarras con la capital de un día para otro.

—Pero ¡eso es fantástico! ¿Otro panecillo? —Le tendió de nuevo el plato de *scones* recién horneados—. Has de saber, querida, que yo también fui voluntaria allí. Hace más de veinte años.

Edwin apuró su taza.

—Bueno, pues ahora Millie tiene algo que contar —murmuró echando mano del periódico.

2

Lexi

Woods Lodge, finales de febrero

Su negativa a cenar había entristecido a su anfitriona. Pero Lexi aún sentía en el estómago el copioso té con panecillos y, además, necesitaba con urgencia un poco de tiempo para estar sola.

Estudió con detalle el folleto sobre Heligan. «¿Tú habrías abierto la puerta?», ponía sobre la imagen de una puerta entornada que conducía a un espacio verde.

The Lost Gardens of Heligan, los Jardines Perdidos de Heligan. Qué nombre tan romántico. Despertaba resonancias de *El paraíso perdido* de Milton o de *El jardín secreto* de Burnett, evocaba *La Bella Durmiente* y sugería múltiples secretos. Millicent le había relatado lo esencial de su historia. Fueron creados a finales del siglo XVIII y cayeron en el olvido tras la Primera Guerra Mundial. Se redescubrieron hacía unos treinta años y se les ha ido devolviendo gradualmente su antiguo esplendor.

Lexi recordaba vívidamente el momento, dos semanas atrás, en que oyó esa melodía en la zona peatonal de Londres. Aquel día se sentía desesperada. Le parecía ver a Rob en todas partes. Cualquier hombre con chaqueta de cuero o cabello oscuro la aterrorizaba. También la angustiaban las masas de gente estresada, los niños chillando, las bocinas de los coches. Y entonces, de pronto, percibió una suave melodía de guitarra. Cuando se acercó vio a un músico callejero con una voz muy bonita y su instrumento de cuerda como único acompañamiento, cantando la vieja canción de Joni Mitchell que habla del dorado polvo de estrellas y de regresar al jardín.

El jardín. ¿Sería el destino lo que la hizo fijarse en un cartel que anunciaba los Jardines Perdidos de Heligan, en la costa sur de Cornualles? Fue como una revelación, como un rayo de esperanza en medio de la oscuridad. Un refugio seguro, apartado del ajetreo de la gran ciudad y del peligro al que se encontraba expuesta.

De pequeña estuvo en Heligan una vez, seguramente con ocasión de alguna visita a su abuela y a su tía abuela, que vivían en el pueblo de Liskeard. Apenas recordaba nada. Solo se acordaba vagamente de una cabeza enorme con el pelo de hierba, semihundida en el suelo. Y de la sensación de encontrarse en un mundo realmente mágico.

Cuando aquel día regresó a su casa, en Londres, buscó la página web de los Jardines. Descubrió que ofrecían la posibilidad de trabajar como voluntaria y envió una solicitud por email. A los pocos días la llamó una mujer amabilísima del Departamento de Personal, y tomó la decisión de comenzar como ayudante el 1 de marzo, la fecha más próxima posible.

Era cierto que no le pagarían un sueldo, pero aquel puesto le brindaba una oportunidad muy sencilla y anónima de desaparecer sin necesidad de abandonar el país. Nadie comprobó sus datos, ni le preguntó por su pasado ni le pidió que se identificase o aportase referencias. Podía aguantar unas cuantas semanas sin salario. Además, según le explicó la mujer de personal, a menudo acababan contratando a los voluntarios cuyo trabajo se consideraba satisfactorio.

Y ahora por fin había llegado el momento. Ya estaba allí. Al día siguiente comenzaba su nueva vida.

Un grito penetrante la sacó de su intranquilo sueño. Se incorporó con el corazón desbocado y por un momento no reconoció dónde estaba. El grito resonó de nuevo y, con una mezcla de alivio y risa, comprendió que se trataba de Chester, el gallo. Cantaba saludando al nuevo día.

Por las rendijas de las pesadas cortinas floreadas se colaba una luz tenue. Apartó las sábanas y aguzó el oído. La casa estaba en silencio, solo se oía el suave gorgoteo de la calefacción. Tal como acordó con Millicent, el desayuno se serviría a las ocho, y eran poco más de las seis y media.

Se levantó sin hacer ruido y, por el momento, se limitó a lavarse rápidamente. Después se puso la ropa de deporte, bajó con sigilo las escaleras y salió de la casa.

Ginger, la gata naranja que le habían presentado el día anterior, descansaba en un murete y la miró con estática arrogancia. Watson, el perro mestizo con manchas, se le acercó meneando la cola en cuanto la vio aparecer. La gata también le dedicó una mirada llena de desdén.

—Hola, pillín —lo saludó Lexi. Ya no la asustaba—. ¿Quieres acompañarme?

El perro movió la cola con más fuerza, como si la comprendiera, y salió tras ella cuando emprendió la carrera a ritmo suave. Lexi avanzó por la carreterita, que se hallaba vacía a una hora tan temprana, y después se internó por un camino. A derecha e izquierda se extendía un mosaico de praderas, arbustos y pastos. El sol estaba muy bajo en el horizonte y hacía bastante frío. Unos tenues jirones de niebla flotaban sobre los campos, y una bandada de pájaros volaba en la lejanía. Se detuvo un momento para orientarse. Un poco más adelante distinguió el cartel verde y blanco de una parada. Allí tomaría el autobús a Heligan al cabo de un rato.

—De eso nada —zanjó Millicent media hora después. Lexi, ya duchada y cambiada, se enfrentaba a una montaña de huevos revueltos con tostadas y alubias—. A tu primer día de trabajo te llevará Edwin.

—De verdad que no hace falta —se resistió, apartando discretamente parte de la comida—. La parada está...

—Mira, desde mañana te vas en autobús. Pero hoy hacemos una excepción. No querrás llegar tarde...

Los huevos sabían de maravilla. Sin duda tenía que ver con que sus productoras picoteaban grano en grupito bajo la ventana de la cocina mientras Chester, su dueño y señor, las vigilaba desconfiado.

Lexi terminó por ceder:

—¿De verdad que no le importa, Edwin?

Él asintió despacio y cerró el periódico.

—Claro que no, querida. Eres la única huésped. Y un poco de movimiento a todos nos sienta bien.

El trayecto en coche resultó tan emocionante como el del día en que llegó. Tras la carreterita recorrieron otras dos carreteras estrechas, y Lexi rezaba en cada curva para que no apareciera otro vehículo de frente. Atravesaron extensos campos verdes bañados por el sol de primavera y dejaron atrás árboles bajos y arbustos maltratados por el viento. Más adelante giraron a la derecha en un cruce. A ambos lados había carteles en los que se leía: THE LOST GARDENS OF HELIGAN.

Cuando se despidió de Edwin, Lexi se sentía tan nerviosa como una niña el primer día de colegio. Este la dejó en el aparcamiento, ante la entrada, y le deseó suerte levantando el pulgar.

Ella permaneció un momento observando a los primeros visitantes, que compraban sus entradas. A cierta distancia de las taquillas se iba reuniendo un grupito de unas quince personas. Seguramente esperaban para una visita guiada, porque todos llevaban la misma pegatina en los impermeables.

La habían citado en una puerta lateral junto a las taquillas, donde ya se encontraba una chica pelirroja con el pelo corto. Al parecer, Lexi no era la única que se incorporaba aquel día.

—Hola —saludó la joven—. ¿También empiezas hoy?

Lexi asintió.

—Me llamo Jessica.

—Yo soy Lexi.

Al poco tiempo llegó otro voluntario, Kevin, que llevaba una espesa barba y dilataciones en las orejas.

Lexi miró el reloj. Eran casi las diez y media, la hora a la que la habían citado. Seguramente, a los otros también.

A los pocos minutos se les acercó un joven de piel oscura y largas rastas. Vestía una chaqueta azul con el logo de Heligan bordado.

—¿Sois los voluntarios que empiezan hoy?

Los tres asintieron.

El joven sonrió y le hizo un guiño a Lexi.

—Fantástico. Soy Orlando, vuestro mentor. Si tenéis preguntas o surge cualquier problema podéis acudir a mí. Dentro de un momento comenzaremos la visita guiada de esos señores. —Señaló con la cabeza al grupito reunido cerca de las taquillas—. Venid con nosotros para empezar a conocer los jardines. Después hablaremos de vuestras tareas.

Esperó a que el grupo se completara y dijo:

—Les doy la bienvenida a uno de los lugares más misteriosos de Gran Bretaña: los Jardines Perdidos de Heligan. Se preguntarán a qué viene lo de «perdidos». Pues se debe a que estos jardines pasaron varias décadas sumergidos en un sueño, como la Bella Durmiente, y fueron redescubiertos por pura casualidad. La historia del descubrimiento es casi tan espectacular como la de su creación. Vengan por aquí y se lo explicaré todo.

Primero visitaron la Cabeza del Gigante. Lexi sonrió al reconocer aquella escultura de tierra y plantas, una inmensa cabeza que parecía emerger del suelo. La recordaba perfectamente. El pelo era un denso amasijo de hierbas y flores. Por supuesto, todo el grupo comenzó a sacar fotos.

Orlando esperó pacientemente, y después los llevó a una zona rodeada por un muro semicircular. Se detuvo ante un edificio bajo.

—Esto es el huerto de melones, donde antaño se cultivaban frutas tanto locales como exóticas para la mesa de la casa señorial. Y aquí fue donde se redescubrieron los jardines.

Consciente de que se había se ganado la atención de todo el grupo, prosiguió:

—Imagínense que heredan una gran extensión de tierra. Totalmente cubierta de maleza, casi impenetrable. Su deseo es venderla, pues no saben qué hacer con semejante zarzal. Un día, mientras caminan con un posible comprador hundidos hasta las rodillas en zarzamoras y hiedra, de pronto su perrito desaparece. Cada vez más alarmados, lo buscan por la espesura gritando su nombre, muertos de preocupación. —Hizo una breve pausa dramática—. Y de pronto oyen sus ladridos, que provienen de debajo de ustedes. Siguiendo el sonido, apartan zarzas y ladrillos, se abren paso entre el ramaje con un machete. Y entonces, bajo una pared que se desmorona, encuentran una pequeña estancia en la esquina de lo que parece un jardín amurallado. Como más tarde se descubrirá, se trata de las letrinas. ¿Saben todos lo que es una letrina? Así es como se denominaba a los rudimentarios aseos de antaño. —Gestos de asentimiento por parte de las personas más mayores del grupo—. Cuando se desbrozó, en una pared de aquella estancia se distinguían unos grafitis. No dibujos, sino varias firmas muy juntas, algunas apenas legibles. Y debajo, una fecha: agosto de 1914. Ese fue el mes en que Gran Bretaña entró en la Primera Guerra Mundial.

Uno tras otro, todos los miembros del grupo fueron pasando a la pequeña estancia, cuya pared trasera estaba protegida con plexiglás. Lexi pudo distinguir una pared sucia por el tiempo con algunos garabatos casi ilegibles. Logró descifrar «L. Warne» antes de ceder su sitio al siguiente visitante.

—Si las cuentan, verán que son más de una decena de nombres escritos con lápiz. Las firmas de quienes trabajaban aquí. Poco tiempo después la mayoría de esos hombres partieron a la guerra. —De nuevo hizo una pausa dramática—. Y casi ninguno regresó.

Se oyeron comentarios de consternación.

—Los jardines se fueron arruinando durante más de setenta años, hasta que aquel perrito encontró esta estancia. Aquel perrito y, naturalmente, el señor Tim Smit, de quien seguramente han oído hablar. Él es el responsable de que estos terrenos volvieran a convertirse en un paraíso florido tras décadas de abandono. Ahora han recuperado un aspecto similar al que lucían a finales del siglo XVIII, cuando se crearon bajo el auspicio de Henry Hawkins Tremayne. En aquella época, Heligan era uno de los vergeles más espléndidos de Cornualles.

El joven avanzó unos pasos.

Junto a las viejas letrinas les señaló una serie de zanjas tapadas con una cubierta de madera y cristal.

—Y esta es nuestra siguiente joya: un invernadero soterrado para cultivar piñas, restaurado tal cual era en la época georgiana. Aquí se cultivaba esta fruta para la mesa señorial. Hoy en día se sigue calentando como hace doscientos años: con estiércol de caballo, una materia de la que entonces se disponía en abundancia.

Después Orlando los guio por el Jardín Productivo, donde ya se veían asomar los primeros brotes por la tierra oscura. En el Jardín Amurallado se abrían las flores más tempranas, y una cuadrilla de trabajadores transportaba plantas de uno de los grandes y antiguos invernaderos a otro. Había cubos y herramientas en una esquina.

El joven guía se detuvo.

—Y aquí vemos a varios miembros del personal de Heligan ocupados en una de nuestras tareas preferidas: la gran limpieza de invernaderos de cada primavera.

Algunos trabajadores se rieron. Un hombre con una gorra oscura replicó:

—Pues no seas tímido, Orlando. Únete a nosotros cuando quieras.

Después visitaron una extensión de hierba circundada por

altos setos, con un reloj de sol y un jardín de estilo italiano. Finalmente, Orlando los guio por un camino flanqueado de árboles que describía un arco y llevaba a la Doncella de Barro, una escultura de tierra tumbada de costado y con el cabello y la ropa hechos de plantas. Allí descansaba, semihundida, de un tamaño mayor que el natural y recubierta de hierba, musgo y hiedra: una bella durmiente aguardando despertar. El símbolo perfecto de aquel milagroso vergel, perdido y renacido.

Lexi se sorprendió de que la visita ya hubiera terminado. ¿De verdad habían transcurrido sesenta minutos? Habría pasado horas escuchando a Orlando.

El guía se despidió de los visitantes, a quienes recomendó encarecidamente que visitaran las instalaciones con detenimiento, y después se dirigió a los nuevos voluntarios:

—Y ahora, vosotros. Como no os habéis largado, doy por hecho que realmente queréis trabajar aquí. Venid conmigo.

Los llevó a una pequeña oficina, y allí mismo les expidieron un identificador con su nombre y su foto, plastificado y con una cinta.

—Es para llevarlo colgado del cuello, así se sabe que sois voluntarios. Y una vez hecho esto, ya puedo daros la bienvenida oficial a las filas de Heligan. Ah, que no se me olvide: necesito vuestros números de teléfono.

—¿Para qué? —preguntó Lexi, desconfiada.

Orlando se rio:

—No te preocupes, no me voy a dedicar a acosarte. Lo necesito para coordinar vuestras tareas y para poder avisaros si surge algo urgente. —Sacó el móvil—. Llámame y así tendré tu número.

Ella dudó. Había comprado un móvil de prepago únicamente para emergencias. Pero se dio cuenta de que aquello era importante. Lo sacó y marcó el número que el joven le dictaba. Enseguida sonó la canción *The lion sleeps tonight*, su tono de llamada. Qué apropiado. Lexi contuvo una sonrisita.

—Estupendo, gracias. —Orlando se volvió hacia Kevin—. Ahora tú.

Una vez resueltas todas las formalidades, los llevó de nuevo al Jardín Amurallado. Un hombre alto y delgado se acercó enseguida a ellos. Les sacaba más de una cabeza y se movía como un jovenzuelo desgarbado, aunque seguramente sobrepasaba los cuarenta. Tenía el pelo oscuro y entreverado de gris, y lo llevaba muy desgreñado, como si se lo manoseara todo el tiempo. A Lexi le resultó simpático de inmediato.

—¡Qué bien, una ayudita para nuestra querida limpieza de primavera! —les dijo, estrechándoles la mano a todos—. Hola, yo soy Derek.

¿Ese era Derek Yates, el jardinero jefe y, por tanto, su superior? Lexi sintió alivio. No sabía muy bien cómo se lo había imaginado, pero desde luego no como un gigantón larguirucho y agradable.

—¿Alguien tiene experiencia en jardinería? —preguntó el hombre.

Kevin y Jessica levantaron la mano.

—¿Y tú?

Lexi negó con la cabeza.

—Me temo que no.

—No es problema, aquí siempre hay tarea para todo el mundo. ¿En qué has trabajado?

Ella dudó un momento.

—En relaciones públicas —contestó. No hacían falta más

detalles. Nada de dar el nombre de la empresa, era demasiado arriesgado.

—Ah, muy bien. Puede que Theo tenga algo para ti mañana. —Señaló a la cuadrilla con la cabeza—. Ya veis que estamos muy ocupados. Coged un trapo y a trabajar.

Y eso hicieron. Al cabo de nada, Lexi estaba en el exterior de un invernadero con un cubo de agua a los pies y un paño en la mano. Todo el equipo se afanó en limpiar la suciedad acumulada en los cristales durante los últimos meses. Lexi se había guardado el identificador en el bolsillo, porque colgado del cuello suponía una verdadera molestia.

Era un trabajo duro y, a pesar del viento suave, enseguida empezó a sudar. Hacia mediodía Derek indicó que harían un descanso, y lo pasaron juntos en la terraza de la cafetería. Aunque no sentía hambre debido al abundante desayuno, Lexi aceptó por cortesía una *cornish pasty* rellena de cebolla y queso, y se sorprendió de lo buena que estaba aquella empanada. Compartió las últimas migas con un simpático petirrojo que no se apartaba de su lado.

Después retomaron la limpieza. Orlando alegró los ánimos poniéndose un cubo en la cabeza y haciendo unas cuantas payasadas. Todos se reían, también Lexi. A pesar del trabajo físico, al que no estaba acostumbrada, empezaba a sentirse muy bien allí.

Las horas siguientes las dedicaron a terminar de limpiar los cristales, a fregar el suelo del invernadero y a lavar a fondo lo que parecían infinitas macetas y semilleros, sumergiéndolos en una solución desinfectante.

Cuando pusieron a secar las últimas macetas Lexi se incorporó con la espalda dolorida y lanzó la esponja dentro del cubo. Tenía las manos ásperas y agrietadas y las uñas reblandecidas; eso ya no lo arreglaba ni la mejor manicura. Pero se sentía orgullosa del resultado de aquel trabajo en equipo: el invernadero relucía como nuevo.

Derek también se mostró satisfecho:

—Bien hecho. Te mereces un buen descanso esta tarde.

—Disculpen —dijo alguien entonces. Se trataba de un hombre mayor en silla de ruedas—. Perdonen, ¿cómo se va a la Dama Gris?

—¿La Dama Gris? —Derek se rascó la cabeza—. Pues no es por aquí...

Sacó un plano arrugado de uno de los múltiples bolsillos de su chaqueta y comenzó a indicarle el camino.

—¿Y qué le parece si lo acompaño yo? —se ofreció Lexi—. Tenía intención de darme otra vuelta.

El hombre asintió contento:

—Sería muy amable por su parte.

Lexi empujó la silla por el camino oeste del bosque. Dejaron atrás la Doncella de Barro, siguieron avanzando y al poco tiempo alcanzaron su objetivo.

La Dama Gris era una alta escultura de alambre trenzado, difícilmente distinguible del ramaje desnudo de los árboles. Etérea como un espíritu. Un cartel explicaba que tomaba su nombre de una misteriosa figura gris que en el pasado había sido vista más de una vez abandonando la Mansión Heligan. Según el cartel, hasta el momento no se había hallado una explicación racional.

Lexi se despidió del hombre, que esperaba a unos conocidos allí, y se dedicó a deambular por la propiedad. En la zona de Sikkim se sumergió entre rododendros ancestrales, cuyas ramas descendían hacia el camino y ya mostraban las primeras flores rojas. Después paseó de nuevo por el encantador

Jardín Italiano, con su estanque y su aire mediterráneo, un lugar donde podría quedarse para siempre.

Aquella tarde se alegró muchísimo ante la perspectiva de una cena contundente. Daba igual la cháchara de Millicent.

3

Lexi

Woods Lodge, principios de marzo

Un gran trozo de bacalao coronaba una montaña de puré de guisantes rodeada de patatas.

—Aquí tenemos mi famoso guiso del náufrago —anunció Millicent.

Lexi se alegró mucho. Seguía hambrienta a pesar de haber devorado ya un plato de crema de puerros. Tras el exigente trabajo físico le dolía todo el cuerpo. En lo sucesivo cenaría por su cuenta, pero aquella noche se permitió el lujo de disfrutar del menú de tres platos de su anfitriona.

—¿Y eso? ¿Se hundían muchos barcos aquí? —preguntó mientras sujetaba el plato.

—Uy, muchísimos. —La mujer empezó a servirle patatas—. Pero no solo aquí. En toda la costa de Cornualles. Es muy traicionera, salpicada de rocas y bajíos, y además se ve azotada por frecuentes tormentas. Es peligrosa incluso hoy en día. Esta zona era el paraíso para contrabandistas y raqueros porque, como apenas había faros, se producían muchos naufragios. Y a veces hasta los provocaban ellos, encendiendo luces falsas.

—¿Desorientaban a los capitanes a propósito?

—Así es. Una luz en el lugar preciso y el barco se hacía añicos contra los acantilados. Al poco tiempo el cargamento llegaba a las playas. Y de vez en cuando, también algún ahogado.

—¡Qué horror!

—Sí, eran tiempos muy difíciles.

Lexi tomó por fin su plato.

—¿Y por eso llama así al guiso?

—Anda, cuéntale la historia del náufrago —intervino Edwin, que hasta ese momento no había dicho nada.

Millicent asintió y se inclinó un poco hacia la chica.

—Verás, querida: se dice que hace más de doscientos años el mar devolvió a un hombre en una cala de aquí cerca. Y estaba vivo. —Señaló la comida—. Venga, no dejes que se te enfríe.

El guiso estaba delicioso. Lexi no recordaba la última vez que había comido con tanto apetito.

Cuando aquella noche se hundió en la mullida cama estaba tan cansada que se durmió nada más apoyar la cabeza en la almohada. Y soñó con la Doncella de Barro de Heligan y con los restos de un barco en la playa.

Al abrir los ojos al día siguiente la sorprendió haber dormido del tirón. ¿Cuándo había sido la última vez? Hacía semanas, puede que meses. En realidad, conocía la fecha exacta: el 13 de octubre. Antes de que comenzara toda aquella mierda. Cuando todavía era incapaz de adivinar la catástrofe que se cernía sobre su vida.

Aún no habían dado las siete cuando sacó el portátil y lo colocó en la mesilla. Decidió no salir a correr. Ya se había hecho tarde, y le dolían algunas partes del cuerpo que ni sabía que tenía. Era asombrosa la cantidad de músculos que había en el cuerpo.

Y, además, debía dar señales de vida.

Había cinco horas de diferencia con las Maldivas, de modo que allí serían casi las doce del mediodía.

Inspiró profundamente y encendió el ordenador. Por un momento temió que no hubiera wifi, pero al final el aparato se conectó. Activó su nueva cuenta de Skype y se quedó inmóvil unos instantes decidiendo si realmente se iba a atrever. Por fin marcó el número y esperó.

—Escuela de buceo Andrews —respondió una voz.

Sonó un chasquido y después, con cierto retardo, apareció la imagen de una mujer de mediana edad con el pelo castaño claro.

—Hola, mamá. Soy yo.

—¡Emilia! ¡Por fin! —exclamó con emoción—. Con ese pelo casi no te reconozco. ¿Dónde te habías metido? ¿Cómo estás?

—Bien —contestó escuetamente—. Estoy bien.

—¡Steven, es Emilia! —gritó su madre.

Enseguida también apareció en la pantalla la cara barbuda y morena de su padre. A Lexi se le llenaron los ojos de lágrimas. Qué bien le sentaba verlos. Parpadeó varias veces. No quería que supieran lo mal que se encontraba.

—Emilia, hija, ¿dónde te metes? Hemos estado muy preocupados. Tu móvil no da señal, no contestas a tu cuenta de Skype y en tu empresa nos dicen que ya no trabajas allí.

—Ya lo sé... Pero os avisé de que no hablaríamos en varios días. Tengo un móvil nuevo. —Dudó un momento y al final les dictó el número. Y a continuación se armó de valor—:

Pero... Por favor, no se lo deis a nadie. ¡Absolutamente a nadie! Y menos aún a Rob, da igual cuánto insista. ¿Me lo prometéis?

—Claro, cariño, por supuesto. Somos conscientes de la situación.

«No del todo», pensó Lexi. Para evitar que se preocuparan, les había contado lo estrictamente imprescindible: que había roto con Rob y no quería que la encontrase. Pero no les había explicado ninguna de las cosas realmente malas.

—¿De verdad te encuentras bien? ¿Dónde estás?

—Sigo en Inglaterra. Perdonadme, tengo que colgar. Pero hablamos pronto. Os quiero mucho, adiós.

—Y nosotros a ti, cielo. ¡Te queremos!

Hubo gestos de cariño hacia la cámara y la conexión se cortó en medio de un rumor de besos al aire.

Abajo, en la cocina, Millicent ya empezaba a trastear con platos y cazuelas.

Tras el abundante desayuno, Lexi fue a Heligan en autobús y le resultó más fácil de lo que esperaba. Una vez allí, se dirigió primero a la tienda de recuerdos, donde adquirió un libro sobre las distintas secciones de los Jardines y sus plantas. Tras el recorrido del día anterior, le habían entrado ganas de ampliar su información sobre la flora y la fauna de aquel lugar.

En cuanto los nuevos voluntarios localizaron a Derek (no fue fácil, porque se había internado entre las zarzamoras), este les encomendó sus tareas. Jessica seguiría en el invernadero y Kevin se quedaría con él. Lexi se imaginaba que le adjudicarían alguna faena de limpieza, pero el jardinero jefe tenía otro plan:

—¿Dijiste que habías trabajado en relaciones públicas? —Ella asintió—. Muy bien, porque precisamente ahí necesitan a alguien. Ve a las oficinas que están al lado de las taquillas y pregunta por Theo.

De camino, Lexi se cruzó con Orlando, que comentó:

—Vaya, vaya, una de nuestras flamantes incorporaciones. ¿Aún no estás agotada?

—No, la verdad. Pero hoy me han pedido que haga otra cosa, algo de relaciones públicas.

—Ajá. Oye, ¿dónde trabajabas en Londres?

—En un gran estudio de arquitectura —contestó reticente.

—¿Y te encargabas de las relaciones públicas?

—Sí, eso es. Notas de prensa, redes sociales, ese tipo de cosas.

Él enarcó las cejas.

—Vaya, impresionante. ¿Y entonces qué haces aquí de voluntaria?

Debía ser cauta y no hablar demasiado. Orlando tenía la capacidad de sonsacarle más de lo que quería contar.

—Estaba harta de la ciudad —respondió encogiéndose de hombros. Y él se dio por satisfecho.

Junto a la puerta de las oficinas había una mujer negra de mediana edad, fumando. Lucía un elaborado peinado de trencitas y una chaqueta larga con apliques de colores.

—Hola —saludó Lexi, con súbita timidez—. Me han dicho que pregunte por Theo. ¿Podría indicarme dónde encontrarlo?

La mujer bajó el cigarrillo.

—Me tienes delante —contestó con una sonrisa—. Soy Theodora Williams, pero todos me llaman Theo.

Así que Theo era una mujer...

—Encantada. Pensaba que...

—Le sucede a todo el mundo. ¿Eres nueva?

—Sí, hoy es mi segundo día. Me llamo Lexi Davies. Me envía Derek.

—Estupendo. —La mujer aspiró una última calada, apagó la colilla y la tiró a una papelera—. Pues bienvenida al equipo, Lexi.

Una vez dentro, Theo le explicó que era necesario actualizar la guía para personas con discapacidad visual. Por desgracia, se encontraba de baja por enfermedad la trabajadora a jornada completa que se encargaba de las relaciones públicas y la organización de eventos.

—Y Eliza, la auxiliar, no puede ella sola con todo el trabajo. Viene únicamente dos días por semana.

Eliza era una joven de veinticinco años. Era guapísima y una gran apasionada de la moda de los años cincuenta. Aquel día vestía una falda de vuelo roja y una blusa blanca. Lexi reconoció que le sentaban de maravilla. Con su pintalabios carmín y su coleta oscura peinada con esmero, podía pasar por la hermana pequeña de Audrey Hepburn. Estudiaba diseño de moda en la ciudad de Falmouth y trabajaba de auxiliar en Heligan para pagarse la formación.

Lexi se sumergió con curiosidad creciente en el folleto para visitantes con problemas de visión, que describía detalladamente los lugares que podían disfrutarse con los demás sentidos. De paso, aprendió algunas cosas interesantísimas de los Jardines. Por ejemplo, que algunas de las plantas tenían más de doscientos años de antigüedad, que en los sótanos del huerto de melones ahora se cultivaban setas, o que la huerta se abonaba con algas frescas al final de cada otoño. El Jardín Italiano, que tanto la había fascinado el día anterior, encerraba varias maravillas botánicas. Allí crecía una de las primeras plantas de kiwi que se habían llevado a Inglaterra. Durante la época de abandono sus ramas trepadoras sobrepasaron los muros y se extendieron por el otro lado. Realmente asombroso.

Con el folleto en la mano, Eliza y ella salieron a revisar los lugares de interés, tomaron notas y completaron algunos aspectos. Solo los jardines de la zona norte eran aptos para personas con problemas de visión. Las secciones más alejadas, como la Jungla o el Valle Perdido no resultaban apropiadas, así como tampoco para personas en sillas de ruedas.

Ahora quedaba la tarea de actualizar el contenido. De vuelta en las oficinas, Eliza le mostró el programa informático con el que trabajaban. Lexi comprendió enseguida que no le plantearía ningún problema.

A primera hora de la tarde había terminado sus tareas y decidió caminar las dos millas que separaban Heligan del pueblecito pesquero de Mevagissey. Poco tiempo después se encontraba en el camino costero, en un punto elevado que dominaba una pequeña cala recóndita. Contempló el mar a sus pies e inspiró profundamente el aire salado. Aunque el viento soplaba más fuerte de lo esperado, no le molestaba.

Seguramente aquella era la cala de la que le habló Millicent el día anterior. El lugar donde, según se contaba, apareció un náufrago hacía más de doscientos años.

Con toda probabilidad el lugar no habría cambiado casi nada desde entonces. A ambos lados de la pequeña bahía se alzaban abruptos acantilados contra los que se estrellaban las olas. Una tras otra, golpeaban las rocas, levantando espuma y volviendo a retirarse. Resultaba casi sobrecogedor.

El sendero de bajada estaba algo resbaladizo, pero enseguida se encontró en la playa de guijarros. Se detuvo allí, inmóvil, con el viento en el rostro, contemplando el mar y su cambiante juego de colores.

¿Estaría muy frío? Al romper una ola se acercó, se agachó y probó el agua con un dedo. Pues sí, estaba helada. Demasiado fría para meter siquiera los pies.

Entretanto, rompió otra ola que llegó mucho más lejos que la anterior. No logró retirarse a tiempo y se le empaparon los zapatos.

—¡Mierda! —masculló en voz baja.

El viento arreciaba y en el cielo, casi limpio hasta entonces, comenzaron a acumularse nubes oscuras. Pronto volvería a llover.

Era el momento de emprender el regreso.

4

Damaris

Costa de Cornualles, cerca de Mevagissey, febrero de 1781

La tormenta había pasado y el aire olía a limpio. La atmósfera estaba tan quieta como si la tempestad nocturna jamás hubiera existido.

Damaris Tremayne y su hermana pequeña se encontraban en el camino costero desde el que se dominaba el mar. Acababa de amanecer, el sol aparecía aún muy bajo en el horizonte. El sendero serpenteaba por la verde pradera y se difuminaba en la bruma gris de la mañana. Aquel camino, que bordeaba casi todo el litoral de Cornualles, lo habían trazado los vigilantes de las costas para atrapar a las numerosas bandas de contrabandistas que campaban a sus anchas. Pero en aquella fría mañana de febrero no se veía ningún vigilante. Ni ningún contrabandista. Solo el cielo y el mar.

A sus pies tenían una cala, oculta en parte tras una lengua de arena. Con un ancho de apenas cincuenta pasos, resultaba demasiado angosta para fondear. Las barcas de pesca partían de Mevagissey y los grandes veleros navegaban hasta Plymouth. A Damaris le encantaba aquel lugar. Transmitía tanta paz que a veces hasta podía imaginar que era la única persona en el mundo.

Siempre y cuando no la acompañara su hermana pequeña.

Empujó la silla de ruedas hasta una gran piedra para que Allie pudiera ver la playa. La niña se apoyó en los reposabrazos y se incorporó. De pequeña, una enfermedad le había debilitado las piernas. Ahora, a los siete años, continuaba sin poder caminar.

—¡Ten cuidado! —le gritó Damaris—. ¡Te vas a caer!

La advertencia le valió una mirada rebosante de desdén infantil.

—¡Claro que no! El primo Henry dice que tengo que moverme y salir al aire libre.

—Cómo se nota que no es él quien tiene que vigilarte para que no te desgracies.

Henry Hawkins Tremayne, señor de Heligan, era el único pariente que les quedaba tras la muerte de sus padres. Desde hacía poco tiempo su mansión constituía su nuevo hogar, al que aún se estaban adaptando.

Allie se dejó caer en la silla y señaló hacia la cala.

—¿Qué es eso?

Damaris miró en la dirección que indicaba. El agua resplandecía bajo la luz de la mañana y allá abajo, medio oculta por un amasijo de algas, distinguió una gran caja agitada por las olas.

—La habrá arrastrado el mar. Algún barco perdería el cargamento con la tempestad de ayer.

—¿Y qué habrá dentro? Maris, ¿por qué no bajas a mirar? A lo mejor es un tesoro.

No hizo falta que insistiera mucho para convencerla, porque Damaris también poseía un carácter curioso. A los dieciséis años ya casi se la consideraba una mujer adulta, pero no por eso había perdido las ganas de aventuras.

—Solo si me prometes no moverte de aquí.

Allie asintió con la cabeza varias veces seguidas.

—Espérame aquí mismo —insistió su hermana—. Exactamente aquí, para que pueda verte.

—¡Que sí!

Damaris descendió a paso ligero por el estrecho sendero hasta alcanzar la playa. La arena y los guijarros crujían bajo sus pies.

La caja se mecía con cada ola. Al acercarse, la joven observó que uno de los laterales estaba abierto y el agua entraba con estrépito. El contenido se había perdido irremediablemente.

—¿Qué es? —gritó Allie desde arriba—. ¿Un tesoro?

—¡No hay nada! ¡Está vacía! —respondió.

El viento arreciaba. Sintió frío, de modo que se cerró bien la capa. Lentamente rodeó la caja, a cuyo lado había una enorme masa arenosa de algas marrones y un gran tronco. De pronto retrocedió muy asustada. Se le escapó un grito de espanto.

—¿Qué pasa? —voceó su hermanita—. ¿Has encontrado algo?

Damaris sintió que el corazón se le desbocaba. Se puso las manos en el pecho para tratar de calmarse.

—¡Maris, contéstame! ¿Has encontrado algo?

La joven avanzó un paso, con infinita cautela. Aquello no era un tronco.

—Sí... Hay... hay una persona.

Allí, en la playa, junto a la caja, medio cubierto por las algas, yacía un hombre muerto.

¡Qué horror!

—¿Y quién es? —preguntó Allie.

—¡Un muerto!

¿Se habría caído por la borda junto con la caja? ¿O en aquella terrible noche de tormenta se habría hundido un barco entero? Tragó saliva. No era la primera vez que veía un cadáver. El último fue el de su padre, mientras lo velaban tras el accidente de la mina: pálido, rígido e inerte.

El hombre de la playa yacía de costado, con un brazo por debajo del cuerpo, lamido por las olas. Estaba totalmente vestido, así que la muerte no lo había sorprendido durmiendo.

Debía atreverse. Debía moverlo, por mucho que le espantara tocar un cadáver. Tenía que asegurarse.

Se agachó con toda cautela y le tocó la mano izquierda, que sobresalía de la manga de una chaqueta oscura. Estaba helada. Como si hubiera flotado durante horas en las frías aguas del Atlántico. Cualquier hálito de vida se había extinguido.

Inclinó la cabeza y rezó una breve oración. Al levantar de nuevo la mirada, le pareció que los dedos habían cambiado de posición. Muy poco, casi imperceptiblemente.

Tenían que ser imaginaciones suyas. Pero ¿y si...?

Lo sacudió con suavidad.

No se movió.

—Maris, ¿qué estás haciendo?

No contestó. Hizo acopio de fuerzas, lo agarró por el costado y por el hombro y empujó, hasta que logró ponerlo boca arriba.

Con las algas enredadas en el pelo casi parecía una criatura marina mitológica. Lo poco que alcanzaba a ver de su rostro estaba lívido como el de un cadáver, y parecía de cera. Tenía un afilado trozo de madera clavado en el hombro izquierdo y la chaqueta oscura empapada de sangre. Pero...

¿acaso era posible? ¿De verdad su pecho se alzaba débilmente? ¿Respiraba?

Por encima del cuello de la camisa, donde el pañuelo que llevaba se había soltado, la piel quedaba al descubierto. Con manos temblorosas, Damaris apoyó los dedos en el lugar en que el médico había comprobado el pulso de su padre.

Durante unos angustiosos segundos no sintió nada. Solo la piel helada.

Pero después notó en las yemas de los dedos un levísimo latido, apenas perceptible.

Se incorporó de un salto, temblando.

—¡Allie! ¡Está vivo!

Vivía. Pero quizá no por mucho tiempo. Y estaba helado.

—Señor, ¿me oye? —preguntó.

Lo sacudió, primero con suavidad, y luego con más fuerza. Pero no se movía. Lo agarró del brazo y trató en vano de incorporarlo. Pesaba demasiado.

—¡Despierte, señor!

—¡Maris! ¿Qué vamos a hacer? —La voz de Allie se abría paso entre el viento y el rumor de las olas.

—¡No lo sé! —gritó desesperada—. ¡No se despierta!

Por lo menos no corrían el riesgo de que las olas volvieran a llevárselo. El oleaje lo había arrojado a la orilla y ahora la marea se retiraba lentamente, como un gato que presenta una presa a su amo y da unos pasos atrás esperando alabanzas.

Lo primero que necesitaba aquel hombre era calor. Con dedos temblorosos, Damaris deshizo el nudo de su capa de lana y se la echó por encima. Al menos lo protegería del viento frío que ahora se le colaba a través de la ropa y la hacía tiritar.

Una ráfaga le soltó un mechón castaño cobrizo del recogido que llevaba. A cierta distancia se distinguía el pequeño puerto de Mevagissey, en cuyas aguas se mecían las barcas pesqueras; ascendía humo de las chimeneas de las casas. ¿Qué iba a hacer? ¿Arriesgarse a dejarlo allí y correr al pueblo para...?

—¡Viene alguien! —gritó entonces Allie—. A caballo, creo que es de la mansión.

Suspiró aliviada. Se levantó la larga falda negra, echó a correr por la playa y ascendió el estrecho sendero a toda velocidad.

—Mira, ahí está. —Allie señalaba el camino por el que habían llegado hasta allí.

Damaris distinguió un jinete proveniente de la Mansión Heligan, aunque todavía se encontraba a unas cien yardas.

—Quédate aquí —le ordenó a su hermana.

Se sujetó las faldas con una mano y echó a correr mientras hacía señas con la otra.

—¡Venga conmigo, deprisa! —exclamó entre jadeos en cuanto alcanzó al hombre.

Aunque le resultaba vagamente conocido, en aquel momento no recordaba dónde lo había visto antes. Llevaba una mugrienta chaqueta marrón oscuro, y a un lado de la silla asomaba el cañón de una escopeta de perdigones.

—¡So, sooo! —exclamó el jinete, tirando de las riendas—. Usted es la señorita Tremayne, ¿verdad?

Ella asintió.

—Damaris Tremayne. El señor de estas tierras es mi primo. ¿Y usted es...?

El hombre se levantó un momento el sombrero.

—Bill Ashcroft, señorita. El guardabosques del señor. ¿Qué sucede?

—Venga conmigo, por favor. Necesito ayuda.

Le contó en pocas palabras el hallazgo del hombre en la playa.

Ashcroft asentía, pensativo.

—Se dice que anoche un barco sufrió una desgracia. Bastante mar adentro.

Habían alcanzado el lugar donde Allie montaba guardia, inmóvil como un mascarón de proa. Damaris observó la cala. El náufrago no se había movido.

—De modo que han encontrado a uno de esos desdichados... ¿Está vivo?

—Sí... eso creo. Hace un momento respiraba. Por favor, señor Ashcroft, ¡hay que darse prisa y llevarlo a la mansión o morirá!

El guardabosques desmontó y guio su animal por el estrecho sendero, seguido por la joven.

—¿Se atreve a sujetar el caballo?

—Pues claro. —¿Por quién la había tomado? ¡Si hasta sabía cabalgar!

Mientras tanto, él se inclinó sobre el cuerpo inerte y le apartó la capa. Después tomó impulso y le propinó una bofetada con la mano abierta. Sobresaltada, la joven soltó un grito.

—Pero ¿qué hace? ¡Déjelo en paz!

—Hay que ver si se despierta. —Se disponía a abofetearlo de nuevo.

—¡Deténgase ahora mismo!

—Está bien. Da igual, de todas formas está muerto. ¿De verdad cree que merece la pena llevarlo...?

—Sí, lo creo —contestó ella tajante.

—Pues yo no sé... Me parece que al señor no le va a agradar que le metan en casa un andrajoso medio ahogado.

—Lo que piense mi primo no es asunto suyo —replicó Damaris con toda la altivez que fue capaz de exhibir—. Y ahora dese prisa. Hay que llevarlo a la mansión.

—Como guste, señorita. —Se encogió de hombros.

Aunque el guardabosques era alto y fuerte, resopló de lo lindo mientras subía el cuerpo desmadejado al caballo. Después guio al animal por el sendero y, una vez arriba, puso rumbo a la mansión. A su lado, Damaris empujaba la silla de su hermana. El camino, ligeramente empinado, era lo bastante ancho para que transitaran carruajes. Las ramitas y las hojas que alfombraban el suelo daban testimonio de la tormenta nocturna. Tras los campos cubiertos de rastrojos, cosechados el año anterior, asomaban las casitas con tejado de paja de los arrendatarios. A Damaris le costaba mantener el paso, pero no quería pedirle al hombre que fuera más despacio.

Sobre una elevación del terreno reinaba la grandiosa Mansión Heligan, una edificación construida, de forma muy poco habitual en Cornualles, con ladrillo pintado de blanco. La fachada exhibía varias hileras de ventanas con cuarterones. La puerta principal estaba protegida por un pórtico con seis columnas de estilo griego.

Ashcroft esperó con el caballo y su carga mientras Damaris golpeaba enérgicamente la puerta.

A los pocos segundos acudió Bellwood, el mayordomo. Miró primero a la joven y luego al hombre.

—¿Señorita Tremayne? ¿Señor Ashcroft?

—Buenas, Bellwood —saludó el guardabosques—. Las señoritas han encontrado un náufrago en la playa y se les ha ocurrido traerlo aquí. No me parece buena idea. ¿Y si es un maleante?

El mayordomo echó un vistazo al caballo, y su expresión, ya de por sí bastante severa, se endureció aún más.

—Efectivamente —repuso—. Lo mejor será que esperen aquí hasta que informe al señor.

Se internó en la casa. Damaris se impacientaba y cambiaba el peso del cuerpo de una pierna a la otra. Cuando miró a su hermana la sorprendió examinando una mano del náufrago que pendía del caballo.

—Pero ¿qué haces? —inquirió, intentando reprimir el castañeteo de sus dientes. Aunque había recuperado la capa, seguía muerta de frío.

—Comprobar si tiene membranas entre los dedos. Creo que los buccas[1] las tienen.

Ashcroft soltó un gruñido despectivo.

Damaris fingió no haberlo oído.

—¿Los buccas? ¿Crees que es una criatura marina?

—¿Tú no? —Allie soltó la mano inerte—. ¿Ya no te acuerdas de las historias que... que nos contaba mamá? —le temblaba la voz.

—Claro que me acuerdo —respondió, tratando de distraer a su hermana. El guardabosques se apartó unos pasos y se puso la pipa en la boca, sin encenderla—. Según la leyenda, el bucca se acerca a las costas cuando hay tempestad. Y su pelo es de algas.

La niña asintió.

—Exacto. Ayer hubo tempestad, y tormenta, y mucha lluvia. Tiene que ser un bucca.

—Pero, mira, el pelo no es de algas —objetó Damaris.

—A lo mejor se ha transformado hace poco. —La niña se

1. Criatura legendaria del folclore de Cornualles.

esforzaba en justificar su idea—. Quizá lo acaba de hechizar una bruja. Puede que sea un príncipe de un reino lejano.

A pesar de la tensión, Damaris esbozó una sonrisa. A veces su hermanita daba muestras de poseer una fantasía desbordante.

—Pues sí, a lo mejor sí...

—¿Qué ha pasado? —Resonó una voz en ese momento. El primo Henry acababa de salir por la puerta, con una bata de brocado color burdeos por encima de la ropa—. Bellwood dice que habéis encontrado un vagabundo medio ahogado.

—Henry, menos mal que estás aquí. —La joven se sintió muy aliviada—. No es ningún vagabundo, es un náufrago. O eso creo. Seguramente un golpe de mar lo arrojó al agua.

El señor de Heligan se cerró la bata, se acercó al caballo y examinó al hombre.

—Bellwood, mande llamar al doctor Gibson —ordenó—. ¡Que venga enseguida, dígale que es una emergencia!

—Sí, señor. —Obedeció este, y desapareció en el interior de la casa.

—Ashcroft, métalo dentro.

—Como usted diga, señor. —Cargó al náufrago a hombros y penetró en el amplio vestíbulo, con su suelo de mármol blanco y negro y su amplia escalera al fondo. Damaris lo siguió, empujando a Allie.

—¡Santo Dios! —exclamó la señora Waterman, la gobernanta mientras bajaba las escaleras apresuradamente. Llevaba un gran manojo de llaves unido a un cordón que pendía de su cintura—. ¿Quién es este hombre?

—Una persona que necesita ayuda, señora Waterman —respondió Henry—. Ashcroft, siga todo recto y entre en la sala de lectura. Por aquí —le ordenó, mostrándole el camino, y le abrió la puerta.

—Pero ¡señor! —exclamó el ama de llaves, pegada a sus talones—. ¡Las alfombras!

—Las alfombras no me importan. Está en juego la vida de un hombre. Venga por aquí, Ashcroft. Déjelo en la otomana.

—¡Un momento! —se interpuso la señora Waterman, que se las arregló para sacar de algún lugar una manta de cuadros verdes y extenderla con determinación sobre la tapicería—. Este hombre está empapado y lleno de arena.

Ashcroft se acercó a la otomana. El náufrago permaneció inmóvil incluso cuando el rudo guardabosques lo dejó caer sobre la manta con muy poca delicadeza.

5

Damaris

Mansión Heligan, febrero de 1781

En el vestíbulo, el gran reloj de pie marcaba las nueve pasadas, ya era hora de que desayunaran.

Empujó a Allie hasta la sala del desayuno. En el aparador habían dispuesto todo un despliegue de platos fríos y calientes: *porridge*, tostadas y mermelada, huevos, salchichas y pescado. Pensó que la dejarían quedarse en la sala de lectura cuando llegara el médico, pero, para su disgusto, las habían expulsado. Sentía una irresistible curiosidad por saber si el hombre se despertaba o qué sucedía.

Aunque no tenía hambre, se obligó a tomar una tostada y dos salchichas pequeñas. Por su parte, Allie se abalanzó sobre una montaña de huevos revueltos. Al contrario que a su hermana, la aventura parecía haberle abierto el apetito.

Damaris se quedó pensativa, removiendo el té con la mirada fija en la pared revestida de rojo. Allí colgaban los retratos de varios parientes fallecidos tiempo atrás. La familia Tremayne contaba con una larga línea de ancestros, algunos de los cuales observaban con seriedad desde sus marcos el aparador del desayuno. Entre ellos se encontraban sus padres: Frederick y Florence Tremayne.

El padre de Frederick y el de Henry eran hermanos. Henry Hawkins Tremayne, actual señor de Heligan, era el primo mayor de las jóvenes y, desde hacía poco, su tutor legal. Damaris daba gracias todos los días por que las hubiera acogido. Ya habían pasado dos meses desde entonces. Apoyó la cucharilla y reprimió las lágrimas que estaban a punto de asomarle a los ojos.

Aquel día de hacía dos meses quedaría impreso para siempre en su memoria. El día del fallecimiento de su padre.

Frederick Tremayne siempre fue la oveja negra de la familia. Con su funesta afición al juego consiguió dilapidar su herencia en cuestión de pocos años. Para alimentar a su familia comenzó a trabajar de capataz en una de las minas de estaño de la zona. Casi todos los Tremayne acababan vinculados de un modo u otro a la minería de ese metal. Poco después de Año Nuevo aconteció el accidente. Una galería se derrumbó sepultando a varios hombres, entre los que se encontraba Frederick. Un año antes había fallecido su esposa, y desde entonces no fue el mismo. Empezó a beber, cada vez con más asiduidad. Probablemente esa fue la causa del accidente. Se decía que aquel día estaba borracho cuando llegó a la mina.

Damaris apenas recordaba nada de los días posteriores. Unos vecinos las acogieron y cuidaron de ellas hasta que el primo Henry se las llevó a sus tierras de Cornualles, a pocas millas de su hogar.

La vida le había sonreído a Henry. Como segundo hijo del señor de Heligan, en principio estaba destinado a seguir una carrera eclesiástica, camino que emprendió de muy buen grado. Tras acabar los estudios fue ordenado diácono, y poco después comenzó a ejercer como vicario en una parroquia cercana.

Sin embargo, su hermano mayor, Lewis, falleció inesperadamente, y su muerte lo convirtió en heredero único y nuevo señor de la propiedad familiar. Abandonó la parroquia, regresó a Heligan y se casó con Harriet, una rica heredera a quien ya conocía y que contribuyó a la riqueza del matrimonio.

Tuvieron que esperar mucho para tener un sucesor. Su primer y hasta el momento único hijo no nació hasta que hubieron transcurrido trece años . El pequeño John Hearle ya había cumplido un año y era el niño mimado de toda la servidumbre.

Damaris acababa de terminar su desayuno cuando oyó abrirse y cerrarse la puerta de la sala de lectura. Se levantó y salió sigilosamente, con la esperanza de enterarse de algo más.

Sin embargo, solo se trataba de Ruby, una de las criadas, que cruzaba el vestíbulo con un fardo de ropa mojada.

Cuando la sirvienta la vio, se detuvo y le hizo una breve reverencia.

—Señorita Tremayne.

—Buenos días, Ruby. ¿Qué es eso?

—La... la ropa del caballero ese... que... —Señaló con la cabeza la sala de lectura, contigua a la biblioteca. Estaba tan nerviosa que tartamudeaba. Damaris se dio cuenta de que era muy joven, aún más que ella misma—. El... el señor ha ordenado que me ocupe de estas prendas. Que... que las lave y las remiende.

—¿Se ha despertado?

La chica hizo un gesto negativo.

—No, señorita. Creo... creo que no. —Dudó un momento, hasta que por fin se le acercó y le preguntó en tono confidencial—: ¿Es verdad que... que lo encontró usted? —Damaris asintió—. ¿Y quién es?

—No tengo ni la menor idea.

Ruby se aproximó un poco más.

—¿Puedo contarle una cosa? El señor ha revisado los bolsillos y ha encontrado un pañuelo. No lo he visto bien, pero parece que lleva el nombre bordado.

Damaris lo pensó tan solo un momento.

—¿Un pañuelo, dices? Déjame ver.

La criada permaneció inmóvil mientras ella rebuscaba entre las prendas mojadas. Aquello sin duda resultaba muy poco apropiado, pero le podía la curiosidad. Además, nadie la veía, aparte de Ruby.

Pese a la humedad y la arena, pudo comprobar que las ropas eran sencillas, pero de buena calidad. ¿De dónde provendría aquel hombre?

Por fin encontró lo que buscaba: de entre las prendas sacó un pañuelo en cuya esquina destacaban dos iniciales bordadas con hilo rojo: J y H.

La sirvienta se sobresaltó al oír abrirse la puerta de la sala de lectura.

—¡Tengo que irme! —susurró. Damaris tuvo el tiempo justo de devolver el pañuelo a su lugar, y la criada se retiró rápidamente.

Henry salió al vestíbulo seguido del doctor Gibson, un joven médico de Mevagissey que había heredado la consulta de su padre. Damaris lo conocía porque había tratado a Allie de un fuerte resfriado.

—Buenos días, doctor Gibson —lo saludó—. ¿Cómo se encuentra el náufrago? ¿Se ha despertado? ¿Ha dicho algo? —inquirió, y se sintió un poco avergonzada por haberse mostrado tan curiosa.

—Buenos días, señorita Tremayne. No, no se ha despertado. Y eso me preocupa un poco. —Se rascó la cabeza, justo donde comenzaban a insinuarse las entradas—. Tenía agua en los pulmones y un trozo de madera clavado en el hombro, además de varias contusiones y raspones. Sufre una intensa hipotermia. Aparte de eso, no he localizado otras lesiones, y su corazón late con fuerza. Ha sido muy afortunado de que usted lo encontrara, señorita. Un poco más tarde y habría fallecido. Como ya le he indicado al señor Tremayne, ahora ante todo necesita calor y tranquilidad. No lo muevan hasta que se despierte, y no lo dejen a solas.

—Por supuesto, doctor —aseguró Henry—. Nos ocuparemos de proporcionarle los mejores cuidados.

—¿Sabe quién es? —preguntó Damaris.

—No —contestó Gibson—. No hemos podido descubrir nada.

—Seguramente viajaba en el barco que se hundió anoche —aventuró el señor de la casa—. Al menos eso dicen, según Ashcroft. Quizá lleguen más náufragos a la orilla. O cadáveres —añadió, suspirando—. Pobres desdichados.

Damaris se encontraba ante la puerta de la sala de lectura con un plato en la mano. Por un momento sintió la tentación de espiar por el ojo de la cerradura, pero desechó la idea. Ya no era una niña.

Habían tomado un rápido almuerzo, consistente en unas rodajas de carne asada con verduras, porque a primera hora de la tarde Henry tenía una cita en la finca con un joven paisajista. Harriet se encontraba reposando, al igual que Johny, su hijo. Allie leía en su habitación.

Damaris llamó suavemente a la puerta y accionó la manilla.

La recibió un calor sofocante. En la chimenea ardía un gran fuego que mantenía la habitación a una elevada temperatura. Al momento comenzó a sudar bajo el grueso vestido de invierno. Aquella estancia no solía estar tan caldeada, pero ahora era necesario, pues se había producido un acontecimiento excepcional.

El acontecimiento excepcional seguía tendido en la otomana, con los ojos cerrados. Estaba tapado con una manta de lana gris y lo vigilaba una anciana, la señora Fisher, esposa del cochero, que se incorporó nada más verla entrar.

—Por favor, siéntese, señora Fischer. Le traigo el almuerzo.

—Oh, es usted muy amable, señorita Tremayne —le dijo; cogió el plato con las rodajas de asado y la calabaza en conserva y le dio las gracias encarecidamente.

Damaris le lanzó una rápida mirada al hombre.

—¿Se ha despertado?

La mujer hizo un gesto negativo.

—No, señorita. Ahí sigue, como muerto. —Se inclinó un poco más hacia la chica, y le susurró—: Me da que ya no se despierta. Se tendría que haber movido hace rato. —Dejó el plato en una mesita auxiliar, y de pronto se mostró inquieta—. Señorita, siento molestarla, pero... ya que está usted aquí... ¿me permitiría...? Es una necesidad urgente...

—Claro que sí. Vaya tranquila. Yo me quedo aquí mientras tanto.

La anciana se levantó agradecida y salió a toda prisa.

El fuego ardía con fuerza, no era necesario alimentarlo. Damaris permaneció un momento de pie, y decidió sentarse en la silla, junto a la otomana.

Nunca había estado a solas con un hombre que no perteneciera a su familia. Aunque en realidad aquella situación no podía considerarse exactamente como tal. ¿Dormía o seguía inconsciente? Yacía totalmente inmóvil, tan solo el movimiento ascendente y descendente de su pecho bajo la manta indicaba que vivía.

Por fin pudo observarlo con detenimiento.

Calculó que tendría unos veinticinco años. Se le había secado el cabello; no era castaño, como le había parecido, sino rubio oscuro. Tenía un rostro bonito, de líneas claras y rasgos armónicos.

Un rostro digno de ser pintado.

Deseó tener consigo el cuaderno de dibujo. Aunque, por supuesto, esa idea resultaba del todo improcedente. Las mujeres dibujaban flores o paisajes o naturalezas muertas. Nada de hombres.

¿De qué color tendría los ojos?

La mano derecha sobresalía de la manta, y Damaris atisbó el puño blanco de una camisa. Seguramente era de Henry. La piel de los nudillos presentaba raspones, como si se hubiera golpeado con algo.

Como era de esperar, no tenía membranas entre los dedos. Sonrió al recordar la ocurrencia de Allie. Al contrario que su hermanita, ella no creyó ni por un segundo que aquel hombre fuera un bucca o un príncipe de los mares. Aunque de pronto aquellas historias le parecieron muy emocionantes.

Dudó un instante, y por fin posó sus dedos sobre los del joven. Sintió la piel caliente. Ya no estaba como en la playa, espantosamente fría y húmeda.

En el pañuelo ponía «J. H.». Con toda probabilidad, sus iniciales. ¿A qué correspondería la J? ¿A Jonathan? ¿James? ¿Jeremy?

¿Se sentiría muy agradecido para con su salvadora? Claro que sí. Y a lo mejor se lo demostraría con un regalo o, al menos, jurándole gratitud eterna. Ella sonreiría con modestia y le aseguraría que solo había hecho lo más natural, y que se alegraba de haberlo ayudado. Y entonces, a lo mejor, él...

Se sobresaltó al sentir un espasmo en su mano.

¡Dios santo, se estaba despertando! ¡Se estaba despertando!

Por un momento sintió el impulso de salir corriendo para llamar a alguien. Pero permaneció sentada muy quieta, observando. Sus párpados temblaron durante unos segundos y finalmente abrió los ojos.

Azul grisáceo, percibió Damaris en medio de la emoción. Sus ojos eran de color azul grisáceo. Como el mar en un día nublado.

Su mirada recorrió primero el rostro de la joven y luego la estancia.

—No se asuste —susurró ella—. Está usted a salvo. —Como no contestaba, añadió—: Yo lo encontré en la playa, no se ha ahogado de milagro.

El hombre sufrió un ataque de tos, como si aquella última frase se lo hubiera provocado. Apartó la manta y se sentó. Tenía el brazo izquierdo inmovilizado por un cabestrillo y llevaba puestos unos pantalones de Henry.

—¿Entiende lo que le digo? —insistió la joven.

Él asintió, aún sin aliento. Se apoyó en el respaldo de la otomana y esbozó una mueca de disgusto al verse el brazo.

—Tiene una herida en el hombro —le explicó Damaris—. El doctor Gibson se la ha curado.

El hombre levantó la cabeza cuando entró la señora Fisher.

—¡Oh! —exclamó esta—. Se ha despertado. ¿Voy a buscar al señor Tremayne? Acaba de regresar.

—Sí, por favor. Y dese prisa.

Así lo hizo. Y al cabo de unos instantes Henry se presentó en la sala de lectura.

—Vaya, veo que se ha despertado —dijo mientras cerraba la puerta—. No, por favor. Quédese sentado. El doctor Gibson dice que debe descansar. ¿Cómo se encuentra?

—¿Dónde...? ¿Dónde estoy? ¿Qué ha pasado?

Tenía la voz algo ronca y un ligero acento londinense.

—Bueno, esperaba que eso último me lo contara usted. A lo primero sí que puedo responderle yo. —Acercó uno de los sillones de lectura y tomó asiento—. No sé qué le habrá dicho mi prima, de modo que permítame presentarme. Soy Henry Hawkins Tremayne y se encuentra usted en mi casa, en la Mansión Heligan. Esta mañana lo han recogido medio ahogado en la playa. Pero el doctor Gibson, nuestro médico, ya se ha ocupado de usted. Espero que no sufra dolores. Por favor, considérese mi invitado tanto tiempo como desee.

—Gracias. Es usted muy amable.

Henry se acercó a una mesita con licores, cogió una licorera de brandy y sirvió con generosidad dos copas.

—Tenga, tómeselo. —le dijo, ofreciéndole una.

El desconocido la aceptó sin decir palabra, dio un largo trago y permaneció sentado con la copa en la mano.

—¿Es usted inglés? —inquirió su anfitrión tras varios segundos de tenso silencio.

El hombre asintió.

—¿Me diría su nombre?

—Julian. Julian Harrington.

—¿Y de dónde es usted, señor Harrington?

—De Carolina del Sur —murmuró—. Viajaba... en el Albatros.

—¿Ese es el nombre del barco?

Esbozó un gesto afirmativo.

—¿Y podría contarme qué sucedió?

El hombre negó con la cabeza.

—No recuerdo nada.

—Piénselo. ¿Qué es lo último que recuerda?

Una arruga surcó su entrecejo, y de pronto se le extravió la mirada.

—Agua —susurró—. Olas. Frío. —El recuerdo, más que el malestar físico en sí mismo, le provocó un escalofrío.

Henry tomó de nuevo la licorera y rellenó la copa.

—Beba —le ordenó—. Quizá le ayude a recobrar la memoria.

El hombre obedeció y comenzó a asentir despacio con la cabeza.

—Una tempestad, la teníamos encima. Y luces. Había luces en la costa. De un barco en puerto.

Damaris lo miró confundida. Y Henry, a su vez, también frunció el ceño.

—¿En puerto? —repitió—. Me temo que se equivoca, señor. Aquí no hay puerto. El de barcos transatlánticos se encuentra en Plymouth. En Mevagissey solo amarran barcas de pesca. ¿Es usted el capitán? No llevaba uniforme cuando lo encontraron.

El desconocido hizo un gesto negativo.

—No. Salí a cubierta para ver si la tormenta había arreciado. Y entonces... —Enmudeció y se quedó mirando fijamente el brandy, como buscando sus recuerdos en el fondo de la copa. De pronto exclamó—: ¡Rachel! ¡Oh, Dios mío! ¡Rachel!

Se le cayó la copa, que estalló en mil pedazos delante de la chimenea. Ni siquiera se dio cuenta.

Henry se inclinó hacia él y posó una mano tranquilizadora en su brazo.

—¿Es su esposa?

Él asintió, y un rictus de desesperación se dibujó en su rostro.

—Viajaba conmigo. Y... —Abrió los ojos como platos—. ¡Nuestros tres hijos! ¿Dónde están? ¡Tengo que encontrarlos! —Arrojó la manta a un lado, se incorporó de un salto y se puso en pie, tambaleante.

Henry se levantó también.

—Despacio, señor. Todavía no puede...

El desconocido hizo caso omiso, avanzó con paso inseguro hacia la puerta y se detuvo de golpe.

Henry llegó justo a tiempo de sujetarlo cuando cayó desplomado.

6

Damaris

Así que la J correspondía a «Julian». Damaris pronunció el nombre varias veces en voz baja y le pareció que sonaba muy bonito.

El primo Henry ordenó que le prepararan una habitación en la primera planta, donde podría recuperarse, fortalecerse y llorar su pérdida sin ser molestado. Muy a su pesar, Damaris apenas lo veía, ni siquiera a las horas de las comidas. Una criada le llevaba alimentos a su estancia cuando lo solicitaba.

Ya sabían con certeza que en aquella terrible noche de tormenta un carguero británico se había hundido con unas cincuenta personas a bordo. Se trataba del Albatros, que había zarpado de la ciudad de Charlestown, situada en Carolina del Sur, en la costa este de Norteamérica. Henry reunió con urgencia a sus arrendatarios y sirvientes y organizó la búsqueda de otros náufragos por las calas y playas cercanas. Hallaron enormes cantidades de maderos y maromas, así como varias cajas, la mayoría rotas y vacías, y otras aún llenas de enseres domésticos. Pero ni un solo superviviente.

Poco tiempo después, un soleado día de primavera, Damaris oyó bajo su ventana abierta el sonido de dos voces masculinas. Se trataba de su primo y del señor Harrington... o Julian, como ella lo llamaba en secreto.

—Comprendo que le resultará muy doloroso, señor Harrington, pero tengo que hacerle una pregunta.

—Adelante. —Su voz carecía de expresión, como si se preparara para lo peor.

—¿Cuál era la edad de su esposa? ¿De qué color tenía el pelo?

Un breve lapso de duda.

—Tiene veinticuatro años y el pelo castaño. —A la joven no se le escapó que, al contrario que su primo, Julian hablaba en presente. Tras una pausa, añadió—: ¿Acaso la han encontrado?

—No, creo que no. —Se aclaró la voz—. El mar ha arrojado dos cadáveres en la playa de Portmellon, a una milla de aquí. Un hombre y una mujer. Pero ella es rubia.

—¿Ningún... niño?

Como Damaris no escuchó ninguna respuesta, supuso que Henry había contestado con un gesto negativo.

Se le rompía el corazón. Su propia pérdida seguía siendo tan reciente que cualquier cosa la hacía llorar. Y allí estaba aquel hombre, presa del dolor, pero alentando la esperanza de que algún miembro de su familia siguiera con vida. Se sentía casi abrumada.

—Quiero verla.

—No creo que sea buena idea, señor Harrington. No es... En fin, no es un espectáculo agradable.

La joven no tuvo fuerzas para seguir escuchando. Cerró la ventana con el máximo sigilo y se retiró al otro extremo de la habitación, a su sillón de lectura.

Los fallecidos fueron enterrados en el cementerio de Saint Ewe, la parroquia a la que estaba adscrita la zona. Julian los reconoció. Se trataba de Peter Berkeley, el cocinero del barco, y Elizabeth Milton, una pasajera. Henry se ocupó de sufragar unas sencillas lápidas para sus tumbas.

Gracias a sus cautelosas preguntas, sumadas a su amable insistencia, lograron averiguar algo más de su misterioso invitado.

Julian Harrington, hijo de un carretero de las afueras de Londres, había emigrado de niño a la colonia de Carolina del Sur. Allí, su padre fundó con sus tres hijos una empresa de transportes denominada Harrington & Sons. Tras la muerte de sus progenitores, Julian se instaló con su mujer tierra adentro, donde poseían una pequeña granja. Tuvieron tres hijos, un niño y dos gemelas. Pero comenzaron los tumultos del movimiento por la independencia y, como muchos otros colonos ingleses, se vio abocado a una guerra que no deseaba. Con el fin de proteger a su familia, decidió regresar a su país de origen. Todo para acabar naufragando allí, ante las costas de Cornualles.

La vida puede ser muy cruel.

Durante los días y semanas siguientes Damaris recorrió a menudo el litoral. Con suerte lograba ver a Julian en el camino costero, escrutando el agua como si esperara que un milagro le devolviera a su familia.

¿Qué había dicho Allie? Que era un bucca. Un príncipe de los mares que aguardaba a su amada desaparecida.

Su desgracia y su dolor despertaban en la joven la compasión más profunda. Demasiado bien sabía lo que significaba perder una familia. Ella al menos tenía a Allie. Él, sin embargo, lo había perdido todo.

A pesar de su aire melancólico, había algo en aquel bello desconocido que la atraía irresistiblemente y le aceleraba el pulso cada vez que lo veía. Aunque desde la distancia solo distinguía su silueta, habría podido reproducir cada línea de su rostro gracias a las muchas veces que lo había dibujado. Siempre en secreto, por supuesto, y de memoria. Guardaba los retratos como un tesoro, escondidos en un hueco oculto tras el panelado de su habitación.

Damaris reprimió un bostezo. Se encontraba en el *boudoir* junto con Allie, Harriet y Grace, la hermana de Henry. Se afanaba en bordar un cojín con flores de colores. Pero carecía de paciencia, y ya se había pinchado los dedos dos veces.

¡Cuánto habría preferido participar con los hombres en la partida de caza que aquella mañana abatía faisanes en la propiedad de los Tremayne! Desde luego, ella no dispararía (nunca se lo permitirían), pero al menos disfrutaría del aire libre, en lugar de verse allí encerrada bordando cojines aburridísimos. Ardía en deseos de que regresaran los hombres con su botín y les contaran sus hazañas. Más tarde se iba a celebrar un almuerzo veneciano, una recepción informal en la que los convidados permanecerían de pie.

Cuando se le acabó el hilo verde con el que pretendía representar una rama, depositó la labor en una mesita auxiliar.

—Disculpadme. —Se excusó—. Voy a la biblioteca.

Allie levantó la vista de su lectura.

—¿Puedo ir contigo? Quiero otro libro.

—Claro.

En cuanto abandonaron el saloncito se sintió mucho mejor.

—¡Me moría de aburrimiento! —le susurró a Allie mientras empujaba la silla.

La gran biblioteca de su primo, con sus altas estanterías, era una de sus estancias preferidas. Podía pasarse horas allí, revolviendo entre cientos de libros y retirándose a un rincón, o bien a la sala de lectura, para sumergirse en historias románticas y de aventuras. En muchas mansiones, según le había contado Harriet, las bibliotecas se reservaban exclusivamente a los hombres. Pero Henry no compartía esa visión: él insistía en que todos los miembros de la familia y cualquier invitado podían utilizarla.

Abrió la puerta, empujó la silla, y una vez dentro la cerró a su espalda. Después se dirigió directa a la sección preferida de Allie, la estantería de los cuentos.

—¡Maris! —El susurro de su hermana resonó en el silencio—. ¡El bucca!

Efectivamente allí estaba Julian, a tan solo unos pasos de ellas, frente a una estantería. Llevaba el pelo rubio sujeto en una coleta, y estaba examinando atentamente los lomos de los libros.

Damaris tragó saliva. De pronto le temblaban las rodillas.

—Buenos días, señor Harrington. No... no me había fijado en... en que estaba usted aquí. —Maldita sea, ahora empezaba a tartamudear. Ojalá Julian no hubiera oído a Allie.

Él asintió sin decir nada y tomó un libro.

—¿Me recuerda? Me llamo Damaris Tremayne. Soy la prima del señor Tremayne, al igual que mi hermana Alison.

—En realidad no correspondía a una joven dama presentarse por sí misma, pero a fin de cuentas tampoco se encontraban en una recepción oficial.

—Señorita Tremayne, señorita Alison... —Salvo por la ligera inclinación de cabeza, no se movió en absoluto. Las había saludado con total corrección: refiriéndose a la mayor por el apellido y a la pequeña por el nombre de pila.

Damaris dudó un momento, confundida por aquella falta de emoción. Quizá el joven no caía en la cuenta de quién era ella exactamente.

Y sería una descortesía recordárselo directamente.

—¿No hace un tiempo precioso? —comenzó a decir, dando un rodeo—. Muy distinto del de hace tres semanas, cuando lo encontré en la playa.

—¿Fue usted quien me rescató?

Ella asintió con el corazón acelerado. Por fin iba a suceder. Por fin la cubriría de agradecimientos y le aseguraría su afecto eterno.

—Gracias —se limitó a decir, sin mirarla.

¿No pensaba añadir nada más? Aunque se lo tomó como una falta de respeto, la buena educación le recomendó callarse.

Recomendación que, a todas luces, no pensaba seguir Allie.

—¿Eso es todo? —le espetó esta, expresando a la perfección los pensamientos de su hermana.

—¡Allie, por favor! —le susurró Damaris. Pero la niña no se arredró.

—Es usted un maleducado. ¡Mi hermana le salvó la vida!

Entonces él levantó la vista y miró a la joven con sus ojos como el mar.

—Ojalá no me hubiera salvado.

Ella no daba crédito. ¿Había oído bien?

Sin embargo, un instante después lo entendió. Comprendió por qué aquel hombre no se deshacía en agradecimientos.

—Lamento enormemente su pérdida —aseveró, con un nudo en la garganta—. Pero... puede que aún haya esperanza. El primo Henry hace todo lo posible por encontrar supervivientes y...

Al verlo negar con la cabeza, enmudeció.

—El señor Tremayne es muy generoso y siempre estaré en deuda con él. Pero han pasado ya tres semanas, es absurdo hablar de esperanzas. El único superviviente soy yo. —Contempló el libro que sostenía en la mano y luego la miró de nuevo—. Sé que usted solo cumplió con su deber de buena cristiana, señorita Tremayne.

Aunque no añadió nada más, ella percibió un mudo reproche: debía haberlo dejado morir.

—Todas las vidas son un regalo —repuso la joven—. El primo Henry dice que debemos aceptarlo con agradecimiento.

—Si él lo dice... —Y entonces apartó la vista, como si hubiera recordado algo—. ¿Me permite una pregunta?

—Por supuesto —respondió Damaris, sintiéndose muy aliviada de repente.

—Cuando me encontró, ¿llevaba un reloj de bolsillo? De plata, con una estrella y mis iniciales grabadas. Lo sujetaba al chaleco con una cadena, en el lado derecho.

Ella negó con la cabeza, algo decepcionada de que no quisiera preguntarle otra cosa.

—No, lo lamento. Allie, ¿tú viste un reloj o una cadena?

Pero la niña también hizo un gesto negativo.

Él se encogió de hombros.

—Pues se perdería en el mar. Era un regalo de mi esposa —añadió tras un instante—. Me habría gustado conservar... al menos algo suyo.

—Cuánto lo siento —murmuró afectada—. Podemos preguntarle al señor Ashcroft, el guardabosques. Él nos ayudó a traerlo aquí.

—Ya lo he hecho. Insiste en que no vio ningún reloj.

—¿«Insiste»? —repitió la joven—. ¿Acaso duda de sus palabras?

—Seguramente debería creerle, al fin y al cabo, me ayudó. Pero ese hombre no me inspira confianza.

Damaris no se extrañó. A ella tampoco le parecía de fiar.

Asintió con la cabeza mientras se esforzaba por encontrar otro tema de conversación. Aunque no es que estuvieran manteniendo precisamente una charla distendida, tampoco deseaba que se terminase tan pronto. Era la primera vez que cruzaba con Julian algo más que unas pocas palabras.

Al mirar por la ventana vio a los sirvientes montando mesas: la recepción de después de la caza. Sí, eso podría brindarles la oportunidad de charlar.

Señaló al exterior.

—Esperemos que el buen tiempo se mantenga. —comenzó a decir, tratando de parecer despreocupada—. Henry ha organizado un almuerzo veneciano en el jardín. Será muy informal.

—Sí, estoy al tanto. Me ha invitado.

Ella sintió un gran alivio.

—Entonces ¿contaremos con su compañía?

—Casi seguro. Por cierto, ahora que menciona el tiempo: ¿recuerda usted qué tiempo hacía la noche de... —dudó un instante— de la desgracia?

—Sí, claro. Estalló una tempestad terrible, con fuertes vientos y mucha lluvia. Casi no logramos dormir.

—¿Y observó algo extraño?

—¿Algo extraño? ¿Aparte de la tormenta? No, nada. ¿Y tú, Allie?

La niña hizo un gesto negativo. Tenía en el regazo un libro que había sacado de uno de los anaqueles inferiores, pero no le prestaba la menor atención.

—¿Por qué lo pregunta? —inquirió Damaris.

—Porque aquella noche el capitán y yo divisamos luces en la costa. Parecían las luces de posición de un barco que cabeceaba en el puerto. Esa fue la razón de que el capitán se desviara de la ruta y pusiera rumbo a la costa. —Miró al jardín, donde dos sirvientes estaban colocando grandes bandejas de comida—. Pero, según el señor Tremayne, aquí no hay un puerto lo bastante grande para que fondeen buques de tres palos.

Julian ya había mencionado el asunto de las luces al poco de recobrar el conocimiento en la sala de lectura. La joven empezó a comprender lo que sugería.

—¿Qué insinúa? ¿No querrá decir que alguien encendió esas luces a propósito?

—Precisamente. La cocinera me lo ha contado. Dice que aquí hay gente que se dedica a atraer los barcos hacia las rocas para después recoger las mercancías que el mar arroja a las playas. Gente a la que no le importa que muchas personas mueran.

Ella sacudió la cabeza, consternada. Aunque, efectivamente, había oído hablar de ello. De raqueros que agitaban faroles con la intención de desorientar a los barcos y saquear la mercancía que llegaba a la costa. Un crimen espantoso. Sin embargo, hasta entonces creía que aquello no podía suceder en sus inmediaciones.

—Es... Apenas puedo creerlo. Porque entonces se trataría de...

—Asesinato —sentenció él, concluyendo la frase. Su voz se volvió cortante—. Asesinato múltiple y calculado. Para enriquecerse.

Ella lo miró. La invadió una oleada de sentimientos, una mezcla de incredulidad, espanto y... sí, también emoción. Porque Julian estaba compartiendo con ella sus reflexiones.

—Es una sospecha terrible —afirmó—. ¿Lo ha hablado con mi primo?

—Sí, pero sostiene que es imposible. Que estoy equivocado.

Muy propio de Henry. Creía que ningún ser humano era capaz de hacer el mal.

Entonces empezaron a llegar voces y risas provenientes del jardín, y también el inconfundible sonido del cuerno de caza.

Damaris señaló la ventana.

—Parece que los cazadores han regresado. Enseguida se congregarán muchas personas. Quizá podría aprovechar para hacer algunas preguntas relativas a su... sospecha.

Él asintió.

—Quizá. Señorita Tremayne, señorita Alison... —Se giró,

dispuesto a marcharse, pero al momento dio media vuelta—. Díganme, ¿qué es un bucca?

Damaris sintió que se ruborizaba.

—Una... una criatura marina de las leyendas de Cornualles.

Él enarcó una ceja y no añadió nada más.

—¡Te digo que es un bucca! —afirmó Allie cuando la puerta se cerró tras él—. ¡Y bien grosero!

La temperatura resultaba casi veraniega a pesar de estar a mediados de marzo. Los invitados de Henry ya bullían por el extenso césped recién segado del lateral de la mansión. Además de los cazadores, que se habían cambiado de ropa y lucían sus prendas de sociedad, también habían acudido parientes y otros invitados. El protocolo no era tan rígido como en otras celebraciones, cada cual podía moverse a su antojo.

El jardín del parterre, situado ante la mansión, estaba formado por un conjunto de arbustos bajos y de lechos florales dispuestos en diseño geométrico. Damaris escrutó primero el jardín y luego el grupo de invitados, tratando de distinguir la alta figura de Julian. Casi tropezó con la silla de Allie cuando por fin lo localizó. Charlaba con Charles Rashleigh, el marido de Grace, la hermana pequeña de Henry.

—Maris, ¿me estás escuchando? —la reprendió su hermanita.

—Perdona, ¿qué me decías?

—Te decía —repitió con énfasis— que tengo hambre. ¿Vamos al bufet?

A lo largo del muro de ladrillo blanco de la casa habían

dispuesto unas mesas que rebosaban de manjares fríos. Damaris buscaba uno de esos panecillos triangulares rellenos de finas lonchas de asado cuando apareció a su lado Thomas Gray.

—Señorita Tremayne, me alegro mucho de verla.

—Igualmente, señor Gray. —Se trataba del joven paisajista, que también se alojaba en la mansión. No resultaba especialmente atractivo, con su prominente barbilla y su nariz ganchuda, pero era muy simpático—. ¿Le ha ido bien en la cacería?

—Desgraciadamente, no. O bien yerro el tiro, o bien se me encasquilla el arma porque la pólvora está húmeda. En fin, afortunadamente esta comida no depende de mis habilidades cinegéticas. Los sándwiches están realmente apetitosos, ¿no le parece?

—Desde luego. Y resultan muy prácticos. Se pueden comer con una mano y no hacen falta platos ni cubiertos.

Gray tomó uno relleno de finas láminas de pepino.

—¿Sabía usted que esta nueva moda debe su nombre al conde de Sandwich? Así, el buen hombre no tenía que dejar la partida de cartas ni para comer.

Damaris enarcó las cejas, sorprendida.

—Me asombran sus conocimientos culinarios, señor Gray.

—Oh, soy experto en muchas áreas. Y muy poco modesto, como puede observar —contestó con un guiño—. En realidad, mi cultura gastronómica se reduce a lo que le he contado. Como bien sabe, mis campos de especialidad son otros.

La joven eligió también un sándwich de pepino.

—Tengo entendido que está usted trabajando en un gran proyecto para los terrenos de Heligan —mencionó, mientras mordía el panecillo.

—Así es. Y según tenemos planeado, pronto el señor Tremayne y yo comenzaremos a realizar los primeros cambios en la finca.

Damaris tragó el bocado.

—¿Es que su estado actual no le parece bonito?

—Claro que sí, es bonito. Pero la idea es lograr la perfección. Convertiremos esta magnífica propiedad en algo aún más grandioso.

—¿Más grandioso? —repitió ella. Dio otro mordisco y se volvió discretamente. Desde ese ángulo podía observar sin que se notara a Julian, que sostenía una copa y se mantenía al margen, mirando a los asistentes. Cuando reparó en Damaris esbozó una leve sonrisa que la hizo atragantarse y comenzar a toser.

Gray se mostró muy preocupado.

—¿Se encuentra bien?

—Sí, sí. Gracias. —Carraspeó—. Me estaba contando sus planes para convertir Heligan en un lugar aún más hermoso...

—Ah, por supuesto —afirmó el joven retomando la conversación, lleno de entusiasmo—. Estos parterres simétricos y planos hace tiempo que no agradan al señor Tremayne. Estamos de acuerdo en transformar las parcelas en un moderno jardín rebosante de naturaleza. Una especie de *ferme ornée* o granja ornamental. Con vistas despejadas, bosquetes y arbustos, un pequeño lago y una gruta o un templete griego. Es la última moda. —Se llevó el sándwich a la boca, pero volvió a apartarlo—. Permítame que para expresarlo me sirva de las palabras del maestro Lancelot Brown: «Comparo mi trabajo de paisajista con el de un poeta. Aquí pongo una coma y, si hace falta un acortamiento, coloco un paréntesis. Donde es necesario cierro con un punto y comienzo otro tema».

—¿Y cómo decide dónde poner un punto y dónde una coma?

A Gray se le dibujó una sonrisa pícara.

—Ah, precisamente ahí radica el arte. ¿Acaso le preguntaría eso a un poeta?

De pronto se oyeron unas risas y aplausos, porque uno de los cazadores estaba relatando cómicamente sus hazañas. El joven se dio cuenta de que tenía una mancha de salsa en el chaleco de rayas rojas. La frotó con una servilleta, pero solo consiguió extenderla, de modo que desistió y se dirigió de nuevo a Damaris:

—Aun así, una empresa como esta resulta complicada en la costa de Cornualles. La finca se halla expuesta a los fuertes vientos del oeste. Por ello, primero debemos plantar una especie de muro protector. ¿Ve esa zona de allí? —preguntó, señalando más allá de la casa, donde se extendían las praderas—. Allí plantaremos durante los próximos días un primer cargamento de coníferas. Crecen deprisa, por lo que en los sucesivos años contaremos con un seto bien denso que frenará los vientos. Solo entonces podremos empezar con la verdadera construcción del jardín.

Continuó sus explicaciones hablando de perspectivas, de combinar el aprovechamiento hortícola con la belleza del jardín, de los desmontes y replantaciones necesarios y otros asuntos similares. Damaris asentía de vez en cuando con fingido interés, sin dejar de observar secretamente a Julian. Allie ya había terminado su sándwich y se examinaba las uñas con aburrimiento.

—Pero, discúlpeme, estoy hablando sin parar y no la dejo decir ni una palabra. —Entonces Gray señaló hacia delante con la mano que sujetaba el panecillo—. Mire, aquí acuden a rescatarla el señor Tremayne y el señor Rashleigh—. Hizo una profunda reverencia, muy poco oportuna para su tentempié, pues este se desmontó y el abundante relleno de pepino aterrizó en el césped recién cortado con un ruido sordo.

Damaris tuvo que morderse el labio para no reírse, pero Allie no logró contenerse. Entretanto, Henry y su cuñado ya habían llegado a su lado. Charles y su esposa Grace residían en la cercana Mansión Duporth y visitaban Heligan a menudo.

—Pero, bueno, señor Gray, ¿ya está usted aburriendo a las damas con sus peroratas sobre jardines? —bromeó Charles mientras un sirviente se afanaba en recoger los restos del accidente.

—Espero que no, señor Rashleigh. —El joven se ruborizó, miró a Damaris y se inclinó de nuevo.

Intercambiaron algunas gentilezas, hablaron del tiempo y de diversas aficiones y después Henry se dirigió a su cuñado:

—¿Sabías que mi prima es una dibujante prometedora?

—Ah, ¿también dibujas? No lo sabía, primita. ¿Y qué tipo de cosas pinta, si se me permite preguntar?

Ella tragó el último bocado y se limpió las manos con una servilleta.

—Sobre todo flores y motivos naturales. Me encantan los paisajes. Prefiero los apuntes al carboncillo a los grandes cuadros.

—Y a veces también hace retratos. —Se entrometió su hermana—. Ha dibujado al señor Harrington.

Damaris deseó que se la tragara la tierra. Sintió ganas de asesinar a Allie. ¿Cómo demonios lo sabía?

—¿De veras? ¿Al invitado misterioso? —La voz de Charles tenía un poso de socarronería, pero enseguida recobró la seriedad—. He hablado con él hace un rato. Con ese tal Julian Harrington, como se hace llamar. Sinceramente, Henry, no sé qué pensar.

El señor Tremayne lo miró, frunciendo el ceño.

—¿Por qué lo dices?

—Pues porque en realidad no sabemos nada de él. Puede contarnos lo que más le convenga. ¿Cómo sabes que no es un estafador que anda detrás de tu dinero?

Damaris se indignó. Pero ¿qué tonterías se le ocurrían?

—Es un ciudadano inglés que vivió mucho tiempo en las colonias de Norteamérica y que regresaba en barco a su país —explicó Henry—. Ha perdido a su familia en circunstancias muy trágicas.

—Eso es lo que él dice —replicó su cuñado—. Pero ¿te ha mostrado pruebas? ¿Has podido confirmarlo? ¿Cómo sabemos que es quien finge ser? Por favor, si ni siquiera le gusta jugar a las cartas...

—¿Por eso desconfías de él, porque no juega? —inquirió Henry, soltando una carcajada—. ¿Y quién crees tú que «finge» ser? No me parece que se haga pasar precisamente por el emperador de China.

—Está bien, pero tienes que reconocer que apenas cuenta nada de su pasado. Eso me resulta... sospechoso.

Henry sacudió la cabeza.

—A mí me basta con lo que veo. Yo le creo. Es un hombre honesto que ha sufrido una desgracia terrible. No necesito saber más.

—Eres demasiado confiado para este mundo, Henry. Algún día tu bondad te va a costar un disgusto.

—Al contrario que tú, querido cuñado, yo no creo que cualquier hombre sea un granuja —repuso con una sonrisa.

—¿No os estaréis peleando en este día tan bonito? —interrumpió Harriet, la esposa de Henry. La seguía un sirviente con una bandeja repleta de copas de ponche de frutas.

—Por supuesto que no. Solo estaba tomándole el pelo a tu marido. —Charles tomó varias copas y se las ofreció a Henry, a Damaris y a Allie. Después se ocupó de Gray y de sí mismo—. Pero hablemos de otros asuntos. Henry, he oído que planeas realizar grandes cambios en la propiedad.

—Así es. Por eso tengo como huésped al señor Gray. —Señaló al joven, que repitió la reverencia, esta vez, precavidamente, sin sándwich—. Es la nueva estrella en el firmamento del paisajismo. Vamos, vamos, señor Gray, ¡no sea modesto! Él me aconsejará en todo el proceso. Actualmente se encarga de medir las parcelas, y ya estamos debatiendo las primeras ideas para el diseño. Solo me falta un poco de inspiración.

Gray carraspeó.

—Si me permite hacer una sugerencia al respecto...

—Por supuesto, adelante.

—¿Qué le parecería realizar una especie de *grand tour* por los grandes jardines de Inglaterra? Se me ocurren por ejemplo los jardines de Blenheim Palace, o el jardín de Stowe. O los de Hestercombe. Sí, sin duda a Hestercombe debe acudir, la propiedad es realmente encantadora con su estilo arcádico y su catarata... ¡Hay tanto que ver! En fin, es lo que haría yo en su lugar.

Henry asintió, pensativo.

—Es una idea extraordinaria, señor Gray. Voy a considerarla seriamente.

A partir de aquel momento la conversación giró en torno a los posibles destinos del futuro viaje y al presupuesto nece-

sario. Debían disponer de seis a ocho semanas, preferible-
mente al comienzo de la primavera, cuando el mundo vegetal
despierta y florece, pero aún no hace demasiado calor.

Damaris alzó la mirada y buscó de nuevo a Julian. Pero
había desaparecido.

7

Damaris

Costa de Cornualles, cerca de Mevagissey, finales de marzo de 1781

El viento, que había refrescado, le azotaba la cara con gotas saladas que sabían como lágrimas. Sobre el mar se cernían negras nubes, el sol tan solo lanzaba sus últimos rayos en el horizonte, como si se resistiera a ocultarse. Aquella noche habría tormenta.

Damaris se apoyó en una gran roca pelada que se alzaba junto a un arbusto de genista cuajado de flores amarillas. Debía regresar ya, pero no conseguía moverse. Julian estaba allí cerca y deseaba verlo al menos una vez más antes de emprender el camino de vuelta.

¿Dónde se habría metido? Siguiéndolo como de costumbre, lo había visto tomar un sendero que descendía hasta una de las múltiples calas. Pero lo perdió de vista al pie de los acantilados.

Sabía que resultaba no solo ridículo, sino también totalmente inapropiado que una joven persiguiera de tal modo a un hombre. Más aún si este no respondía en absoluto a su interés. Pero su anhelo era más fuerte que cualquier reflexión.

Él le había sonreído en la fiesta del jardín. Fue una sonrisa muy leve, puede que motivada únicamente por la amabilidad. Pero Damaris se negaba a entenderla así. No, sin duda significaba algo más.

Por supuesto, debía concederle tiempo, acababa de perder a su familia.

Ella podía esperar. Aunque hicieran falta varios meses.

Poco a poco iba oscureciendo y ya apenas se distinguía nada. En unos minutos tendría que marcharse de verdad. Suspiró. Seguramente se quedaría sin verlo.

Entonces oyó un ruido y, llena de esperanza, se asomó con cautela por detrás de la gran roca.

No, no era Julian. Se trataba de Bill Ashcroft, el guardabosques. Reconoció sus pesados andares y el arma que llevaba al costado. Sostenía un farol encendido.

¿Acaso no había dicho Julian que no se fiaba de él? Si la descubría allí le haría muchas preguntas, de modo que se ocultó tras la roca.

Ashcroft pasó por delante sin notar nada.

¿Qué se le había perdido en la costa cuando caía la noche? ¿Qué estaba haciendo allí? Lo vio descender por el sendero.

El cielo se cubría cada vez más y las nubes se oscurecían. Damaris se asomó al borde del camino para atisbar la playa.

Distinguió el brillo bamboleante del farol. Y luego percibió una voz. Ashcroft hablaba con alguien que Damaris no alcanzaba a ver.

Se apartó de la cara los mechones que el fuerte viento le había soltado del moño y aguzó el oído todo lo que pudo. Solo le llegaban sílabas sueltas, el fragor del viento le impedía entender las palabras.

¿Con quién hablaba? ¿Con Julian? ¿Se habrían citado allí? Aunque aquella curiosidad resultaba absolutamente inapropiada, se acercó aún más al borde, tratando de ver mejor. Entonces la tierra cedió bajo sus pies y, con un grito de terror, se precipitó pendiente abajo.

Por suerte un montón de tierra, hierba y guijarros amortiguó un poco su caída, y finalmente aterrizó en la playa. A los pies de Julian.

Se le paró el corazón al encontrárselo tan de repente, y en una situación tan embarazosa. ¡Qué vergüenza!

Una risita nerviosa ascendió por su garganta y se le quedó atravesada. El joven parecía muy nervioso y resultaba evidente que lo inquietaban otras preocupaciones más importantes que su mala pata.

—Pero ¿qué está haciendo aquí, señorita Tremayne? ¡Váyase, deprisa! —le ordenó, sin tenderle la mano ni tratar de ayudarla.

—Vaya, vaya, ¿a quién tenemos aquí? —Cuando volvió la cabeza, Damaris vio al guardabosques, con la escopeta colgada del brazo y el cañón apuntando hacia abajo—. Pero si es la señorita Tremayne. Qué agradable sorpresa. —Se tocó el ala del sombrero.

—¡Levántese! —ordenó Julian, con más energía—. ¡Y váyase ahora mismo!

—No hace falta —repuso Ashcroft—. La señorita puede oírlo todo.

Un mal presentimiento asaltó a la joven. Se incorporó lentamente.

Había anochecido del todo. Solo el guardabrisa, con su vela resguardada en el interior, arrojaba algo de luz. Aquellos faroles no se apagaban ni en las noches más ventosas.

Le pasaron mil preguntas por la cabeza.

¿Qué hacía Ashcroft en la cala con aquel farol?

—¿Qué está sucediendo aquí? —inquirió.

El guardabosques le hizo un gesto afirmativo a Julian.

—Venga, a ver si sabe contárselo.

—Pretende atraer a los barcos —explicó este con rostro inexpresivo—. Se pasea por la playa con esa luz imitando el cabeceo de un barco en el puerto.

El hombre asintió, impresionado.

—Vaya, mis respetos. No lo creía tan listo. ¿Cómo lo ha sabido?

—No todos los contrabandistas le tienen aprecio.

Ashcroft sonrió con malicia.

—No me extraña... En fin, en cualquier caso, el libre comercio, o contrabando como usted lo llama, ha existido aquí desde siempre. Y a nadie le molesta.

—Lo que usted hace es mucho peor que el contrabando —le espetó Julian, cortante—. Es asesinato. ¡Usted ha matado a mi familia! ¡Y a muchas personas más!

Damaris estaba horrorizada. Y aunque el miedo la paralizaba, intervino:

—Entonces todo es cierto... —concluyó la joven, mirando de hito en hito al guardabosques—. ¡Fue usted! ¡El Albatros se hundió por su culpa! ¡Con su farol lo hizo estrellarse contra las rocas!

—A veces a la suerte hay que darle un empujoncito —respondió este—. A usted no le ha faltado nunca de nada, señorita Tremayne. Jamás ha tenido preocupaciones. Siempre ha contado con techo y comida.

—Pero... pero a usted eso no le falta —tartamudeó la joven—. Viajaban... ¡viajaban casi cincuenta personas a bordo! Y usted los envió a su perdición. Cualquier juez lo condenará a muerte.

Él se encogió de hombros.

—Eso será si me pillan. Y no me pillarán. —Levantó el arma y apuntó alternativamente a ambos.

A Damaris le martilleaba el corazón en los oídos.

Julian avanzó lentamente.

—No haga tonterías, Ashcroft.

—No son tonterías. Dadas las circunstancias, es lo más inteligente.

El joven agarró a Damaris con el brazo sano y la arrastró detrás de él. Asustada, ella se aferró a su chaqueta.

—¿Pretende protegerla? Qué conmovedor —se mofó el hombre—. Pues peor para usted, así será el primero. —Y apretó el gatillo.

8

Damaris

Mansión Heligan, finales de marzo de 1781

—¿Crees que ahorcarán a Ashcroft?

Allie parecía presa de una mórbida fascinación. Se encontraba con su hermana en el salón, desde donde contaban con una amplia vista del camino de entrada, cubierto de gravilla. El sol que entraba por la ventana arrancaba reflejos dorados a su pelo cobrizo.

Damaris dejó caer en el regazo la novela que había cogido de la biblioteca.

—Seguramente —respondió con tono sombrío—. Es responsable de tantas muertes que al juez no le quedará otro remedio.

Robarle el reloj a Julian mientras yacía medio muerto en la playa constituía uno de sus menores delitos. En una cueva oculta en los acantilados, cuya entrada apenas permitía el paso de un hombre, los soldados de la guardia costera habían hallado restos del botín del último naufragio, entre los que se contaban zapatos, cubiertos de plata y una bolsa de monedas de cobre.

El primo Henry quedó consternado al descubrir que el guardabosques, que llevaba tantos años a su servicio, había sido capaz de perpetrar semejantes crímenes. Aun así, avisó de inmediato a la guardia que, tras un breve interrogatorio, lo trasladó a la prisión de Launceston.

Damaris revivía en su mente una y otra vez la escena de la cala. Julian la había salvado. Se situó delante de ella y la protegió con su cuerpo cuando Ashcroft apretó el gatillo. Lo que sucedió después se debió a la providencia divina, o a la mayor de las suertes: si la escopeta no se hubiera encasquillado debido a la pólvora húmeda, Julian estaría muerto o gravemente herido. Lejos de eso, el joven aprovechó el breve instante de confusión para atacar al guardabosques. Le arrebató el arma de las manos y le propinó un culatazo en las costillas que lo dejó doblado.

Damaris aún tenía el miedo metido en el cuerpo. Pero al recordar cómo la había protegido Julian sentía un agradable cosquilleo.

A primera hora de aquella mañana su primo y el joven habían partido a caballo a Launceston, que distaba unas cuarenta millas. Allí se celebraba el juicio contra Ashcroft. Julian acudía en calidad de testigo y Henry consideraba su deber como reverendo ofrecer apoyo espiritual a un hombre que había estado tanto tiempo a su servicio.

La joven suspiró levemente y retomó la lectura. *Amor y locura,* de Herbert Croft, publicada el año anterior. Qué título tan apropiado.

Al poco rato volvió a bajar el libro. Aunque era muy emocionante (una novela epistolar que trataba de un asesinato), no lograba concentrarse.

—¿Por qué estás tan triste? —inquirió Allie de repente.

—Ya lo sabes.

—¿Porque se va el bucca... el señor Harrington?

Damaris asintió y apretó los dientes.

—A mí también me da pena —suspiró la niña—. ¿Por qué quiere marcharse? ¿Es que ya no está a gusto aquí?

Su hermana parpadeó, intentando contener las lágrimas.

—No ha dicho eso.

Realmente no había dicho casi nada. Tan solo que se iría en cuanto el asunto de Ashcroft terminara.

—A lo mejor desea regresar al mar —aventuró Allie.

A Damaris se le escapó una exclamación que sonó a risa y a llanto, todo a la vez.

—Espero que no.

Entonces distinguieron el ruido de un carruaje que se acercaba. Pero no podían ser Henry y Julian porque se habían marchado a caballo.

—¡Ven, mira! —exclamó la niña, que estaba mirando fuera desde una ventana en cuya repisa descansaba un jarrón con tulipanes. Damaris levantó la vista del libro con el corazón acelerado. ¿Y si a pesar de todo eran ellos?

Un carruaje de mercancías se había detenido ante la mansión y un hombre en ropa de trabajo sacaba un gran cesto con la tapa trenzada. Resultaba raro que no se hubiera detenido ante la puerta de servicio, situada en la parte posterior de la mansión.

Damaris oyó que Bellwood, el mayordomo, cruzaba unas palabras con el repartidor. Después el carro se alejó.

—¿Qué habrá traído? —se preguntó Allie—. Venga, Maris, vamos a enterarnos.

Esta lanzó un leve resoplido, pero no la disuadió. Desde luego, distraerse les sentaría bien a las dos. Empuñó la silla de ruedas, abrió la puerta y ambas abandonaron el salón.

Encontraron el gran cesto en el vestíbulo. En una nota sujeta a la tapa y escrita en letra recargada podía leerse: SEÑOR HENRY HAWKINS TREMAYNE. Les pareció oír una especie de gemiditos ahogados provenientes del interior.

A Allie se le iluminó el rostro de la emoción.

—¿Podemos ver qué es? ¡Por favor, Maris! Solo un segundito, antes de que se lo lleven.

—Pues no sé. No creo que...

—¡Andaaa! ¡Por favor, por favor, por favor!

Al final cedió. Para ser sincera, ella también sentía mucha curiosidad. Desató las correas de cuero que sujetaban la tapa y la abrió con mucha cautela. Allie dejó escapar un gritito lleno de ilusión: del cesto, forrado con una suave manta, surgieron las cabezas de dos perritos gimoteantes. Uno con manchas blancas y negras y el otro tan negro que casi parecía un topo grande. Damaris no sabía distinguir de qué raza eran.

—¡Oh, son monísimos! —El rostro pecoso de la niña irradiaba felicidad. Metió las manos y sacó un cachorro de piel sedosa. Al momento, el animal comenzó a mover la cola y a lamerle las manos.

—¿Serán para nosotras?

—No lo sé. Habrá que preguntarle a Henry —contestó su hermana.

Levantó la cabeza al percibir el suave tintineo de llaves que acompañaba a la gobernanta. Esta apareció en el vestíbulo con paso nervioso.

—¿Para quién son los cachorros, señora Waterman? —preguntó Damaris.

—Lo ignoro, señorita. Y ahora mismo no tengo tiempo de averiguarlo. Acaba de llegar el señor. —Al parecer, lo había visto desde una ventana de la primera planta.

Acababa de llegar el señor. Eso quería decir que Julian también estaba allí. Se le aceleró el pulso.

—Venga, Allie, devuélvelos al cesto.

—¿No puedo quedármelos un ratito más? Los cuidaré bien.

—Como quieras —accedió con impaciencia. Se levantó, se alisó el vestido y atravesó el vestíbulo a toda prisa hasta la puerta, donde en ese instante estaban descabalgando los jinetes: Henry... y Julian. Un mozo de cuadra acudió presuroso para hacerse cargo de los animales.

—Bienvenidos a casa —saludó la joven, y a continuación preguntó, mirando directamente a Julian—: ¿Ashcroft ha sido...?

—Sí —respondió este—. Así es.

—Ha sido condenado a muerte —añadió Henry con un solemne tono clerical, ampliando la información—. Y la sentencia se ha ejecutado sin demora. Que Dios se apiade de su alma. —Bajó la cabeza y murmuró una breve oración. Luego alzó la vista y la alegría le iluminó el rostro al descubrir en la puerta a Harriet y al pequeño John.

—¡Fíjate! —exclamó ella, risueña—. ¡Sus primeros pasos! Vamos, Johnny, enséñale a papá lo bien que andas.

De la mano de su madre, el pequeñín avanzó hacia Henry con pasitos inseguros.

Damaris sonrió, el niño era realmente adorable. Después miró de nuevo a Julian, que se estaba quitando los guantes de montar mientras observaba al joven retoño de los Tremayne. Sus movimientos eran muy lentos. No se necesitaba mucha perspicacia para comprender que aquella escena le recordaba a sus propios hijos.

—Me... me alegro de que ya hayan regresado —se atrevió a decir la joven, en un pobre intento por distraerlo.

—Señorita Tremayne... —Él se despidió secamente y se dirigió a la puerta antes de que pudiera retenerlo.

Se quedó allí plantada, observando cómo entraba en la casa. Le ardían los ojos e hizo un gran esfuerzo por contener las lágrimas. Ni siquiera la había mirado. Además, enseguida se marcharía para siempre.

—Voy... voy a dar un paseo —logró decir. No quería mostrar sus sentimientos rompiendo a llorar ante su primo y su esposa.

—Claro, querida, como desees —respondió Henry distraídamente, mientras le hacía cosquillas al pequeño.

Recogiéndose la falda, se alejó a toda prisa. Dejó atrás los establos, la amplia huerta y el aserradero, que era accionado por un molino de agua y se hallaba rodeado de tablones apilados. Pasó junto a una yunta de bueyes que tiraba de un arado mientras varias gaviotas los sobrevolaban. Solo cuando supo que nadie la veía desde la casa dio rienda suelta a su tristeza. Siguió avanzando en dirección a la villa de verano por el arenoso camino de herradura, orillado de robles y hayas, hasta que llegó a una bifurcación con un portillo que daba acceso a los campos. Allí se detuvo, ocultándose tras un haya de pesadas ramas en cuya corteza podían leerse unas inscripciones.

Lo que había hecho tras la fiesta de primavera era una niñería estúpida, y además seguramente resultaba perjudicial para el árbol. Pero de algún modo necesitaba expresar su anhelo, de lo contrario iba a estallar. Con una navajita había tallado el nombre de Julian en el lado del tronco opuesto al camino, justo bajo el nacimiento de dos ramas. Y al lado había grabado un corazoncito. Así su nombre permanecería allí para siempre... o, al menos, mientras el haya viviera.

Pero ya nada tenía sentido. Él se marchaba, y no lo vería nunca más.

El sol asomó entre las nubes y el árbol proyectó su extensa sombra.

Se abrazó al tronco, apoyó la mejilla en la suave corteza y cerró los ojos. Sentía el haya contra su cuerpo y le pareció que los latidos de un potente corazón la consolaban.

Al abrir los ojos encontró a sus pies una bellota de roble perfecta, con su capuchón. Se agachó, apartó unas hojas y algo de tierra y la introdujo en el blando suelo del bosque. Quizá con el tiempo germinaría y se convertiría en un arbolito.

9

Lexi

Jardines de Heligan, marzo

Llovía como solo llueve en Cornualles. La bruma flotaba sobre la hierba, los arbustos y los árboles. Los caminos se llenaban de charcos sobre los cuales salpicaban las gotas, y el agua caía en hilillos de las ramas bajas. En mitad del huerto, donde ya asomaban los primeros brotes nuevos, montaba guardia un espantapájaros de tamaño humano vestido con camisa, pantalón y bombín. No parecía muy efectivo, pues entre las hileras perfectamente alineadas picoteaba tranquilamente una corneja.

Lexi se encontraba al borde de los campos, contemplando la cortina de agua. Había pasado el día anterior encerrada en la oficina, terminando la guía para personas con discapacidad visual. Aquella mañana había salido pronto con la intención de explorar los rincones que aún no conocía. Pero empezó a llover. En fin, no importaba, tampoco le iba a pasar nada por mojarse un poco. Y, mirándolo por el lado bueno, apenas habría visitantes y podría pasear a sus anchas.

—¿Qué haces aquí? —Se sobresaltó cuando Orlando apareció a su lado—. Perdona, no quería asustarte. ¿Estás de cháchara con Diggory?

—¿Quién es Diggory?

El chico señaló al espantapájaros.

—Ese caballero tan bien vestido. El vigilante de los huertos.

—Pues no vigila muy bien —opinó ella, dirigiendo la mirada al pájaro que picoteaba buscando alimento.

La corneja alzó la oscura cabeza y graznó con todas sus fuerzas, como quejándose de la incesante lluvia.

Orlando le dedicó un gesto de comprensión.

—Yo también estoy harto, compañera. Muy harto.

Llevaba un impermeable azul oscuro con el logo de Heligan, de cuya capucha escapaban algunas rastas mojadas. Lanzó una mirada de reproche al cielo cargado de oscuras nubes bajas.

—De verdad que me encanta este jardín, pero odio la lluvia con toda mi alma. Y ahora mismo tengo una visita.

—Ay, pobre —se compadeció Lexi—. Qué dura es la vida a veces.

—Ya puedes decirlo. —Se metió las manos en los bolsillos lanzando un suspiro teatral—. Pero, oye, si no me he disuelto durante el recorrido, ¿nos tomamos algo en la cafetería?

—¿Se lo propones a todas las voluntarias?

—No. —Esbozó una sonrisita—. No a todas.

¿Flirteaba con ella? Y en caso afirmativo, ¿de qué iba? Era un chico simpático. Un chico muy simpático. Y, mira por dónde, también rematadamente guapo.

—Vale, quedamos luego.

En cuanto la lluvia torrencial amainó un poco, Lexi se encaminó hacia la Jungla. La noche anterior Millicent le había despertado la curiosidad por aquella sección del jardín.

—En realidad Heligan nunca se perdió del todo —le había explicado—. Mis hermanos y yo jugábamos allí de pequeños. Y, según se comenta, la mitad de los habitantes de Mevagissey han sido concebidos en la Jungla.

Ella comentó entre risas:

—Un lugar muy fértil, nunca mejor dicho.

Ahora se proponía verlo con sus propios ojos. Hasta el momento solo conocía una pequeña parte de los extensísimos terrenos.

Al entrar en la Jungla se sumergió en un extraño mundo umbrío y húmedo, poblado de plantas de aspecto prehistórico. El camino de tablones que atravesaba el denso valle estaba muy resbaladizo, y para no caerse tuvo que agarrarse al pasamanos de cuerda. Había estanques y ciénagas y una vegetación que se volvía más salvaje cuanto más se internaba. A su alrededor se alzaban altísimas cañas de bambú y unos helechos arbóreos que creaban la impresión de recorrer un paisaje primitivo. Un escenario realmente arcaico. De pronto se sintió pequeña e insignificante. Por todas partes sobresalían ramas bajas, y era fácil imaginarse un dinosaurio surgiendo de entre la espesura en cualquier momento. La vida bullía. El canto de los pájaros llenaba el espacio y las primeras flores, blancas y violetas, se abrían paso en el suelo del bosque. En el aire húmedo Lexi percibió el olor del ajo silvestre.

Al llegar a un estanque abandonó el camino de tablones. De allí partía un sendero cubierto de corteza picada que atravesaba un bosque de helechos arbóreos y conducía a una especie de gigantesca planta de ruibarbo, bajo la cual había un banco pintado de blanco. Aunque ya no llovía, aún no se había cruzado con ningún visitante.

O sí. De pronto Lexi distinguió una figura. Un hombre

con una gorra oscura, ocupado en retirar del camino unas hojas de helecho vencidas por la lluvia torrencial.

Se detuvo de golpe, como petrificada.

¿Rob?

Dios mío, que no fuera Rob, ¡por favor!

¿Qué hacía allí? ¿Había logrado dar con ella y seguirla?

«Te encontraré. No importa adónde vayas».

Aunque le faltaba el aire, se obligó a observar con más detenimiento.

No, no era Rob. Se trataba de un empleado, al que recordaba del día en que limpiaron los invernaderos.

No era Rob. No había peligro.

Inspiró profundamente, tratando de reponerse y de contener el pánico.

Pero resultó inútil. Comenzó a notar que el suelo cedía bajo sus pies y que el mundo se cerraba sobre ella. La Jungla palideció de un modo extraño, los brillantes tonos de verde se apagaron hasta fundirse en un homogéneo gris verdoso. Se le desbocó el corazón y en sus oídos resonaba el estruendo de un tren en marcha. Sentía como si una correa le oprimiera el pecho.

No logró mantenerse en pie. Se arrodilló como pudo en el camino. Al instante sus pantalones quedaron empapados, pero eso era lo de menos.

Entonces notó el roce de una mano y percibió una voz. No comprendía lo que decía porque el tumulto de su cabeza eclipsaba las palabras.

—¿Qué...? ¿Quién...? —tartamudeó.

—¿Qué te pasa? —Entendió por fin—. ¿Te has mareado?

Haciendo un esfuerzo hercúleo negó con la cabeza. Era como empujar una montaña.

—Ataque... de... pánico —respondió entre jadeos.

—Vale —dijo la voz al otro lado del velo blanco que lo cubría todo—. Dame las manos. Agárrate fuerte. Con todas tus fuerzas.

Obedeció, aferrándose con desesperación.

—Muy bien. Y ahora respira. Profundamente, muy despacio. Con mucha calma.

—No... no puedo.

—Claro que sí. Confía en mí. Inténtalo.

Era una voz masculina. ¿Pertenecería al hombre que acababa de ver? Parecía como si hubiera transcurrido una eternidad...

—Y ahora vamos a contar hacia atrás desde veinte, ¿de acuerdo? Concéntrate. Fíjate en mi voz, en nada más. Y respira. Con cada número, una bocanada. ¡No te adelantes! Venga, veinte. Espera. Diecinueve. ¡Espera! Un poquito más...

Ella asintió, luchando con todas sus fuerzas contra el impulso de volver a tomar aire.

—Dieciocho. ¡Espera! No te aceleres. Un momentito más. Diecisiete.

Continuó la cuenta atrás, indicándole cada inspiración. El contacto físico, sentir sus manos, para ella era como un ancla a la que asirse. Un ancla que la fijaba en el aquí y el ahora y le recordaba que se encontraba a salvo. Y no a merced de Rob.

Despacio, muy despacio, fue remitiendo la insoportable certeza de que iba a morir. Los colores regresaban lentamente y el ruido de su cabeza se acallaba.

Alzó la mirada y por fin vio a la persona que tenía delante.

Rondaría el final de la veintena y, salvo por el pelo oscuro bajo la gorra, no se parecía ni en lo más mínimo a Rob.

—¿Te encuentras mejor?

Ella asintió con un gesto.

Sin soltarle las manos, el joven señaló con la cabeza los tablones brillantes por la lluvia que serpenteaban cerca de allí. En un lateral, un alto helecho extendía sus grandes y velludas hojas.

—¿Sabías que ese camino tiene más de cien años?

Lexi negó con la cabeza. Aún era incapaz de hablar, pero agradecía la distracción.

—Pues sí, y tiene su explicación. Estos helechos arborescentes eran una gran sensación en aquella época —siguió explicándole, tan relajado como si estuvieran juntos en un pub—. Heligan fue uno de los primeros jardines de Inglaterra en importarlos. Sucedió alrededor de 1890. Es natural que los dueños de entonces quisieran mostrar al público sus exóticas maravillas.

—Importados... ¿de dónde? —consiguió preguntar por fin. Deseaba que siguiera hablando para poder agarrarse a su voz igual que se aferraba a sus manos.

—De Australia. Llegaron en barco a los muelles de Falmouth, y desde allí los transportaron en tren a Truro. Aquí la historia se pone aún más interesante: una vez allí, el tren se detuvo en un viaducto y, mediante cuerdas, los descolgaron uno a uno hasta un vivero situado en el valle. Después completaron su camino hasta Heligan en carros tirados por caballos.

—¿En serio?

Él asintió.

—Impresionante. —Tragó saliva. Las palpitaciones remitían.

Él llevaba las mangas de su chaqueta verde militar algo subidas, por lo que parte de los brazos quedaba al descubierto.

Lexi distinguió el borde de un tatuaje, algo como una rama o el final de una letra.

Se obligó a soltarle las manos y exhaló un leve suspiro.

—Venga, vamos a sentarnos un rato —le propuso animadamente, señalando el banco pintado de blanco.

Tan solo unas pocas gotas habían logrado atravesar el espeso follaje del gigantesco ruibarbo, de modo que estaba casi seco.

—Creo que el mejor momento de Heligan es cuando llueve —opinó el joven.

Un rayo de sol se coló por la cúpula de hojas de helecho e iluminó el suelo. Las hojas brillantes por la lluvia parecieron alzarse levemente. Se oía el repiqueteo de las gotas sobre sus cabezas y los cantos lejanos de unos pájaros, acompañados del olor musgoso de las plantas. Una suave melancolía flotaba en el ambiente.

Lexi se sintió transportada a un mundo perdido y nuevamente reencontrado. Amparada. Protegida.

—Pues sí —convino—. Yo también lo creo. —Se inclinó hacia delante, se pasó las manos por el pelo y respiró profundamente—. Gracias. Me siento como una idiota.

—¡Eh, no te insultes! Cuando te pase de nuevo, acuérdate de hacer lo mismo: respirar, concentrarte. En fin, todo eso.

—Espero que no me pase otra vez... Pero si me ocurre, lo intentaré.

—¿Ha habido un motivo? ¿Te has asustado por algo?

Ella negó con la cabeza. No quería hablar de eso.

—¿Dónde...? —Tragó saliva—. ¿Dónde has aprendido esa técnica? Quiero decir, ¿por qué sabes cómo actuar en estos casos?

Él se encogió de hombros.

—Uno tiene su trayectoria.

Se levantó para recoger los guantes de trabajo que, como Lexi pudo observar, había arrojado al borde del camino.

—Por cierto, me llamo Ben —se presentó, tendiéndole la mano para ayudarla a levantarse.

—Yo soy Lexi —se presentó ella a su vez, con las rodillas aún temblorosas.

—Ya lo sabía. Lo pone en tu identificador —dijo, al tiempo que señalaba el cartelito que le colgaba del cuello.

Otro maldito ataque de pánico. Aún se sentía afectada cuando emprendió el camino de vuelta. Necesitaba unos minutos a solas antes de enfrentarse a la compañía de otras personas.

Le estaba profundamente agradecida a Ben. No solo porque, gracias a la gran sensación de paz que había sabido transmitirle, había logrado frenar el ataque, sino también porque no había hecho preguntas.

Aun así, se encontraba muy disgustada. ¿Es que iba a caer presa del pánico ante cualquier tontería? ¿Era esa la herencia que le dejaba Rob? ¿No le había hecho ya suficiente daño?

En ese momento no quería pensar en él. Ni en ese momento ni más adelante. No quería pensar en él nunca más.

Con lo bien que había comenzado su historia...

El estudio de arquitectura donde trabajaba Lexi había organizado una actividad especial: un curso de supervivencia en los bosques del norte de Londres. Un día entero en la naturaleza para aprender algunas técnicas de supervivencia y fomentar la cohesión entre los empleados. Y, por supuesto, para pasarlo bien.

Rob era el monitor. Recordaba perfectamente la fuerte impresión que le causó. Aquel hombre moreno y musculoso resultaba muy distinto de la mayoría de las personas que conocía. Más duro, más masculino, más asertivo. Y, además, era muy atractivo.

Si hubiera sabido entonces lo que ocultaba...

El sonido del móvil la arrancó de sus recuerdos. Se sobresaltó. En la pantalla apareció un número desconocido. ¡Oh, no!

Contestó la llamada con el corazón en un puño.

—¿Dígame?

—¿Lexi? Soy Theo, Theodora Williams. Orlando me ha dado tu número. —La joven suspiró aliviada—. ¿Puedes venir a mi despacho un momento? He avisado también a Eliza. Tengo algo que comentaros, es importante.

—Sí, claro.

—¿Sabes dónde es? Al lado de la cafetería.

—De acuerdo, voy enseguida.

Lexi colgó con un mal presentimiento. ¿Por qué la llamaba? ¿Acaso Ben le había contado lo que acababa de suceder en la Jungla?

10

Lexi

Jardines de Heligan, marzo

Junto a la cafetería había una escalera que conducía al despacho de Theo. Eliza, con quien Lexi había trabajado en la guía para personas con discapacidad visual, ya estaba esperando delante de la puerta.

—¿Sabes por qué nos ha llamado? —le preguntó al acercarse.

La joven, que ese día también parecía sacada de un catálogo de modas de los años cincuenta, negó con la cabeza.

—Ni idea. Es decir... a lo mejor... pero no estoy segura. —Enmudeció cuando Theodora apareció por el pasillo.

—Buenos días. Pasad, por favor.

Abrió una puerta al final del corredor. Su despacho era una pequeña estancia rebosante de libros y archivadores. Sin embargo, parecía reinar cierto orden en aquel aparente caos. Las jóvenes se acomodaron en dos sillas ante el escritorio.

—Gracias por venir —dijo la mujer—. Bien, iré directa al grano. Como seguramente sabréis, el año pasado celebramos un gran aniversario... ¿O no? —Las miró como si las estuviera interpelando. Lexi hizo un gesto negativo de disculpa. Suspiró aliviada para sus adentros: al parecer el motivo de la reunión no era su ataque de pánico. Theo continuó—: Habían transcurrido treinta años desde que Tim Smit descubrió las letrinas bajo la maleza y decidió devolverles la vida a los jardines. Al poco tiempo comenzaron los trabajos de restauración y, unos años después, los Jardines Perdidos de Heligan se abrieron al público. Por este motivo, el año que viene celebraremos el trigésimo aniversario de dicha inauguración. A tal fin, hemos planeado una serie de eventos y exposiciones temporales.

Eliza asintió como si ya estuviera informada. La mujer prosiguió:

—Entre otras cosas, pretendemos organizar una muestra retrospectiva que refleje el pasado histórico de Heligan, desde su creación a finales del siglo XVIII hasta la Primera Guerra Mundial. La hemos imaginado como una exposición, apoyada en paneles explicativos y cosas así. Todo debe ponerse en marcha la próxima primavera. Nuestra idea era que la compañera Sally, licenciada en Historia, comenzara a trabajar en el proyecto la semana que viene. —Theo juntó ambas manos—. Y ahora viene el problema: Sally me ha dado permiso para comunicaros que está embarazada.

—¡Qué buena noticia! —exclamó Eliza con alegría.

La mujer sonrió.

—Efectivamente. Se trata sin duda de un acontecimiento muy feliz y de un motivo de celebración. Sin embargo, por desgracia es un embarazo de riesgo que la obliga a guardar reposo casi total.

A la joven se le borró la sonrisa. Y Lexi adivinó en ese instante el motivo de la reunión.

—Además de las complicaciones para Sally, también para nosotros supone un problema. Necesitamos encontrar de inmediato a alguien que se haga cargo de su trabajo. Si no es posible, habrá que ver cómo repartimos sus tareas entre el personal del que disponemos. Eliza, tú has estado colaborando con ella.

La chica puso cara de susto.

—¿Quiere que me ocupe yo? ¡Imposible! Solo vengo dos días a la semana.

—Lo tengo presente. Tú continuarás, desde luego, pero está claro que dos días a la semana no bastan.

—¿Y si contratan a una persona de fuera? —propuso Lexi.

—Sí, como decía antes, es una posibilidad. Pero me temo que no encontraremos tan fácilmente a alguien que pueda dejarlo todo y venirse aquí por un año. En el peor de los casos, tendríamos que prescindir de la exposición retrospectiva, lo cual nos entristecería mucho, tanto a Tim Smit como a mí. —Cogió un lápiz de la mesa y comenzó a voltearlo—. Sé que esto resulta muy precipitado, pero nos encontramos en un verdadero aprieto. Al menos para empezar, necesitamos una persona que pueda asumir varias tareas iniciales. Lexi, seré muy directa: si no recuerdo mal, tienes experiencia en gestión autónoma de proyectos, ¿verdad? Me refiero a establecer un plan de proyecto, definir objetivos y ser capaz de presentarlos en la fecha acordada.

—Sí, así es —confirmó. Hasta hacía muy poco, el trabajo por proyectos había formado parte de su rutina diaria.

Theo asintió.

—Muy bien. Entonces me imagino que conoces las técnicas de presentación más habituales y los programas informáticos necesarios...

—Por supuesto.

—Bueno, pues entonces llegamos a la pregunta fundamental: ¿te sientes preparada para desarrollar la planificación de la exposición y para hacerte cargo de la investigación histórica inicial? Contarías con la asistencia de Eliza y, por supuesto, yo os apoyaría en todo momento. Esta primera fase debe llevarse a cabo a lo largo del presente mes. Ya no serías voluntaria, sino que te contrataríamos por obra y servicio, evidentemente con remuneración. —Y acto seguido, mencionó una cantidad.

Lexi tuvo que contenerse para no dar un grito de alegría. ¿Planificar una exposición sobre Heligan? ¡Sería maravilloso! Un mes de sueldo le ofrecería cierto margen para decidir qué hacer más adelante. Eso sí, tendría que hablar con Millicent, porque, a pesar del salario, no podría permitirse permanecer en aquel alojamiento hasta final de marzo.

—Sí —contestó—. Cuente conmigo.

Eliza soltó un gritito de entusiasmo.

También Theo se mostró aliviada.

—Fantástico, me alegro mucho. Durante todo el mes de marzo ambas quedáis liberadas de cualquier otra tarea. Este proyecto tiene prioridad absoluta. —Depositó el lápiz en la mesa—. Ya he hablado con Derek y se ha mostrado de acuerdo en cuanto a designar a algunos empleados para que os ayuden en caso necesario. Por tanto, si tenéis preguntas, necesitáis ayuda o cualquier otra cosa que se os ocurra, no dudéis en dirigiros a ellos. Aquí todos somos responsables de la imagen que proyecta Heligan. Y esta exposición con motivo de los treinta años de su inauguración forma parte de esa imagen.

Guardó unos papeles en un cajón y entonces pareció recordar algo más:

—¿Qué os parece si le enviamos a Sally una cesta con productos de los jardines?

—¡Qué buena idea! —convino Lexi—. Y también podríamos incluir un par de novelas entretenidas para que se distraiga.

—Y chocolate —añadió Eliza—. ¡Eso es fundamental!

La mujer sonrió.

—Ya veo que os complementáis muy bien. Estoy encantada de que podáis haceros cargo. —De pronto se puso seria—. Entonces, la situación de Eliza permanece como está. En cuanto a ti, Lexi, te propongo ampliar unas horas tu contrato de voluntaria y convertirlo en un contrato por obra y servicio de un mes. Por el momento, ocuparás el puesto de Sally.

La joven asintió. Aún se encontraba algo sobrepasada por la sorpresa, pero al mismo tiempo se sentía muy emocionada ante el reto que acababa de asumir.

—¿Y después? —preguntó.

—Después ya veremos. Pero espero que podamos retenerte aquí más tiempo.

Theo les adelantó algunas de las ideas que habían concebido para la celebración del aniversario. Además de la exposición temporal, se barajaban otros eventos, tales como una obra de teatro, que ya estaba dando los primeros pasos. También esbozó las tareas de Lexi para los días siguientes:

—En un primer momento Tim Smit no deseaba preparar nada especial, porque la historia de Heligan ya ha sido estudiada en profundidad. Sin embargo, la idea de abordarla desde una perspectiva distinta le pareció muy interesante. En esta ocasión pretendemos fijarnos en aspectos menos conocidos y presentarlos del modo más ameno posible. Por eso tendrás que ponerte manos a la obra de inmediato. La idea es que investigues las historias que se esconden tras la Historia.

—Las historias que se esconden tras la Historia... —repitió Lexi—. ¿Sobre algún tema en concreto?

—Hemos pensado en tres fases principales —dijo, alzando tres dedos—: Primero, los comienzos del jardín; segundo, la época de los recolectores de plantas del siglo XIX; y tercero, la Primera Guerra Mundial, cuando casi todos los jardineros partieron para el frente.

—Habrá que revisar mucho material.

—Lo sé. Pero de momento solo te ocuparás de la fase inicial, de los años de la fundación del jardín. Se creó a finales del siglo XVIII por deseo de Henry Hawkins Tremayne, señor de estas tierras. Lo ideal sería que dieras con historias entretenidas, y no con una retahíla de fechas y datos. Por ejemplo, qué clase de persona era el señor Tremayne, cómo vivía y de quiénes se rodeaba. Si sufrieron alguna desgraciada historia de amor o si vivieron alguna aventura... Ese tipo de cosas. Es decir, no presentar una cascada de datos y acontecimientos históricos, sino algo nuevo. Algo que no hayamos mostrado antes. Esa sería la clave: el Jardín con su Historia y sus historias. Traer el pasado al presente, hacerlo vívido y tangible.

Lexi asintió con cierto escepticismo. Nunca había trabajado en un proyecto de carácter histórico. Y además tendría que investigar mucho para encontrar aquel tipo de relatos... Entonces se le ocurrió algo:

—El otro día, la dueña de mi alojamiento me contó que hace mucho tiempo apareció un náufrago en una playa de aquí cerca. Creo que fue precisamente en el siglo XVIII.

—¿Un náufrago? ¡Fantástico! Es justo lo que tengo en mente. Si pudieras investigarlo, sería ideal. Quién era ese hombre, qué fue de él...

Una hora después, a Lexi le salía humo por las orejas con semejante avalancha de datos. Terminada la reunión, se sentó al escritorio de Sally y redactó un primer borrador del plan, que debía abarcar hasta principios del año siguiente. Esperaba ser capaz de detallarlo a lo largo de las próximas semanas.

Aquella noche no pudo dormir. El recuerdo de Rob y del ataque de pánico la atormentaban. Pero sobre todo le preocupaba su nueva tarea... más de lo que creía. Puesto que a las dos no había logrado pegar ojo, se sentó en la cama con el portátil y comenzó a investigar.

El jardín había alcanzado su forma actual hacía más de doscientos treinta años. ¿Cómo se llamaba el terrateniente que lo había encargado? Solo recordaba el apellido.

Escribió en el buscador «Tremayne», «siglo XVIII» y enseguida obtuvo la respuesta: Henry Hawkins Tremayne.

En la pantalla apareció el retrato de un hombre de mediana edad muy serio, vestido de negro y con el cabello empolvado. Databa de 1795.

En otra página amplió la información sobre él: vivió entre 1741 y 1829, de modo que alcanzó una edad avanzada. Cuando se pintó el retrato ya tenía cincuenta y cuatro años, pero parecía más joven. Lexi halló otros datos interesantes. Puesto que era el segundo hijo y no le correspondía heredar, emprendió la carrera eclesiástica. Sin embargo, la repentina muerte de su hermano lo convirtió en señor de Heligan. Poco tiempo después se casó con una mujer llamada Harriet Hearle, hija de un caballero muy adinerado. Tuvieron un único hijo, que se hizo esperar trece años tras el matrimonio. ¿Cuál sería la razón? Sobre eso no se decía nada.

Lexi pinchó en otros enlaces. Encontró referencias a un viajero que se había alojado en la casa, una receta de la empanada *cornish pasty* y algunos datos sueltos más. Al parecer, Henry Tremayne se había ganado el respeto de sus coetáneos gracias a su carácter bondadoso, aunque algunos se burlaban de su candidez. Participó activamente en la vida política y fue elegido alcalde de la ciudad portuaria de Penryn en varias ocasiones. Alrededor de 1780 comenzó a preparar sus tierras con el objetivo de crear un gran jardín. Encargó el proyecto a un paisajista llamado Thomas Gray (que compartía nombre con el famoso poeta). Poco tiempo después, Henry emprendió un viaje que lo llevó a visitar varios jardines del sur de Inglaterra con el fin de inspirarse para su propósito. El resultado final se contó durante décadas entre los jardines paisajísticos más extraordinarios y bellos del país.

Qué vida tan interesante. Seguro que escondía varias historias que merecían ser contadas.

Posó de nuevo la vista en el retrato, que le devolvió la mirada.

—¿Tú qué dices, Henry? ¿Lograremos organizar algo?

Henry Hawkins Tremayne la observaba con silenciosa simpatía.

11

Lexi

Woods Lodge, marzo

—¿Una semana más? Pues, claro, querida. Nos alegraría muchísimo. ¿Verdad que sí, Edwin?

—Desde luego. —El hombre asintió y se sumergió de nuevo en el periódico. Lexi había aprovechado el momento del desayuno para sacar el tema.

—La cosa es... —prosiguió, tratando de dar con las palabras adecuadas— bueno, puede que después necesite quedarme algo más. Y entonces...

Entonces empezarían los problemas de dinero. ¿Se atrevería a pedir una rebaja así, sin más?

—Qué buena noticia, querida. —Intercambió una rápida mirada con su marido, que asintió con un gesto a la pregunta no formulada—. Creo que ya sé a lo que te refieres. No te preocupes, encontraremos una solución. Es estupendo que trabajes más tiempo en Heligan. ¿Qué te parece si eliminamos el suplemento por habitación individual?

—Oh... Eso es... eso es... muy amable por su parte —tartamudeó la joven, sorprendida—. Muchísimas gracias, de verdad.

Suponía veinte libras menos por noche. El total seguía resultando caro, pero al menos aquel Ese descuento le daría un poco de margen.

Aquel día contaba con algo de tiempo antes de reunirse con Theo para discutir el primer borrador del proyecto, lo cual le brindaba la oportunidad de seguir explorando los jardines. Según el gran mapa general, la villa de verano era uno de los edificios más antiguos. Como el día anterior la lluvia le había estropeado el plan de visitarla, aquella era una buena ocasión de retomarlo. Tras pasarse la mitad de la noche investigando sobre la creación de Heligan, sentía que su perspectiva había cambiado. Ahora deseaba ver con sus propios ojos los lugares en los que Henry y sus contemporáneos habían vivido, amado y trabajado.

Desde la entrada avanzó en línea recta por un camino que ascendía formando una suave pendiente. Pasó junto a un seto de considerable altura que protegía los huertos del fuerte viento. A la izquierda había una extensión de césped denominada Flora's Green, en la que se alzaba un rododendro inmenso a punto de florecer. Respiró hondo. El aire fresco la espabilaba tras haber pasado la noche sin dormir. Detrás de los huertos, a cierta distancia, se divisaba la blanca fachada de la mansión Heligan, ahora en manos privadas. Le habría encantado visitarla, pero por desgracia no era posible. Había sido vendida tras la Primera Guerra Mundial, y más adelante se dividió en apartamentos, habitados en la actualidad por inquilinos y propietarios.

La villa de verano se encontraba en una elevación, el punto más alto de la propiedad. Construida en 1770, en vida de Henry, ofrecía una magnífica vista de los campos en desnivel que descendían hasta la bahía de Saint Austell. Había sido restaurada manteniendo su estilo antiguo, con un estrecho pasillo de columnas y el suelo de adoquines redondos. Lexi había leído que, durante la rehabilitación, aquellos adoquines se habían vuelto a colocar a mano, uno a uno. Un trabajo realmente minucioso. Delante había una terraza con suelo de pizarra rebosante de macetas que albergaba un estanque rectangular alimentado por el caño de una fuente. El conjunto resultaba de lo más romántico. Era fácil imaginar a Henry Tremayne o a alguno de sus familiares o invitados disfrutando allí del sol de la mañana.

El silencio era maravilloso. Solo se oía el suave canturreo de un petirrojo que, posado en un murete, la miraba con sus ojitos brillantes. ¿Sería el mismo que no se apartaba de ella el primer día? Probablemente no, porque en Heligan aquellos inquietos pajarillos se contaban por cientos.

Tras observar detenidamente el paisaje, se dirigió a la derecha, siguiendo el camino de herradura del este, llamado Eastern Ride, que databa también de tiempos georgianos y se encontraba flanqueado por robustos robles y hayas. A la derecha, un pequeño portillo daba acceso a los campos; en un lateral descollaba un poste de granito desgastado por el tiempo, seguramente un resto del antiguo portón.

De pronto apareció una ardilla, que salió disparada hacia un haya. Lexi se quedó inmóvil, y la observó subir por el tronco y perderse entre las ramas. Se acercó al árbol y lo rodeó sigilosamente, mirando hacia arriba para tratar de localizarla.

Aunque no logró dar con el animalito, descubrió algo en la lisa corteza plateada, a la altura de su cabeza y bajo el nacimiento de dos grandes ramas. Parecía un corazón, borroso y deformado. Y unas letras, apenas legibles. ¿Sería un nombre?

Fuera lo que fuese, había sido tallado hacía muchísimo tiempo.

Se aproximó con gran curiosidad. Según había leído, las hayas se asociaban con la feminidad, y a menudo se las llamaba «las reinas de los árboles británicos». Posó las manos en el denso musgo que cubría parte del tronco. Aquel viejo árbol rebosaba sabiduría. Las poderosas raíces que se hundían en la tierra como los dedos de una mano gigantesca también estaban cubiertas de musgo, que oscilaba del verde oscuro al verde claro. Las hayas pueden ser muy longevas, algunas llegan a alcanzar los trescientos años. Bien podría ser que la que tenía enfrente ya se alzara justo allí en tiempos de Henry Tremayne.

Examinó de nuevo la inscripción. ¿Sería muy antigua? ¿Y qué ponía?

Distinguió una L. Y después una I y una N.

Se aproximó un poco más. «L I N». Aunque en realidad entre la I y la N quedaba un hueco lo bastante grande para otra letra, que no se veía. ¿LIEN? ¿LIAN? ¿LIAM?

No, la última letra era sin duda una N y no una M.

Sacó el móvil e hizo una foto, que agrandó en la pantalla.

Sí, podía ser una A. LIAN, entonces. ¿Sería un nombre completo? ¿O solo el final? Si alguna vez habían existido más letras, ya no quedaba ni rastro de ellas.

¿Qué nombres terminaban en «–lian»?

Se le ocurrieron varios: Lilian, Kilian, Gillian, Julian.

¿Sería uno de esos? ¿De hombre o de mujer?

Aprovechando que tenía el teléfono en la mano realizó una búsqueda rápida de los que acababan en «lian». Al momento obtuvo una lista de unos cuarenta, femeninos y masculinos. ¿De verdad había tantos?

¿Inscribiría alguien su propio nombre? ¿Sería un hombre

o una mujer? Un hombre seguramente no habría dibujado un corazón. Pero a lo mejor antaño eran más románticos.

Hacía muchísimo tiempo, una persona grabó en aquel árbol el nombre de su amado o de su amada, igual que se hace hoy en día. Lexi resiguió con los dedos las cuatro letras y, de pronto, como atravesando los siglos, se sintió unida a aquella persona.

Cuando le enseñó la foto de la inscripción a Theo, esta no se mostró muy impresionada.

—Sí, la conozco. No existe información sobre ella. La familia Tremayne llevaba una intensa vida social, es probable que algún invitado deseara inmortalizarse. Pero, quién sabe, a lo mejor tú averiguas algo más.

Lexi se sintió decepcionada. Lo que creía un descubrimiento espectacular había quedado en nada.

Se dirigieron juntas al archivo, y una vez allí la mujer abrió la puerta de las «salas sagradas», según sus propias palabras. Aunque atribuirles la categoría de «salas» era una gran exageración: el archivo consistía en una única estancia atestada de baldas, con una gran mesa en el centro.

—Siento el desorden. Llevo tiempo queriendo organizar todo esto y nunca encuentro el momento.

—Conozco la sensación —convino Lexi, comprensiva.

—En fin, este es nuestro archivo. La mayor parte de los documentos son copias, los originales se guardan en el Archivo de Cornualles, en la ciudad de Redruth. Echa un vistazo con calma para hacerte una primera idea. Si necesitas preguntarme algo, hazlo sin problemas. Ahora tengo que resolver unas cuestiones administrativas, pero me tienes a tu disposición.

La estancia olía a cerrado, a papel viejo y a polvo. Se puso los guantes blancos de algodón que Theo le había proporcionado y recorrió los estantes. Sacaba un libro de aquí y otro de allá, los hojeaba, volvía a dejarlos en su sitio y pasaba a los siguientes. No se adivinaba un orden concreto, la colocación parecía obedecer más al capricho que a una voluntad clasificatoria.

En una estantería encontró varias carpetas. Abrió una: copias de planos antiguos que representaban los terrenos de Heligan. Según las notas que los acompañaban, algunos se remontaban incluso hasta el siglo XVII. Uno de ellos que, según le pareció a Lexi, ya correspondía a la disposición del jardín actual, databa de la década de 1780. La anotación indicaba que lo había trazado un paisajista llamado Thomas Gray.

¡Había visto ese mismo plano en internet la noche anterior! Aunque se tratara de una copia, resultaba muy emocionante tenerlo entre las manos.

Lo colocó de nuevo en su lugar, devolvió la carpeta al estante y pasó a la siguiente. Estaba atada con un cordón de cuero y parecía más antigua. La abrió con mucho cuidado.

También contenía copias, en esta ocasión de manuscritos. Se trataba de una especie de diario de viaje. Las reproducciones provenían de un cuadernillo en formato DIN-A6. En la primera hoja se leía: «Notas del viaje de Heligan a Oxford, Birmingham y Monmouth, 29 de abril-16 de julio de 1785». Una anotación informaba de que no constaba el nombre del autor; sin embargo, era muy probable que hubiera pertenecido a Henry Hawkins Tremayne.

Lexi sintió un escalofrío de emoción. ¿Sería el diario del

grand tour de Henry por el sur de Inglaterra? Resultaba apasionante tener acceso a una parte de su vida doscientos años después. De pronto, el creador de aquellos jardines se había convertido en una persona real.

Repasó todos los documentos. Al apartar uno de los últimos cayó al suelo una cuartilla. Lexi se dio cuenta enseguida de que no era una copia, sino un original. El papel se veía muy viejo y olía a rancio. Le dio la vuelta. Se trataba de un dibujo a carboncillo que representaba una especie de templete en una colina, rodeado de árboles. «Eremitorio en Hestercombe Gardens», podía leerse debajo, escrito con muy buena caligrafía. A la derecha aparecían unas iniciales: «D. T.».

D. T. La T casi seguro que correspondería a Tremayne, pero no podía tratarse de Henry. ¿Quizá fuera un pariente que viajó con él? Aunque cualquiera podría haber incorporado el dibujo posteriormente...

Lo depositó en la mesa con sumo cuidado y siguió revisando el diario. Necesitó un tiempo para acostumbrarse a la letra, pequeña y meticulosa, y al estilo florido de aquella época.

El viaje había sido intenso. En la primavera de 1785 Henry visitó, en tan solo dos meses y medio, numerosos jardines y parques con el fin de inspirarse para su proyecto. El diario recogía extensas descripciones de aquellos lugares. Por desgracia, apenas aparecían referencias personales.

Sin embargo, de pronto Lexi dio con algo. Al comienzo del itinerario, cuando se encontraba en la localidad de Taunton, en el condado de Somerset, Henry escribió: «El tiempo resulta extremadamente agradable. Lamento profundamente verme obligado a dejar atrás a mi amada esposa y a mi hijito.

No obstante, encuentro en Damaris una fiel compañera de viaje».

Damaris. ¿Damaris Tremayne? ¿Sería ella quien se escondía tras las iniciales del dibujo?

12

Damaris

Three Tuns, Tiverton, Devon, mayo de 1785

Sentada junto a la ventana, en una habitación de la primera planta de la posada Three Tuns, Damaris dibujaba la casa de enfrente con techumbre de paja, las pequeñas edificaciones que la rodeaban y la torre de la iglesia, que sobresalía por detrás. El sol de la mañana proyectaba manchas de luz en la calle polvorienta. Allí ya estaba esperándolos el carruaje, que en aquel momento cargaban los dos sirvientes que viajaban con ellos. También veía a su primo Henry con sus elegantes ropajes negros, que había salido a estirar las piernas.

—Señorita Tremayne... —carraspeó suavemente Ruby, la doncella. Se encontraba en la puerta, vestida de viaje y con los bultos preparados—. Creo que debemos bajar.

—Enseguida —respondió la joven—, solo unos últimos trazos.

Damaris deslizó ágilmente el carboncillo por el papel, y en cuanto hubo terminado recogió a toda prisa el cuaderno, se aseguró de que no olvidaba nada y siguió a Ruby escaleras abajo.

Cuando Henry la vio, una sonrisa iluminó su rostro siempre amable.

—Bueno, prima, ¿lista para partir?

—Lo siento mucho, Henry. Estaba haciendo unos bocetos y he perdido la noción del tiempo.

—Oh, no te disculpes, querida. Eso demuestra que realizas con gusto la tarea que te he encomendado.

—Y así es. Pero me pediste que dibujara los jardines, no las vistas desde cualquier posada.

—Puedes plasmar todo cuanto desees. Además, solo estamos al principio del viaje. ¿Puedo verlo?

—Ahora mismo. —Sacó el cuaderno de la bolsa mientras Ruby colocaba los bultos en el carruaje.

Henry examinó el boceto y después hojeó las páginas anteriores, dedicadas al propio establecimiento.

—Están realmente bien —comentó elogiosamente, mientras le devolvía el cuaderno.

La gran posada Three Tuns, de Tiverton, había sido su primera parada. La etapa de aquel día habría de conducirlos a Taunton, en el condado de Somerset, donde pensaban visitar el jardín de Hestercombe, el primero de su larga lista.

Henry tenía grandes planes. Por fin se materializaba su deseo de viajar a los jardines más famosos de Inglaterra para obtener ideas aplicables a su propio proyecto. A tal fin, había mantenido en los últimos meses una intensa correspondencia con los ricos propietarios que deseaba visitar, y había planificado cuidadosamente el recorrido. Él, que siempre fue un dechado de calma y paciencia, a duras penas soportó la espera hasta el momento de partir. No hablaba más que de su *grand tour*, y acabó contagiando su entusiasmo a todos los habitantes de la casa.

Damaris sabía cuánto lamentaba que su esposa no lo hubiera acompañado. Sin embargo, esta prefirió quedarse en casa con Johnny, que tenía cinco años; además, un viaje tan fatigoso no le convenía a su delicada salud. Por ese motivo, Henry le ofreció a su prima participar en la aventura. No solo como acompañante, sino también para realizar dibujos de los jardines.

—Aunque no digo que no posea algún talento —había explicado—, dibujar no se cuenta entre ellos. Necesito a alguien que plasme para mí los avances del paisajismo moderno.

La joven dudó bastante. Su principal preocupación era Allie, que acababa de cumplir once años y seguía sin poder caminar.

Al final fue precisamente su hermanita quien la convenció:

—Maris, yo no puedo hacer ese viaje. Pero tú, sí. No creo que se presente otra oportunidad como esta. Piénsalo: acompañarás al primo Henry por todo el país y visitarás esos jardines maravillosos... ¿Es que no te apetece?

—Sí, claro que sí. Pero no quiero dejarte tanto tiempo.

—¿Por qué no? ¿Acaso crees que no sé cuidarme sola?

Desde luego que no, nada más lejos de la realidad. En aquellos cuatro años, su hermana había pasado de ser una niña más bien impertinente a convertirse en una jovencita muy segura de sí misma y ávida por aprenderlo todo. Por otra parte, no estaría sola, todo lo contrario. Había muchas personas en la casa para ocuparse de ella.

—¿De verdad? ¿Estás segura?

Allie asintió con vehemencia:

—Pero prométeme que me escribirás siempre que puedas para contarme todo lo que te pase. Así será como si te acompañara.

—Lo haré sin falta. Te lo prometo.

Y así fue como Damaris y Henry partieron de Heligan el 29 de abril. El plan del viaje era muy ambicioso: los llevaría, entre muchos otros lugares, a Swindon, a Oxford e incluso hasta Birmingham.

Henry, que nada más abandonar Three Tuns se sumió en la lectura, había cumplido ya cuarenta y tres años. Solían tomarlos por padre e hija, y él, muy pacientemente, explicaba en cada ocasión que era el primo mayor de la joven y su tutor legal. Aunque tal situación no duraría mucho, puesto que Damaris pronto cumpliría veintiún años y, con ello, alcanzaría la mayoría de edad.

El carruaje avanzaba a trompicones por el camino lleno de baches. Los acompañaban tres sirvientes: el señor Fisher, el cochero; Mervyn, el asistente de Henry; y Ruby. Una dama como Damaris no podía viajar sin compañía femenina, por lo que la criada había sido ascendida a doncella. Era un año menor que la joven, y al principio le daba tanto apuro compartir tan reducido espacio con su señor, que no sabía a dónde mirar.

Ya anochecía cuando llegaron a Hestercombe, una gran propiedad situada al norte de Taunton y de las colinas Blackdown Hills. Damaris se apeó del carruaje bastante entumecida. El señor Bampfylde, propietario de las tierras y creador de los jardines, salió a recibirlos en cuanto le anunciaron su llegada.

—¡Mi querido Tremayne! —exclamó tras saludar al viajero—. Cuánto me alegro de conocerlo en persona.

—El placer es mío, señor Bampfylde.

—Por favor, llámeme Cop como hace todo el mundo. Mi apellido es espantosamente enrevesado. Desde pequeño respondo a ese diminutivo de mi nombre, Coplestone.

—De acuerdo. Pero solo si usted me llama Henry.

El señor Tremayne se sentía algo contrariado porque se había hecho muy tarde y ya no tendrían ocasión de visitar los jardines aquel día. Sin embargo, Damaris se alegró. El viaje había sido largo y agotador, y no le apetecía verse obligada a dibujar.

Los hospedaron en dos habitaciones enfrentadas en la primera planta de la mansión. El cochero y el asistente de Henry fueron acomodados en el ala del servicio, mientras que a Ruby le asignaron un cuartito contiguo al dormitorio de su señora. Esta última agradeció la oportunidad de descansar, aunque solo fuera durante un momento.

Poco después cenaban en compañía del señor y la señora Bampfylde. Su anfitrión (Cop, como se encargó de recalcar) era un hombre corpulento y campechano, de excelentes modales y risa atronadora. Tenía sesenta y cinco años, edad que confesaba sin el menor remilgo, y poseía muchos talentos. Sus intereses abarcaban el paisajismo, el interiorismo, la topografía y la ingeniería. Además, era un pintor extraordinario, lo cual contribuyó con mayor motivo a granjearse las simpatías de Damaris. Varios de los cuadros del comedor eran de su autoría, y entre ellos destacaban unos paisajes de gran mérito.

—En fin, no es que sea un gran artista... Pero con algo hay que matar el tiempo.

—Mi marido, siempre tan modesto —terció su esposa, mientras le hacía un gesto a un criado para que le sirviera más verduras—. Anda, Cop, cuéntales que has expuesto tus cuadros en Londres.

Los anfitriones tenían una conversación muy agradable y la cena era abundante y sabrosa. Aun así, Damaris sintió un profundo alivio cuando todos se despidieron y pudo retirarse a su habitación.

La jornada siguiente se celebraba el día de la Ascensión, de modo que en primer lugar acudieron todos juntos a la iglesia. Y después, por fin, visitaron los afamadísimos jardines.

Cop no solo era un rico terrateniente y un magnífico pintor, sino también un paisajista de gran talento. Él mismo había planeado y diseñado el parque, que ocupaba un valle tras la mansión. Era de un moderno estilo arcádico, y contaba con varios lagos rodeados de serpenteantes caminos y praderas floridas en las que zumbaban los insectos. En determinados puntos muy bien escogidos habían situado bancos para disfrutar de las vistas. Aquí y allá se alzaban *follies*, caprichos arquitectónicos decorativos: un templete, un mausoleo y diversas ruinas artificiales.

Henry estaba tan entusiasmado que Damaris apenas lograba seguirle el paso. Ascendieron por una de las laderas del valle, recorriendo un sinuoso camino bordeado por densos arbustos de laurel que se transformaron en un túnel vegetal. Ya desde allí se percibía un rumor que iba aumentando de intensidad. Una vez arriba, el oscuro túnel se iluminó con la luz proveniente de una gran abertura en los arbustos. A través de la oquedad, contemplaron una espléndida catarata que surgía del bosque y se dividía en varias cascadas que finalmente se precipitaban en un lago.

Henry se declaró fascinado no solo por aquel panorama espectacular, sino también por el edificio que se alzaba en pleno bosque, al que su anfitrión llamaba la Casa de la Bruja. Construida con raíces y ramas de árbol, tenía el tejado de paja y el suelo de gravilla. En su interior, unos bancos y unas mesas rústicas invitaban a sentarse. En una hornacina había pintada una lechuza, y en otra, un gato.

—Qué lugar tan encantador —exclamó admirado mientras rodeaba la casita—. Damaris, ¿podrías dibujarlo?

—Ya estoy en ello —murmuró con el carboncillo en la mano.

El rumor del agua, el frondoso bosque y los fantasiosos adornos de la casita convertían el entorno en un lugar realmente mágico.

Damaris necesitó una hoja tras otra para plasmar las numerosas maravillas de aquel jardín, que parecían combinadas de modo natural, sin ningún esfuerzo. Estuvo dibujando casi el día entero, interrumpiéndose solo durante las caminatas de subida o bajada, o para hacer alguna breve pausa.

A mediodía se acomodaron en uno de los múltiples bancos para disfrutar de un pícnic. Henry expresó una vez más su profunda admiración por aquel parque.

—¡Me alegro tanto de que me hayas acompañado...! —le dijo a su prima entre dos bocados de un sándwich de carne asada—. Jamás habría podido describir estas maravillas únicamente con palabras. Gracias a ti espero poder reproducir en Heligan algunas de las bellezas que hemos visto.

—Yo también me alegro. Pero tu propósito no es crear allí un segundo Hestercombe, ¿verdad? Si no recuerdo mal, nos quedan aún bastantes jardines en la lista.

Él respondió sonriente:

—Efectivamente, querida prima. Nos quedan muchos.

La cena resultó más animada y variada que el día anterior. En previsión de que pudiera necesitarlo, Damaris había incluido en su baúl, junto con la ropa de viaje, un elegante vestido de un tono verde pálido. Además de sus anfitriones, los acompañaban un sobrino de Cop con su esposa y otra pareja.

Tal como correspondía a la festividad religiosa de aquella jornada, cenaron ave: un pato exquisitamente cocinado, acompañado con verduras de temporada. De postre se sirvió un ligerísimo suflé de huevo. Al terminar, los hombres se retiraron para beber oporto y fumar una pipa, mientras que las mujeres pasaron al salón.

La estancia era luminosa y estaba decorada con unos coloridos tapices. En una mesa junto a la ventana destacaba un bastidor con un bordado en el que trabajaba la señora de la casa.

—¿Me permite verlo? —preguntó Damaris.

—Por supuesto, querida. Adelante.

La joven se acercó, muy impresionada por la excelente labor de aguja. Se trataba de una artística naturaleza muerta rebosante de hojas y pájaros: faisanes, avefrías y escribanos cerillos sobre un fondo claro, tan naturales y vívidos que casi se oían sus cantos.

La señora Bampfylde (o Mary, como insistía en que la llamaran) recibió sus elogios con gran modestia. Era una mujer de aspecto maternal que se hallaba a principios de la cincuentena y que, por su miope forma de mirar, recordaba a una paloma.

—Oh, es una nadería —respondió—. Pero me ayuda a ocupar las horas cuando mi marido se marcha a Bath o a Londres, lo cual hace con mucha frecuencia. No me malinterpreten: soy una mujer felizmente casada, pero a veces me gustaría que pasara más tiempo en casa. Por desgracia no hemos sido bendecidos con hijos, de modo que me he visto en la necesidad de buscarme otras ocupaciones.

De la habitación contigua llegaban las risotadas de los hombres.

—¿Y usted, querida? —le preguntó a Damaris la señora Tyndale, la esposa del sobrino de Cop—. ¿Está pensando ya en casarse?

La joven se esforzó en componer una sonrisa cortés y murmuró una evasiva.

Hacía tiempo que aquel tema motivaba alguna que otra discusión con Harriet. Ella opinaba que había llegado el momento de encontrar un marido, y seguramente esperaba que durante aquel viaje se presentara la ocasión.

—¿Ya ha asistido a su primera temporada y la han presentado en sociedad? —insistió la señora—. Estaría usted hermosísima con un vestido de baile.

—Muchas gracias, señora Tyndale. Sí, he asistido ya a dos temporadas. Pero no en Londres, sino en Truro, en Cornualles.

—¿De veras? Y seguro que habría más de un joven interesado en usted...

Damaris notó que se estaba sonrojando.

—Bueno... sí. Pero... —Y enmudeció.

Candidatos adecuados había de sobra. Los jóvenes que habían mostrado su interés por ella poseían una educación exquisita y eran muy amables. Sin embargo, no les encontraba el menor atractivo. Tenía tiempo, aún no había cumplido veintiuno.

Mary Bampfylde le dio unas palmaditas en la mano.

—No se preocupe, querida. El hombre perfecto acabará apareciendo.

Damaris asintió en silencio y forzó una sonrisa.

El hombre perfecto ya había aparecido. Cuatro años atrás.

13

Allie

Mansión Heligan, abril de 1785

La nueva silla de ruedas ofrecía muchas ventajas respecto a la anterior. No solo era más grande y más bonita, sino también más manejable y sólida. Pero la verdadera diferencia residía en que ella misma podía impulsar las dos grandes ruedas de atrás, y así ya no tendría que depender continuamente de otras personas. Henry se la había regalado poco antes de partir, con motivo de su undécimo cumpleaños. Realmente era muy necesaria, porque la anterior se le estaba quedando pequeña. Su primo también la había obsequiado con unos gruesos guantes de cuero para evitar que se le estropearan las manos.

Aun así, se aburría sin Damaris. Por supuesto, había muchas cosas que podía... o debía hacer. El señor Doyle, su preceptor, le enseñaba a diario matemáticas, historia y literatura inglesa. Y todos los miércoles acudía madame LeTallec para practicar conversación en francés.

Allie había probado a dibujar, pero carecía del talento de su hermana, y además también le faltaba la paciencia necesaria. Aunque bordar se le daba mejor, no le gustaba. Prefería con mucho perderse en la biblioteca en busca de nuevas lecturas. Sin embargo, su prima Harriet solo se lo permitía tras asegurarse de que había cumplido sus demás obligaciones.

Desde la marcha de Damaris, Harriet había ocupado en cierto modo su lugar, y en ocasiones resultaba más estricta. No obstante, a menudo su constitución delicada la obligaba a permanecer descansando en su habitación. Allie, por el contrario, gozaba de muy buena salud; lo único que no podía hacer era andar. Pero ahora disponía de una silla nueva y manejable que le permitía incluso moverse por el exterior y explorar los alrededores recorriendo los anchos caminos que rodeaban la mansión.

Tanto su prima como su hermana insistían en que no saliera sola. Siempre debía acompañarla un sirviente o una criada para empujar la silla en caso necesario, o para asistirla en lo que fuera preciso. Allie cedió a regañadientes, porque la perspectiva de disfrutar del aire libre y de gozar de libertad, aunque fuera a medias, lo compensaba todo. Aun así, habría preferido mil veces estar a solas, sin que la vigilaran como a una niña pequeña.

Aquel día el sol brillaba con tanta fuerza como los anteriores. Allie estaba esperando a Sarah en la explanada que había delante de la casa. La criada la había acompañado ya en otras excursiones por los alrededores. En el huerto de frutales, situado más allá del parterre, florecían los manzanos, y una pareja de jilgueros volaba canturreando de rama en rama. Un dulce aroma flotaba en el aire.

Contempló el límpido cielo azul. Apenas había llovido en las últimas semanas y los caminos no estaban tan embarrados como era habitual en esa época del año. Quizá podrían alejarse algo más que en otras ocasiones.

Pero la criada tardaba en acudir. Allie bajó la base del reposapiés y empezó a trazar círculos en la gravilla con impaciencia. ¿Dónde se había metido la chica? ¿Es que no sabía lo mucho que representaban para ella esas salidas?

El servicio se había vuelto algo descuidado en ausencia del señor de la casa. ¿Y si iba a buscarla? Pero entonces quizá regañarían a la chica, y no deseaba que eso sucediera. Sabía que Sarah tenía que cumplir muchas obligaciones y, para colmo, también le habían encomendado cuidar de ella.

Esperó unos minutos más, y finalmente cogió los guantes del regazo con un gesto de determinación. Pasearía ella sola. Para eso tenía una silla que podía manejar por sí misma.

Se calzó los guantes, empuñó las grandes ruedas y se puso en marcha.

Paseó un rato por el camino que discurría ante la mansión y luego se dirigió a los establos, donde se detuvo para observar a dos mozos que cepillaban los caballos.

Después continuó hasta una curva desde la que ya no se veía la casa. Del denso valle boscoso se elevaba una delgada columna de humo. Nunca había estado allí abajo. Cuando iba a la costa con Damaris siempre tomaban otro camino.

Tenía muchísimas ganas de ver el mar de nuevo.

Avanzó un poco más, hasta un punto en que el camino comenzaba a descender. La silla siguió adelante, como dotada de vida propia. Pero estaba segura de poder controlarla, no podía ser tan difícil.

Sin embargo, enseguida constató con alarma que no era capaz. La silla proseguía camino abajo. No a gran velocidad, pero sí bastante rápido. Trató de frenar agarrando las ruedas y tuvo que retirar las manos a toda prisa para no lastimarse, era demasiado peligroso. Sin saber qué más hacer, bajó un pie al suelo.

Sí, el intento funcionó. Aunque no consiguió detenerse, al menos logró disminuir la velocidad e incluso dirigir la silla. Si se inclinaba a la derecha giraba ligeramente hacia la derecha, y lo mismo sucedía con el lado izquierdo.

No había de qué preocuparse. Al contrario, ¡resultaba muy divertido! Jamás había ido tan deprisa. Era como volar. La naturaleza verde y florida pasaba rauda a su lado, las ruedas giraban sin trabas sobre el terreno seco.

Entonces la pendiente disminuyó y la silla comenzó a rodar más despacio, hasta que al final se detuvo. Se sintió un poco decepcionada. Pero solo un poco.

Volvió la cabeza para examinar el empinado camino, flanqueado de amarillas belloritas de oro y borbonesas de color rosa.

¿Lograría regresar?

Giró la silla, empuñó las ruedas y empujó con todas sus fuerzas. Apenas logró desplazarse unas yardas y enseguida tuvo que desistir, agotada. La silla volvió a rodar camino abajo y se detuvo.

Sola no conseguiría subir. Eso seguro.

Tendría que buscar ayuda en el valle. Sin duda, en la extensísima propiedad de Henry encontraría a alguien que le echara una mano. En aquellas tierras vivían sus arrendatarios y algunos de sus empleados. De hecho, antes había visto una columnita de humo.

Hacia la izquierda, el camino se internaba en el bosque. El Bosque Viejo, como lo llamaba Sarah, cuya familia habitaba en la zona desde hacía generaciones. En el barro seco Allie distinguió huellas de herraduras que cruzaban el camino. Por allí habían pasado cabalgaduras. Decidida, empuñó las ruedas y se puso en movimiento.

El paisaje era muy hermoso. Y se notaba más fresco y más humedad que en la colina. En un lateral distinguió unos destellos; seguramente serían los reflejos de un pequeño lago o de un riachuelo.

El rumor de las hojas resonaba en el viento suave. Percibió gran cantidad de cantos de pájaros, entre ellos el estridente reclamo del carpintero verde, semejante a una carcajada. ¡Hacía tanto que no lo oía! De pequeñas, su madre las llevaba al bosque para mostrarles los milagros de la naturaleza.

A ambos lados se alzaban grandes árboles. Reconoció robles, hayas y castaños. El suelo del bosque estaba alfombrado de unas campánulas azules que desprendían un dulce olor. Cientos, no, miles de tallos florales se mecían bajo el techo de hojas como un mar violeta y azul. Resultaba impresionante. Se detuvo para disfrutar del armonioso canto de los pájaros, del suave aroma y de los vivos colores de las flores.

«Jacinto de los bosques», el nombre surgió de algún rincón de su memoria. También llamado jacinto silvestre. O flor de las hadas. Sí, ese nombre era su preferido. Recordaba un dibujo que representaba a un hada con una de esas campanillas a modo de sombrero.

Unas abejas y unos voluminosos abejorros volaban de flor en flor. En mitad de aquella alfombra azul, en una pequeña hondonada, asomaban las tiesas orejas de un conejo. ¡Un conejo! Hacía muchísimo tiempo que solo los veía en ilustraciones o en el plato, pero nunca en libertad. ¡Qué esponjoso y qué adorable!

Abandonó el camino y avanzó pendiente abajo.

El terreno estaba blando y húmedo y, de pronto, ya no pudo seguir avanzando. Las ruedas se atascaron.

El conejo levantó la cabeza y la miró un buen rato con sus

ojillos brillantes. Después desapareció dando grandes saltos a través de las primorosas flores.

Allie intentó accionar las ruedas. Imposible.

¿Por qué no se movían las malditas? Por mucho que forcejease con los aros de metal para liberarse del barro... nada.

¿Acaso había roto la silla? ¿Su flamante silla? Se enfadó consigo misma. ¿Cómo había sido tan tonta?

—¡Mierda! —murmuró. Era la palabrota más grosera que conocía. Se la oyó un día a un mozo de cuadra que se volcó encima un cubo lleno de estiércol. Por suerte, Harriet no estaba allí para escucharla: si lo hubiera hecho, no habría dado crédito a sus oídos. Aunque, desde luego, si la hubiera acompañado, ahora no se hallaría en semejante aprieto.

No podía quedarse allí atascada. ¡Era una Tremayne! La situación casi equivalía a un ultraje.

Quizá lograse salir del apuro si probaba a avanzar y retroceder con mucho cuidado. Sí, funcionaba. Al menos un poco. Unas pulgadas adelante y atrás. Pero eso era todo.

Por más que lo intentaba, aunque empleara todas sus fuerzas... solo conseguía hundirse más en el terreno.

¡Mierda!

Quizá si reptaba por el suelo y tiraba poco a poco de la silla... Pero no, su orgullo se lo prohibía. Solo imaginarse tendida en el barro del bosque ya le parecía una indignidad.

No quedaba otro remedio. Le gustara o no, tendría que tragarse el orgullo y pedir ayuda.

—¿Hola? —gritó.

No recibió respuesta. Por supuesto.

—¿Hola? —repitió otras dos veces, con más fuerza—. ¿Me oye alguien?

Nada.

Acababa de inspirar profundamente para gritar de nuevo cuando el aire se le atragantó en la garganta: de pronto, apenas a unos pocos pasos de ella, apareció un perro enorme. «Enorme» se queda corto: aquel animal era gigantesco. Se trataba de un gran danés, negro como el azabache y tan alto que la sobrepasaba.

El estómago le dio un vuelco. Además, de improviso se presentó un segundo animal, un poco más lejos. Con manchas negras y blancas y algo más pequeño, pero igual de terrorífico.

—¡Fuera! —exclamó, procurando que su voz sonara lo más firme posible. Había oído que los perros huelen el miedo. Y, para qué negarlo, ella sentía verdadero pánico.

Pero no pensaba rendirse.

El gran danés negro se le acercó.

—Buen... perro —alcanzó a decir con voz temblorosa—. Buen perro. —Y alargó una mano temblorosa.

El animal emitió un sonido. ¿Era un gruñido? Seguro que percibía su miedo.

Entonces se alzó sobre las patas traseras y le plantó las delanteras en los hombros. Una en el derecho, la otra en el izquierdo. Sobre la joven se cernía la gigantesca cabezota negra de colgantes belfos, soplándole su fuerte aliento.

Seguro que le arrancaría la cabeza de un mordisco.

Jamás había sentido tanto miedo. A pesar de sus intentos por contenerse, estalló en sollozos.

—Mami... Ayúdame, por favor...

En ese momento oyó un penetrante silbido y el animal se echó atrás.

Sus sollozos se redoblaron, esta vez a causa del alivio. ¡El animal se marchaba! ¡No iba a morir allí!

Levantó la vista y distinguió una figura que se aproximaba por el camino. Llevaba un largo abrigo con esclavina. Necesitó un momento para reconocerlo.

Claro. El nuevo guardabosques.

—Señor Harrington... —logró articular—, es usted.

El bucca. El náufrago que encontraron en la playa.

El hombre alzó la cabeza y gritó:

—¡Ares! ¡Hera! —Los perros obedecieron al instante y corrieron a sentarse a su lado, sin perder de vista a la joven—. ¿Qué hace aquí, señorita Tremayne? Este terreno no es adecuado para la silla.

—Ya me he dado cuenta —respondió ella, en tono algo arrogante. En ausencia de Damaris, ella era la señorita Tremayne. Ahora que el peligro había pasado, recuperó la serenidad—. No pretendía bajar por el camino, pero no pude controlar la silla. Y luego... en fin, luego vi un conejo.

—¿Un conejo? —repitió él. Allie no logró descifrar la expresión de su rostro—. ¿Se metió por el barro para ver un conejo?

—Sí. Y me quedé aquí atascada. No estoy segura, pero temo haber roto una rueda.

Él no contestó. Los perros jadeaban suavemente.

La joven carraspeó.

—¿Cree que podría...? ¿Sería tan amable de ayudarme?

Durante un momento eternamente largo el hombre no se movió. Allie sintió pánico. ¿No pensaría dejarla allí? Sin embargo, enseguida se colocó tras ella y sacó la silla del terreno húmedo. Aunque de un modo algo irregular, por suerte las ruedas giraban.

Una vez en el camino, él se detuvo y se arrodilló para revisar la silla.

—¿Está rota? —inquirió preocupada—. ¿Se podrá arreglar?

—No se ha partido nada —dijo, para su gran alivio—. Pero las ruedas están llenas de tierra y hay piedrecitas incrustadas bajo los aros metálicos.

—Ay, Dios. Harriet me va a matar.

Se quedó mirándolo, pero él no reaccionó. ¿Acaso no captaba la indirecta? En fin, tendría que ser más clara:

—Tiene que ayudarme.

—Acabo de hacerlo.

Pero ¡cómo era posible!

—Quiero decir que... Debe ayudarme otra vez. No puedo volver a casa con la silla así.

—No soy su sirviente. Trabajo para el señor Tremayne, para nadie más.

—Claro... por supuesto. Pero, por favor, señor Harrington. Yo sola no conseguiré regresar.

—¿Y quiere mi ayuda?

—Sí. Sería muy amable de su parte.

Él se quedó pensativo durante un momento que a ella le pareció eterno. Y al final asintió.

14

Allie

El señor Harrington la condujo a su cabaña, situada en un claro del bosque. De aspecto bastante nuevo, tenía el tejado de paja y estaba construida en piedra, madera y cañizo. Allie permaneció fuera mientras él abría la puerta y aparecía con una silla que colocó a su lado.

—¿Cómo se llama? —preguntó ella, señalando una yegua torda que se encontraba en un cobertizo junto a la cabaña.

—Silver —contestó él—. Tiene que cambiar de silla. ¿Puede usted sola?

Allie hizo un gesto afirmativo.

—Pero es más fácil si me ayuda.

Él la levantó y la acomodó en el otro asiento.

—Veo que no está paralítica —comentó tras observarla durante un momento—. ¿Por qué no puede caminar?

La joven suspiró.

—Llevo así desde que era muy pequeña. Es raquitismo, o «mal inglés», como lo llaman algunos médicos.

Lo observó mientras sacaba unas herramientas, desatornillaba las ruedas y apoyaba la silla en un gran barril de agua junto a la cabaña.

El perro más pequeño, una hembra, se había tumbado ante el barril; por su parte, el macho permanecía sobre sus cuatro patas, indeciso. Al final se acercó a Allie, que se echó para atrás en la silla con el corazón acelerado. Se daba cuenta de que los animales eran amistosos y obedecían al instante, pero aun así su inmenso tamaño la asustaba.

Cuando le olisqueó la falda, notó su respiración en las piernas. Después avanzó un poco más... y apoyó su negra cabezota en el regazo.

Ella contuvo un momento la respiración y luego soltó una exclamación de sorpresa.

—¡Ares, atrás! —ordenó el señor Harrington.

El animal se sobresaltó, alzó obediente la cabeza y dio un paso atrás. A pesar de su intimidante tamaño, su expresión de desilusión hizo reír a la joven.

—No pasa nada —aseguró—. Parece que le gusto. —El miedo se había evaporado.

El hombre la miró con escepticismo, pero acabó haciendo un gesto con la mano para darle permiso al perro. Allie habría podido jurar que el animal esbozaba una sonrisa al apoyarse de nuevo en su regazo.

Con mucha precaución levantó la mano y la posó en la cabezota del animal. A modo de respuesta, Ares comenzó a menear el rabo. Y cuando le rascó detrás de las orejas, emitió un gruñido suave y amistoso. La perra aguzó las orejas y se los quedó mirando atentamente.

Mientras acariciaba al gran danés, Allie observaba al señor Harrington. Se había quitado el abrigo y se afanaba en desprender las piedrecitas de una de las ruedas, que después limpió con un trapo húmedo.

Aunque había transcurrido mucho tiempo, recordaba perfectamente cómo lo encontraron en la playa. ¿No era una ironía del destino que precisamente él ocupara el puesto de Ashcroft?

—Hace unos años deseaba usted marcharse. ¿Por qué se quedó? —preguntó con curiosidad.

Se encogió de hombros.

—Porque en realidad no sabía adónde ir. Y porque Henry me convenció. En fin, quería saldar mi deuda con él.

¿Llamaba a Henry por su nombre de pila? Qué interesante...

—¿Mi primo lo convenció?

Asintió mientras aclaraba el trapo.

—Tras la muerte de Ashcroft hacía falta un nuevo guardabosques. Como en un primer momento rechacé el puesto, Henry tuvo que emplear dos buenos argumentos.

—¿Dos, ni más ni menos? ¿Y cuáles fueron?

Él comenzó a trabajar en la segunda rueda.

—Pues tiene a uno de ellos en el regazo. Eran tan pequeños que...

—¡Los cachorros! —exclamó, interrumpiéndolo. De pronto lo entendió todo—. ¡Claro! Son los perritos que venían en el cesto. —Examinó al gran danés, que la miraba mansamente—. Damaris y yo estuvimos un rato con ellos el día que los trajeron. Los tuve en brazos y los acaricié. —Miró al animal con cariño—. ¿Se acordarán de mí?

—Puede ser. Los perros tienen muy buena memoria.

—Entonces son compañeros de camada... —reflexionó, acariciando al animal—. ¿De dónde provienen? ¿Sabe si tienen más hermanos?

—Lo desconozco, señorita Tremayne.

—«Señorita Tremayne» —repitió ella, empleando un tonillo afectado—. Hay que ver cómo suena... ¿Por qué no me llama por mi nombre y me tutea, como hacen mi hermana y mi primo?

—Porque no somos familia.

—Pero a Henry lo trata de tú.

Soltó el trapo y por primera vez esbozó algo parecido a una sonrisa.

—Es usted un poquito irritante, señorita Tremayne.

Ella sonrió.

—Ya lo sé. Damaris me lo dice a todas horas.

Hizo un gesto afirmativo.

—Bueno, está bien. Pero la norma rige para los dos.

Allie se emocionó. ¿Acababa de proponerle que lo tuteara? ¿Un hombre adulto? Asintió, un tanto azorada.

Él sacó un trapo limpio, se frotó las manos y le tendió la derecha.

—Julian.

Ella se quitó el sucio guante derecho y se la estrechó.

—Allie.

De pronto se sintió muy mayor. Embargada por aquel nuevo sentimiento de importancia, miró a su alrededor y señaló la cabaña.

—¿Era la casa de Ashcroft?

—¿Crees que viviría en la casa del asesino de mi familia? —repuso, negando con la cabeza—. Ni hablar. Tras su muerte, la cabaña fue derribada. Esta es nueva, la construí yo mismo.

Atornilló las ruedas a la silla, entró en la casa y reapareció con un bote de aceite para engrasar armas.

La puerta quedó abierta y Allie logró atisbar el interior de la cabaña, parcamente amueblada, e identificar unos cuantos anaqueles, lo bastante altos para que los perros no alcanzaran. En uno distinguió una hilera de libros, y al lado había otros colocados en una pila.

—¿Son de la biblioteca de Henry?

Julian, ocupado en engrasar las ruedas, alzó un momento la cabeza y asintió.

—Lees mucho, ¿verdad? —Sin aguardar respuesta, la joven prosiguió—: Igual que yo. —Señaló el estante—. ¿Cuáles has leído ya?

Él exhaló un largo suspiro e hizo girar una rueda.

—¿No podrías darle la lata a tu hermana?

Allie se esforzó en mantener una expresión seria.

—Pues no, porque está de viaje con Henry. Lo acompaña en su *grand tour*. ¿Sabes lo que es eso?

—No soy tonto. Claro que lo sé.

—Ah, ¿sí? ¿Y qué es?

Le lanzó una mirada de exasperación y contestó:

—Un viaje de formación. Los jóvenes adinerados recorren el mundo para aumentar su cultura.

Se quedó asombrada.

—Pero mi primo ni es joven ni necesita formarse —replicó—. Se ha ido a visitar muchos jardines para crear el suyo propio. Y Damaris lo acompaña.

Observó cómo comprobaba las ruedas de la silla una última vez.

—Listo.

Los perros se incorporaron casi al mismo tiempo que él. Allie se sintió ligerísima cuando Ares levantó la cabeza de su regazo. Y también un poquito triste.

Julian le acercó la silla de ruedas.

—¿Necesitas ayuda?

Ella hizo un gesto negativo.

—Déjame que lo intente. Solo tienes que arrimarla lo más posible.

Sintió un poco de apuro al trasladarse torpemente de un asiento a otro bajo su atenta mirada. Pero al instante se encontró acomodada en la familiar superficie acolchada.

Los perros los acompañaron por el bosque, hasta el lugar donde el camino comenzaba a ascender.

—Adiós —se despidió Julian—. En tu próxima excursión mira bien por dónde te metes.

—¿Cómo? Pero... ¡No puedo subir sola! —protestó.

—¿Por qué no? Si pudiste bajar...

—La silla rodó pendiente abajo, no era mi intención acabar aquí.

—Ah, ¿no?

—Debes subirme. Sola no puedo.

—¿«Debo»?

—Sí. A menos que prefieras que me quede aquí...

Como no contestó, Allie comenzó a preocuparse. ¿No pensaría de verdad abandonarla allí?

De pronto lo comprendió. Antes le había dicho que no era su sirviente, y ¿qué hacía ella? Lo trataba como a un criado.

—Por favor. Por favor, Julian. Sería... Te agradecería mucho que me ayudaras.

Sin decir nada, él hizo un gesto afirmativo y empuñó la silla, que comenzó a rodar camino de la mansión. Menos mal. Allie se relajó y no pudo reprimir una leve sonrisa de triunfo.

La empujó durante un rato en silencio, con los perros trotando detrás. Allie disfrutaba del paisaje, de las praderas floridas y de los castaños frondosos con sus inflorescencias cargadas de polen y rodeadas de insectos.

Poco antes de la curva, donde la pendiente se aplanaba, Julian se detuvo y se puso a su lado.

—A partir de aquí puedes tú sola.

—¿No quieres entrar en casa?

Él enarcó una ceja.

—Pensaba que nadie debía enterarse de tu excursión.

—Oh, es verdad. —Lo miró desde abajo—. Muchas gracias, Julian. Has sido muy amable. Me... me alegraría mucho que volviéramos a vernos.

Le pareció entrever una sonrisa.

—Nos veremos —aseguró—. No tengo ninguna duda.

15

Damaris

Mansión Hestercombe, Somerset, mayo de 1785

Permanecieron en Hestercombe varios días más de lo previsto. Cop insistió en que se quedaran al menos hasta el domingo, y Henry, aunque dudó un momento, terminó por aceptar. A Damaris le pareció bien. Así, su primo dispondría de más tiempo para estudiar los jardines, y ella para dibujarlos. Ambos le habían tomado cariño a su corpulento y alegre anfitrión, con el que siempre resultaba muy agradable conversar. También Mary Bampfylde agradecía su compañía, especialmente la de Damaris. Cuando por fin se marcharon, hubieron de prometer que los visitarían de nuevo en el camino de regreso.

A mediados de mayo, una semana más tarde, llegaron a Park Place, en el condado de Berkshire, no muy lejos de Londres. Allí los recibió muy amablemente el general Conway, antiguo gobernador de Jersey.

Rodeada de jardines y terrazas, la espléndida mansión se alzaba sobre una colina que dominaba el río Támesis y la pequeña ciudad de Henley. Las amplias extensiones de césped estaban circundadas de bosquecillos y, en dirección sur, se llegaba a un frondoso bosque atravesado por seis caminos que confluían. Aquella propiedad respondía enteramente al gusto de Henry, que se mostró especialmente impresionado por los caprichos arquitectónicos que imitaban templos clásicos.

Su anfitrión los guio por un pasadizo subterráneo de casi doscientas yardas, y después pendiente abajo hasta un valle plantado de cipreses. Allí admiraron las ruinas de un anfiteatro romano. Damaris se sintió transportada a Grecia o a Italia, lugares que solo había visto en imágenes.

En Park Place la actividad social resultó más intensa que en Hestercombe. El general los obsequió durante toda una velada con sus lecturas y recitaciones de Shakespeare. Al principio, a Damaris le pareció agradable, pero al final se le hizo muy pesado. Al día siguiente su esposa, lady Ailesbury, organizó una noche de ópera protagonizada por una talentosa cantante que interpretó varias arias y canciones tradicionales. Y, además, por Pentecostés se iba a celebrar un gran baile al que acudirían las personalidades más respetadas de la zona.

Damaris se dejó caer en una silla, sin aliento. Tenía el rostro sonrojado y se daba aire con un abanico. Muy agradecida, aceptó el vaso de limonada que el teniente Bradley le ofrecía y bebió con ansia. Bradley era un oficial amigo del general Conway que acababa de bailar con ella.

—¿Se divierte, señorita Tremayne? —le preguntó mientras se alisaba la chaqueta del uniforme, algo arrugada por el baile.

Ella asintió y depositó el vaso en una mesita que tenía al lado.

—Una barbaridad. Hacía mucho que no lo pasaba tan bien.

Bradley carraspeó.

—Es usted cautivadora, si me permite el atrevimiento.

—¿Usted cree? —inquirió la joven, obsequiándolo con una gran sonrisa.

Antes de la limonada había tomado ponche y se sentía un poco mareada. Pero solo un poco. Las luces, la música, y aquel caballero tan cortés y apuesto que la acompañaba... en realidad se encontraba de maravilla.

Él se aproximó un poco.

—Espero que podamos conocernos mejor —le susurró.

—Será un placer, teniente Bradley.

—Por favor, llámeme Ian.

—De acuerdo, Ian.

—¿Me disculparía un momento? Por desgracia he de comentar un asunto con el general Conway.

Ella inclinó ligeramente la cabeza y sonrió.

—Pero solo si después vuelve a bailar conmigo.

—¿Cómo podría resistirme a un requerimiento tan encantador? —respondió, dedicándole una reverencia antes de cruzar la sala en dirección a la puerta.

Damaris lo vio alejarse. Henry, que estaba algo apartado, interceptó su mirada y le lanzó un guiño. Ella le sonrió. Sí, aquella faceta del viaje le estaba resultando muy agradable.

Terminó la limonada y se abanicó de nuevo. Cuando los músicos atacaron una alegre melodía soltó el abanico y se puso en pie.

—¡Ven! —le ordenó con una sonrisa a su primo, tomándolo de la mano—. ¡Baila conmigo!

Normalmente no se mostraba tan atrevida. Pero Henry

era su primo, la velada resultaba espléndida y hacía mucho que no se divertía tanto.

Aunque un poco reticente, el hombre se dejó arrastrar hasta la zona de baile, que habían despejado apartando los muebles y las alfombras del gran salón. Tomaron posiciones para una contradanza en la que los bailarines debían distribuirse en dos filas: los caballeros enfrente de las damas.

Damaris bailó mucho aquella noche. También con Henry y, sobre todo, con el teniente Bradley. Ya avanzada la velada, se sentó con los pies doloridos en un rincón tranquilo desde el que disfrutaba de una buena vista del salón. Allí se encontró con la señora Taylor, a quien había conocido anteriormente.

—Ay, qué fiesta tan magnífica —opinó la señora. De su peluca, que formaba gran tupé, surgían unas plumas de colores—. Si por mí fuera, bailaría toda la noche. Lástima que tengamos que irnos enseguida. Mi marido no es nada amigo de estas diversiones. —Miró a su alrededor—. Estoy esperando al señor Brooks y a su esposa, pues nos marcharemos con ellos.

—Qué pena. Ciertamente soy muy afortunada de alojarme aquí.

—¿Duerme aquí? —De pronto la mujer parecía preocupada—. Pues espero que no se tope con el fantasma.

—¿Qué fantasma?

—¿Acaso no ha oído decir que Park Place está encantado?

—¿Cómo que encantado? —inquirió con cara de sorpresa. Las noches anteriores no había notado nada.

—Tal como se lo digo. Según comentan, se trata del fantasma de una asesina. La ahorcaron cerca de aquí hace unas décadas.

Damaris sintió un escalofrío, aunque no del todo desagradable. Era más bien un emocionante cosquilleo.

En ese momento se les unió la señora Brooks, una matrona entrada en carnes que se hundió en el último asiento libre.

—Mi marido me ha hecho saber que piensa terminar su partida de *whist*. De modo que nos queda algo de tiempo antes de irnos. —Cogió un bombón de una delicada bandejita de varias alturas.

—Ah, qué oportuno —contestó la señora Taylor—. Porque me disponía a contarle a la señorita Tremayne la historia de Mary Blandy y de su terrible final —anunció, volviéndose hacia la joven—. Por supuesto, siempre que usted desee escucharla.

—Me encantaría —le aseguró, tomando un praliné—. Soy toda oídos.

—Pues bien, Mary Blandy era hija única de un abogado que vivía en Henley. Recibió una buena educación, y de ella se decía que era de carácter alegre y afable, buena conversadora y dotada de un sentido común poco corriente. Como a su padre se lo tenía por rico, varios jóvenes la cortejaron. Pero ninguno les parecía lo bastante bueno.

Damaris lo entendía muy bien. ¿Quién querría casarse con alguien que solo buscaba dinero? Mediante un gesto dio a entender que se hacía perfecto cargo de la situación.

—Cuando Mary tenía veintiséis años, conoció a William Cranstoun, un oficial escocés de la Infantería de Marina que le doblaba la edad.

La joven enarcó las cejas, sorprendida.

—¡Un oficial de la Marina!

—No se crea, se trataba de un auténtico bellaco. Estaba casado y tenía un niño pequeño, pero lo mantenía en secreto porque su esposa era católica y eso podía hundir su carrera militar.

—Además —terció la señora Brooks, que había permanecido callada hasta entonces—, he oído que ni siquiera era especialmente apuesto. Más bien al contrario, por lo que se dice era bajito, tenía marcas de viruela y bizqueaba.

—¿De veras? Pues entonces aún resulta más sorprendente —comentó la señora Taylor—. En fin, en cualquier caso, parece que era lo bastante embaucador como para engatusar a las damas. De lo contrario no habría logrado que Mary Blandy se enamorase perdidamente de él. Como es natural, su padre se opuso a aquella relación en cuanto averiguó que Cranstoun estaba casado y le ordenó a su hija que terminara con tan aciaga unión.

—Y me imagino que no lo obedeció —apuntó Damaris.

—Efectivamente. La pareja siguió viéndose, especialmente aquí, en Park Place, donde daban largos paseos mientras pensaban qué hacer. Un día Cranstoun le aseguró a su amada que disponía de un remedio que apaciguaría a su padre y lo predispondría a su favor. Poco después le envió un polvo blanco que ella debía administrarle en la bebida.

—¿Un polvo blanco? —repitió la joven, horrorizada—. Ay, ¡me temo lo peor!

Su interlocutora asintió gravemente.

—Y hace bien. Al parecer, la buena de la señorita Blandy ni se imaginaba que pudiera tratarse de veneno. Cuando al poco tiempo su padre se mostró indispuesto, le puso los polvos en las gachas. Y el hombre murió entre terribles dolores.

—Oh, no —murmuró Damaris, notando aún el sabor del praliné—. Así que realmente era veneno.

—Arsénico —susurró la señora Brooks.

—La detuvieron y la encerraron en la cárcel de Oxford —prosiguió la señora Taylor—. Allí la juzgaron. Ella insistía en su inocencia, afirmando que los polvos solo servían para mejorar el humor de su padre. El proceso se prolongó durante once horas. Al final, la condenaron a muerte basándose en pruebas irrefutables y en las declaraciones de los testigos, incluido el médico de la familia.

—¿Y la ahorcaron?

—Por supuesto. Mientras subía al cadalso, le pidió al verdugo que no la colgara demasiado alto para que la multitud no pudiera mirar por debajo de sus faldas.

—Al menos a la hora de morir sí mantuvo la dignidad —concluyó la señora Brooks.

Damaris sintió un escalofrío.

—¿Y su amante? ¿Qué fue de él?

La señora Taylor se encogió de hombros.

—Bueno, el muy truhan no se salió con la suya por mucho tiempo. Primero se ocultó en Escocia y después huyó a Francia, con unos parientes lejanos que le dieron cobijo. Allí enfermó gravemente, se convirtió al catolicismo y murió... solo unos meses después de su amada.

—Qué historia tan triste —afirmó Damaris—. Y qué mujer más desgraciada, la pobre señorita Blandy.

—Seguramente más tonta que desgraciada —sentenció la señora Brooks tomando el último praliné—. Este acontecimiento trágico encierra una lección de la que hay que tomar buena nota.

—¿Y cuál es, señora Brooks? —quiso saber la joven.

—Pues que las jóvenes damas deben evitar caer en las galanterías de pretendientes zalameros.

Damaris asintió, convencida. Se sentía a salvo de semejantes galanterías. El hombre que anhelaba no tenía nada de lisonjero.

—A pesar de todo, me compadezco de ella. ¿Y es el espíritu de esa pobre mujer el que se aparece aquí?

—Así es —confirmó la señora Taylor—. Comenzó a rondar poco después de su muerte. Se dice que busca a su amado, que la engañó de un modo tan infame. Al parecer se la ha visto varias veces aquí, en Park Place. De modo que si oye ruidos por la noche ya sabe a qué se deben.

Ya en la cama, en su habitación del ala de invitados, Damaris estuvo rumiando aquella historia. ¿Cómo se habría sentido Mary Blandy? Seducida por un hombre mayor y casado que no solo la había embaucado, sino que además había causado la muerte de su padre... En prisión, traicionada y abandonada, absolutamente sola en el mundo. Sin nadie que la ayudara...

No lograba conciliar el sueño. Se incorporó, prendió la vela de noche que había junto a la chimenea y cogió el cuaderno. Dibujar siempre la tranquilizaba. Se entretuvo trazando de memoria algunas plantas y pájaros hasta que se le cerraron los párpados. Apartó el cuaderno, sofocó la llamita y se arrebujó entre las mantas.

De pronto, un ruido ahogado la sobresaltó. Sonaba como arañazos o roces, apenas perceptibles. Un escalofrío le recorrió la espalda.

—¿Hola? —susurró, con el corazón desbocado—. ¿Hay alguien ahí?

Silencio. Tan solo los arañazos. Provenían de la puerta.

En ese momento deseó no conocer la historia de Mary Blandy. ¿Por qué demonios había accedido a escuchar los cuentos de terror de aquellas señoras?

—¿Señorita... señorita Blandy? —murmuró—. ¿Es usted?

Se sentó en la cama y aguzó el oído. Nada. Silencio. Por un momento se planteó despertar a Ruby. Pero era una estupidez. Los fantasmas no existían. Se había dejado impresionar por la historia y por la oscuridad de la noche.

Aun así, abandonó otra vez la cama para encender la vela. La habitación seguía como siempre, no advirtió nada extraño.

Dejó la vela encendida, regresó a la cama y se tapó del todo, cabeza incluida.

Al instante se incorporó como un resorte. ¡Ahí estaba otra vez el ruido!

Sin apartar la vista de la puerta buscó a tientas los utensilios de dibujo en la mesilla de noche. Sus dedos encontraron la funda de cuero del cortaplumas. Lo usaba para afilar las plumas y los carboncillos, y a decir verdad no serviría de mucho contra un fantasma... pero estaba afilado y al menos le proporcionaba cierta sensación de seguridad.

Para su inmenso horror, observó que el pomo giraba muy lentamente. El miedo la paralizó. ¿Se trataba realmente del fantasma?

Intentó llamar a Ruby, pero la lengua no le respondía. Solo podía permanecer allí, contemplando cómo giraba el pomo y se abría la puerta. Un soplo de aire frío proveniente del corredor hizo titilar la llama.

—Buenas noches, señorita Tremayne.

Damaris exhaló un suspiro de alivio y escondió el cortaplumas entre las mantas.

—¡Teniente Bradley, es usted!

Él se coló en la habitación y cerró la puerta.

—¿Acaso esperaba a otro visitante?

—Al... fantasma de la señorita Blandy —se le escapó—. La señora Taylor me ha contado antes la historia y por un momento temí...

Enmudeció. Acababa de darse cuenta de la situación tan comprometida en que se hallaba. Había un hombre en su dormitorio. Un hombre vestido solo con camisa y pantalones, ni siquiera llevaba chaleco. Como si, mientras se preparaba para acostarse, hubiera cambiado de opinión.

—Ah, el fantasma... Entonces llego a tiempo para salvarla de la malvada asesina.

—¿Por eso ha venido?

—Bueno, en realidad no. —Hizo una elocuente pausa—. Creo que puede imaginarse la razón —sugirió, acompañando sus palabras con una sonrisa indecente.

—Me temo que no —replicó, cubriéndose más con las mantas—. Le ruego que se marche, teniente.

—Eso me apenaría profundamente, señorita Tremayne. Antes me dio la impresión de que nos entendíamos bien.

—Así es. Pero ahora le agradecería que se fuera.

La situación se estaba volviendo desagradable por momentos.

Él avanzó un paso.

—Me desagradaría mucho. Como le dije, esperaba que pudiéramos... profundizar en nuestra amistad.

Damaris fingió un bostezo, llevándose la mano a la boca.

—En otro momento será un placer. Pero ahora necesito dormir. Me siento muy cansada, teniente.

—¿De veras? Porque yo la encuentro tan estimulante como el frescor de la mañana. Y llámeme Ian. Quizá mi compañía pueda reanimarla...

—No —concluyó, tajante.

Había bebido, tal como delataba su aliento. Aunque no tanto como para no saber perfectamente lo que hacía. O lo que pretendía hacer.

¿Debía gritar? En realidad, no había sucedido nada. Aún no. ¿Y si se ponía en evidencia? Además, ¿quién iba a acudir en su ayuda? Ruby era demasiado asustadiza. ¿Y Henry? Su primo acudiría en su auxilio enseguida, pero era un buenazo... No se lo imaginaba enfrentándose a nadie.

Discretamente, sacó el cortaplumas de la funda por debajo de las mantas.

—Salga de mi habitación ahora mismo —le ordenó con toda la determinación que fue capaz de reunir, aunque le temblaba la voz.

Bradley seguía acercándose. Ella retrocedió aún más en la cama, hasta el extremo. Si avanzaba otro poco se caería.

—Váyase, teniente —insistió con firmeza—. Ian, por favor.

¿Cómo había podido considerarlo un caballero agradable?

—Ah, ¿se hace de rogar, señorita Tremayne? ¿O me permite llamarla Damaris?

—No, no se lo permito.

Como ya no le quedaba espacio bajó un pie hasta el frío suelo, agarró las mantas para cubrirse el cuerpo y, describiendo un ágil movimiento, salió de la cama. Él la siguió. Estaba atrapada en una trampa, encajonada entre la cama y la pared. Y ya tenía a Bradley enfrente.

—Eres una mujer muy hermosa, Damaris —susurró él—. Anda, sé buena conmigo. Nadie se enterará.

Avanzó un paso más y trató de sujetarla. Pero la joven reaccionó con mayor rapidez.

El hombre ahogó un grito y se echó atrás. Del puño de su camisa blanca manaba sangre: tenía un corte en el brazo derecho.

—¡Maldita... zorra! —masculló, apretándose la herida con la mano.

—¡Lárguese! —le ordenó ella, sin dejar de blandir el cortaplumas—. O empiezo a chillar y despierto a toda la casa.

Bradley se quedó inmóvil durante dos o tres angustiosos segundos, como si estuviera decidiendo qué hacer. Hasta que por fin dio media vuelta y abandonó precipitadamente la habitación.

Damaris cerró la puerta en cuanto hubo salido. No podía echar la llave porque no había, pero se las arregló para arrastrar la cómoda y atrancar la puerta. Solo entonces se dio cuenta de que estaba temblando.

Era la segunda situación límite de su vida. La primera fue cuando Ashcroft le disparó. Pero entonces contaba con la protección de Julian.

Ah, Julian... De repente la embargó una nostalgia tan profunda que por un momento llegó a olvidar al teniente Bradley y su espantosa aparición.

Pasó el resto de la noche sentada en la cama con el cortaplumas en la mano. Por suerte, el hombre no regresó.

Henry la saludó muy amablemente cuando se encontraron en la sala del desayuno. Tras comprobar con alivio que Bradley no se encontraba allí, Damaris se sirvió embutido, beicon y tostadas en abundancia. La noche en vela le había abierto el apetito. También se puso un poco de *porridge* y se sentó a la mesa junto a su primo.

—Te encuentro pálida, querida —observó este, preocupado.

Ella bajó los cubiertos.

—Es que... —al principio dudó, pero optó por contarle solo parte de la verdad—: Apenas he dormido. Cuentan que hay un fantasma en la casa...

Durante la noche había llegado a la conclusión de que no serviría de nada intentar acusar a Bradley. Era un invitado, muy amigo de los anfitriones. Nunca la creerían a ella. Además, no deseaba causar problemas que pudieran perjudicar a Henry.

—¿Un fantasma? —Su primo la miró con el ceño fruncido. Ella se preparó para una buena reprimenda centrada en que los espíritus no existían, y que solo había que creer en Dios; sin embargo, se limitó a proponerle—: ¿Y qué te parece si nos vamos hoy, sin esperar a mañana? Estoy seguro de que el general Conway y su esposa lo comprenderán perfectamente.

Vaya, ¿no había regañina? Damaris respondió aliviada:

—Sí, Henry, eso me parece estupendo. Muchas gracias.

Él sonrió y se sirvió otra taza de té.

—Debo reconocer que yo tampoco he descansado bien. Seguramente a causa de la cena tan abundante, o del baile, o de la música. La verdad es que ya he visto todo cuanto deseaba ver en Park Place. Por mi parte podemos dirigirnos a nuestro próximo destino. El señor Hopkins, de Pains Hill, me ha descrito con gran entusiasmo una gruta de cristal construida por su predecesor. Ardo en deseos de contemplarla. Le voy a escribir ahora mismo para avisarlo de que llegaremos con un día de antelación.

16

Damaris

Pains Hill, Surrey, mayo de 1785

El interior de la gruta artificial brillaba y lanzaba destellos. Damaris nunca había visto nada igual. Los rayos del sol inundaban la cueva con maravillosos reflejos.

—¡Es esto! —exclamó Henry—. ¡Esto quiero para Heligan!

Entusiasmado, deslizó los dedos por la pared recubierta con miles de pequeños cristales que refulgían por efecto del centelleo de la superficie del agua.

Se encontraban en el jardín paisajístico de Pains Hill, en el condado de Surrey. Tal como rezaba un cartel, cualquier visitante respetable podía pasear por el parque y, a cambio de una módica propina, disfrutar de un recorrido guiado por el jardinero jefe. Por supuesto, Henry no lo pensó dos veces. Gratificó al jardinero con una propina principesca, y este los condujo por un circuito expresamente concebido para producir las mejores impresiones.

Tras el largo paseo por la finca en un día tan caluroso, la fresca gruta, situada en una isla en medio de un lago, ofrecía un refugio maravilloso. Cuando accedieron a esta a través de un puentecillo, el jardinero ya los esperaba en la entrada. Aunque había sido construida por manos humanas, era como entrar en mundo mágico de fantasía que cautivó tanto a Damaris como a su primo. Por más que se esforzó en dibujarla, los trazos sobre el papel apenas lograban atrapar aquel fulgor deslumbrante.

Además de la gruta, había otras maravillas en Pains Hill. Un gran lago artificial, templetes griegos, un eremitorio y una tienda de campaña turca de lona blanca festoneada de azul y con una media luna dorada en la cúspide. Su interior albergaba mullidos sillones de peluche.

Se alojaron en una casa para invitados cercana, donde permanecieron unos días hasta su partida. Desde Pains Hill pusieron rumbo al condado de Oxfordshire para visitar el impresionante Blenheim Palace, uno de los castillos más grandes de Inglaterra, y sus grandiosos jardines. Continuaron hasta la mansión Stowe House, al norte de Oxford, donde se maravillaron con su extenso parque poblado de estatuas, puentecillos y templos. Ambos jardines habían sido abocetados y diseñados en persona por el mismísimo Lancelot Brown, apodado Capability Brown por sus extraordinarias capacidades. Henry y Damaris tuvieron ocasión de charlar sobre el afamadísimo paisajista con sus anfitriones.

La siguiente parada fue el imponente Warwick Castle, situado cerca de Coventry. Allí no solo era digno de admiración el renovado jardín, sino también un jarrón romano, alto como una persona, que se exponía en un edificio construido expresamente para albergarlo. El anterior propietario lo descubrió en unas excavaciones en Italia y lo trasladó a Inglaterra. Un día, Damaris se concentró tanto en dibujar el monumental recipiente de mármol blanco, con su alto pedestal y sus intrincados adornos, que casi se le pasó la hora de la cena.

Damaris sujetaba con la mano izquierda un espejo de Claude y buscaba el ángulo adecuado. En su superficie ovalada y ligeramente tintada veía reflejadas las colinas que tenía a su espalda. Lo movió un poco hacia un lado. La curvatura convexa reducía el paisaje y permitía observarlo en su totalidad. Además, el tintado oscuro del cristal suavizaba los colores y resaltaba los rasgos principales. Aquel objeto maravilloso era un regalo del señor Drewes, el arrendatario de Hagley Hall, donde se habían hospedado hasta el día anterior.

Se encontraban en The Leasowes, una propiedad situada cerca de Birmingham, su destino más al norte, tan solo a unas millas de Hagley. Llegaron la víspera, en uno de los días más calurosos de su viaje.

Se giró un poco para ver en el espejo el obelisco de Hagley. Con la otra mano tanteó en busca del carboncillo y comenzó a dibujar el paisaje reflejado.

Aún era temprano aquella mañana de junio. Sentado en un banco, Henry escribía su diario mientras ella realizaba unos primeros esbozos. Al escuchar pasos se detuvo y alzó la vista, pero retomó la tarea en cuanto reconoció a Thomas Gray.

—¿Me permite que la acompañe, señorita Tremayne? —preguntó muy cortésmente.

—Con mucho gusto.

Para su alegría y la de Henry, se habían encontrado allí con el joven paisajista encargado de las primeras mediciones y trabajos de Heligan. Lo cierto era que no se trataba exactamente de una casualidad, como su primo le confesó; además, su presencia suponía un cambio muy agradable.

—Veo que utiliza un espejo de Claude —comentó el joven, tomando asiento a su lado—. Una herramienta realmente útil.

—Así es —convino Damaris, al tiempo que bajaba el espejito—. Aunque aún tengo que acostumbrarme a manejarlo. Es muy distinto ver las cosas al natural que hacerlo a través de este cristal. Pero resulta muy práctico, especialmente para los grandes paisajes.

—Y no solo para eso, también ayuda a entrenar una nueva forma de mirar.

—¿Como la de los paisajistas?

—Exacto. Aunque andar por ahí con este objeto también tiene sus riesgos.

—¿Y cuáles son esos riesgos?

Gray enarcó las cejas con expresión dramática.

—¿De veras desea que le cuente mi desgracia? Está bien. Pues había hallado el lugar ideal para contemplar la puesta de sol, cerca de aquí, junto a aquel valle. Así pues, orienté el espejo hacia el horizonte, me concentré en el reflejo y retrocedí lentamente buscando el mejor ángulo. No sin sonrojo debo confesar que estaba tan absorto en la imagen del sol poniente que me caí de espaldas en una torrentera con el espejo en la mano.

Damaris reprimió una carcajada.

—Pobrecillo. Espero que no le duela nada.

—Solo el orgullo —respondió con un guiño.

La joven observó que Henry cerraba el cuadernillo y se levantaba.

—Ah, aquí viene el bueno de Henry Tremayne. —Gray se puso en pie—. ¿Preparado para el recorrido, señor?

—Cuando usted desee, me muero de impaciencia. Damaris, ¿nos acompañas?

El joven ya había visitado en varias ocasiones aquella propiedad, e insistió en guiarlos él mismo por la finca, para enseñárselo todo. Les explicó que el nombre de The Leasowes provenía del inglés antiguo y significaba «praderas salvajes». El lugar lo había edificado el famoso poeta William Shenstone, que transformó la propiedad en una *ferme ornée*, una granja ornamental: una combinación de parque y superficies agrícolas. El conjunto resultaba muy sencillo y natural, en algunos puntos incluso algo descuidado, casi como en una granja de verdad. Tras la muerte de Shenstone hacía más de dos décadas, un tal señor Horne adquirió las tierras. Hizo demoler la casa del anterior propietario y construir una nueva mansión, a la que añadió un jardín amurallado y un invernadero; y se sacaba unos chelines cobrando entrada a los visitantes.

A lo largo del camino circular que rodeaba los jardines había varios miradores y bancos que invitaban al descanso. En algunos se podían leer poemas de Shenstonte grabados en piedra. Aquí y allá, entre los setos y en los bosquecillos, se abrían unos huecos que enmarcaban el paisaje a modo de ventanas. Una idea que Henry ardía en deseos de reproducir en Heligan. Contemplaron varias ruinas artificiales y unas grandes urnas de piedra que el poeta había erigido en recuerdo de sus amigos. A Damaris le gustaron especialmente las dos cataratas, que le recordaron la de Hestercombe, y las preciosas y variadas vistas de los alrededores.

Permanecieron dos días más en The Leasowes, y después

se despidieron de Thomas Gray, que también debía prose-
guir su camino. Sin embargo, tardarían poco en volver a verse. Tras su regreso, el joven acudiría a Heligan para ayudar a
Henry a concretar la infinidad de ideas que había acumulado
durante su viaje.

17

Allie

Mansión Heligan, junio de 1785

Por suerte, Allie no tuvo problemas al regresar. Nadie la regañó por su larga ausencia ni notó que había metido la silla nueva en el barro, gracias a la meticulosa limpieza de Julian. Sarah, la criada que debía de haberla acompañado, reparó en que había pelos de perro adheridos a su vestido. Sin embargo, no había tiempo para ocuparse de eso: Harriet se encontraba fuera de sí, no a causa de Allie, sino por Johnny. En un momento de descuido, el pequeño se había introducido un botón tan adentro de la nariz que resultaba muy difícil sacarlo. Cuando al final lo consiguieron, la madre se encontraba al borde del síncope. Como Johnny era hijo único, su preocupación por él a veces rayaba en la histeria.

El más joven de los Tremayne era un pequeño terremoto que traía de cabeza a toda la casa. Su niñera y Sarah se pasaban el día corriendo tras él y protegiéndolo, en detrimento de la atención que debería prestarle a Allie, que muy a menudo debía renunciar a la compañía de la chica. Aun así, los días que siguieron no se le hicieron tan monótonos. Leía, bordaba y estudiaba, e incluso en una ocasión Sarah consiguió pasear con ella por los caminos que rodeaban la mansión. Aunque, claro, comparado con su aventura en el Bosque Viejo, aquello resultaba más bien aburrido.

Para colmo, un día la niñera se cayó y se rompió un tobillo, de modo que Sarah tuvo que asumir también sus funciones, y ya no pudo salir con Allie.

—El de ahí arriba —le decía Allie a Trevor, el sirviente al que le había pedido que la ayudara en la biblioteca—, ese no, el de la izquierda. Sí, ese. Y ahora en el otro estante, más abajo. El de la cubierta azul.

Tras localizar el segundo libro, el criado bajó de la escalera y le tendió los dos volúmenes.

—Gracias. —La joven los guardó en una bolsa que contenía una carta de Damaris, unos binoculares y dos pastelillos salados.

—Unas lecturas algo exigentes para una joven dama, si me permite la opinión.

—No son para mí.

Esperaba que los libros resultaran del agrado de Julian: *El castillo de Otranto*, de Horace Walpole (del que Damaris hablaba maravillas) y la nueva novela de Thomas Holcroft. Probaría con esos, a ver qué pasaba. Ató fuertemente la bolsa al reposabrazos, atravesó el gran vestíbulo y salió a la explanada de grava. Cuando llegó a la curva desde la que ya no se veía la casa, aceleró la marcha, y enseguida alcanzó el empinado camino que conducía al valle.

Esta vez se había preparado. Repartiendo el peso con habilidad, consiguió manejar la silla y mantener el control hasta llegar a terreno llano.

No había vuelto a llover, y el camino del Bosque Viejo estaba reseco. Las campanillas seguían floridas como una alfombra azul, y los pájaros cantaban en las copas de los árboles.

Cuando alcanzó el claro en el que se alzaba la cabaña de Julian se sentía algo nerviosa. Sin embargo, comprobó decepcionada que no estaba allí, ni tampoco los perros. Extrajo los binoculares de la bolsa y rastreó la linde del boque: arbustos, árboles, flores, pájaros... pero ni rastro de Julian. Tan solo la solitaria cabaña con la puerta cerrada.

¿Adónde habría ido? En ausencia de Henry no se celebraban cacerías, y probablemente tampoco era necesario que el guardabosques llevara a cabo todas sus otras tareas.

Esperó unos minutos, y en vista de que no aparecía, decidió llamarlo a gritos. Al fin y al cabo, la última vez había funcionado.

Los perros fueron los primeros en presentarse. El gigante negro corrió hacia ella como una flecha, loco de alegría. Detrás de él venía su hermana blanquinegra, casi del mismo tamaño.

—¡Ares! ¡Hera! ¡Aquí estáis! Buenos perros, buenos perros. ¿Me echabais de menos?

Aunque sabía que eran mansos como corderitos, puso las manos por delante para mantenerlos a cierta distancia. Pero no era necesario, porque los animales estaban bien entrenados. Aguardaron respetuosamente ante ella, meneando el rabo y mirándola con expectación.

De pronto Julian apareció a su lado, como salido de la nada.

—Allison Tremayne, ¿esperas que otra vez me crea el cuento de que estás aquí por accidente?

—No —respondió, haciendo acopio de todo el aplomo que fue capaz de reunir—. Hoy he venido expresamente. Mira, hasta les he traído algo a los perros.

Desató la bolsa del reposabrazos y sacó los pastelillos de carne.

—¿Puedo dárselos? —preguntó.

En cuanto Julian asintió, la joven extendió las manos hacia los perros, y estos, tras mirar un instante a su amo, los devoraron en un santiamén.

—Y también tengo una cosa para ti. —Abrió la bolsa de nuevo y le ofreció los libros de la biblioteca tras sacudirles unas migas—. No sé si te gustarán. Espero que no los hayas leído, este acaba de publicarse.

Julian los aceptó y examinó los títulos.

—¿Me traes lectura?

Ella se encogió de hombros.

—Pensé que te apetecería tener algún libro nuevo, ahora que Henry no está y no se organizan cacerías.

—Eres muy amable.

Ella sonrió.

—¿Verdad que sí?

—¿Y qué más te trae por aquí?

—Quería hacerte una visita. Y a tus perros.

—Así que te aburres... —Sus palabras sonaron más como una afirmación que como una hipótesis.

—Pues sí —reconoció—. ¿Tú no? He pensado que podríamos hacernos compañía, entretenernos un poco.

—Me temo que no soy una persona muy alegre.

—Es verdad. Nunca he conocido a nadie tan huraño.

—¿Te parezco huraño?

—Sí, bastante.

—Me gusta que me dejen en paz.

—¿Eso me incluye a mí?

Se la quedó mirando en silencio durante un rato. Y al fin abrió la puerta de la cabaña.

—¿Quieres pasar?

Ella asintió con gesto solemne.

Como no podía cruzar el elevado umbral, Julian levantó la silla y la depositó en el interior. La cabaña se encontraba mejor acondicionada de lo que Allie había imaginado tras el rápido vistazo de la vez anterior. Había una mesa con dos sillas, un fogón y una chimenea con mucho espacio delante, donde se tumbaron los perros. Las alfombras y cortinas brillaban por su ausencia. Una puerta comunicaba con otra estancia, probablemente el dormitorio. Cerca de la entrada Allie distinguió el estante con libros que ya conocía, donde Julian colocó los que le había traído.

Señaló la olla de hierro que reposaba en el fogón.

—¿Qué has preparado?

—Patatas —repuso él—. ¿No eres un poco fisgona?

—¿Cocidas?

Él asintió.

—¿Me das una?

Julian levantó la tapa, pescó una patata, la sirvió en un plato y se lo ofreció.

—Alguien podría pensar que en casa no te alimentan —comentó mientras la contemplaba comer con avidez.

—Pues claro que me alimentan. Mejor que bien. Pero casi siempre hay carne con verduras, no he probado las patatas desde el invierno. —Se limpió las manos en el regazo y miró a su alrededor—. ¿Por qué vives aquí, en medio del bosque? Podrías quedarte en la mansión. Hay un montón de habitaciones, y muchas están vacías. Seguro que a Henry le encantaría que te instalaras allí.

—Estoy bien aquí. La mansión no es lugar para mí. Aquí tengo todo lo que necesito.

—Te gusta estar solo, ¿verdad? Eres un auténtico eremita.

—Para ser tan pequeña conoces palabras muy difíciles.

Ella sonrió.

—Esta la he aprendido de Damaris, la ponía en una carta. Mira, la tengo aquí. —Rebuscó en la bolsa y sacó unos pliegos de papel doblados—. ¿Quieres saber lo que me cuenta?

—No sé si es adecuado.

—Tonterías. No es nada malo, ni ningún secreto.

Repasó rápidamente el principio, donde su hermana, con su apretada letra, relataba las experiencias de los últimos días. Y finalmente encontró el pasaje que buscaba:

—Aquí está. Cuenta algo realmente extraordinario: «Ayer llegamos a Paris Hill. Es una propiedad muy hermosa que ha agradado especialmente a Henry. Cuenta con una gruta artificial repleta de cristales resplandecientes, una tienda de campaña de estilo turco y un eremitorio rústico en medio de un denso bosque. Lo mejor (aparte de la gruta) es la historia que el jardinero jefe nos relató durante la visita. Al parecer, al terminar la construcción del parque, el propietario, el señor Hamilton, publicó un anuncio en los periódicos. Ofrecía el considerable salario de setecientas libras a quien se comprometiera a vivir en el eremitorio. Se le proporcionarían una biblia, unos anteojos, un jergón de paja, una esterilla, agua y alimentos, además de un reloj de arena para medir el tiempo. El eremita debía vestir un sayal, no podía rebasar los límites del parque ni cruzar una palabra con los sirvientes y, sobre todo, bajo ningún concepto podía cortarse el pelo, la barba o las uñas». —Entre risas, Allie desvió la vista de la carta—. ¿Te lo imaginas? ¡Un eremita a sueldo en el jardín de una mansión!

—¿Y qué pasó? ¿Encontraron a alguien para tan ardua tarea?

La chica asintió, mirando la carta de nuevo.

—Pues sí. Según dice Damaris, se presentó un hombre, pero no duró ni tres semanas. Lo pillaron en el pub tomándose unas pintas. El señor Hamilton lo despidió de inmediato.

Julian hizo amago de reírse, algo más bien infrecuente en él.

Allie, por su parte, también esbozó una sonrisita.

—Cuando Henry vuelva puedo preguntarle si quiere un eremita. Porque tengo en mente a la persona ideal...

—¿Sabes que resultas un poquito impertinente?

—Bueno, no puedo caminar. De algún modo tengo que destacar. —Se lo quedó mirando, pensativa, y de pronto frunció el ceño.

—¿Qué sucede? ¿Te ha sentado mal la patata? —inquirió él.

—No, qué va. Solo intentaba imaginarme cómo estarías con el pelo más largo y con barba.

—Y no te olvides de las uñas.

Ella hizo una mueca y negó con la cabeza.

—No, sin duda me gusta más tu aspecto actual.

—Eso me tranquiliza. Ya me veía yendo por ahí con un sayal y con la Biblia como única lectura.

Ella soltó una carcajada, pero se interrumpió en cuanto su mirada captó un objeto en el estante. Era el reloj de bolsillo que Ashcroft le había robado a Julian cuando yacía medio muerto en la cala.

Lo señaló.

—¿Puedo verlo? Tendré mucho cuidado, te lo prometo.

Él lo cogió del estante y se lo entregó. La caja era de plata. En la tapa anterior lucía una gran estrella y en la posterior aparecían grabadas las letras «J. H.», sus iniciales. Allie presionó el mecanismo y la tapa se abrió. Las delicadas manecillas se habían detenido a las cuatro y veinte, cuando se empaparon de agua salada. Marcaban el momento exacto de aquella madrugada en que el barco se hundió.

—Te lo regaló tu esposa, ¿verdad? —Recordaba que en algún momento se lo había contado.

Él asintió.

—El primer día tras la boda. —Tomó el reloj y lo cerró.

—¿Cómo se llamaba?

—Rachel —contestó mientras lo devolvía con cuidado a su lugar en el estante—. Vamos, te llevo a casa.

—Pero todavía no quiero volver... —protestó.

—¿Le has dicho a alguien adónde ibas?

—Pues... no.

—¿Nadie sabe que estás aquí? —Allie dijo que no con un gesto—. Entonces seguro que están preocupados, has desaparecido sin avisar.

La niña agachó la cabeza y se mordió el labio.

—Sí, puede ser... —murmuró—. Pero pensé que...

—Pensaste que podías actuar por tu cuenta.

Aquel día no necesitó insistir para que Julian empujara la silla pendiente arriba. Lo hizo por propia iniciativa. Ares y Hera no los acompañaron, lo cual la entristeció. Pero era mejor así, porque Harriet había sufrido una mala experiencia de pequeña y tenía mucho miedo a los perros.

—¡Espera un momento! —exclamó la chica a mitad de camino—. ¡Mira, allí! —Señalaba hacia delante. En los arbustos bajos de la orilla del camino se movía una sombra. Se enderezó para ver mejor—. ¿Qué es?

—Una nutria —respondió él en un tono de voz tan bajo que casi no lo oyó—. Con sus cachorros.

Ahora ella también los distinguía: el cuerpo cilíndrico marrón claro de la madre, con sus patitas cortas, la cabeza aplanada y el hocico redondeado; a su lado había varias bolitas de pelo. Su madriguera debía de encontrarse muy cerca de allí.

Permanecieron inmóviles durante unos minutos para no asustar a la pequeña familia y después continuaron su camino.

Prosiguieron hasta poco antes de la curva donde terminaba la pendiente. Allí Julian se detuvo.

—Me temo que te están buscando.

Allie levantó la vista. Efectivamente, la rechoncha figura del ama de llaves avanzaba hacia ellos con los brazos en jarras.

—Señora Waterman, ¿qué hace aquí? —preguntó asustada.

—Señorita Tremayne. —Su mirada gélida ascendió desde la joven hasta el hombre—. Señor Harrington...

—Señora Waterman... —dijo Julian, correspondiendo al saludo.

Sus ojos se posaron de nuevo en Allie.

—Señorita Tremayne, ¿dónde estaba? La hemos buscado por todas partes.

—Yo... Es que...

—Ha sido culpa mía —la interrumpió Julian, antes de que pudiera continuar—. Me encontré casualmente a la joven señorita Tremayne y pensé que le agradaría mi compañía. Hemos perdido la noción del tiempo.

Allie, que se había quedado boquiabierta por el estupor, tuvo que hacer un esfuerzo para cerrarla de nuevo. ¿Así que él pensaba cargar con la culpa? ¡Menuda sorpresa! En el fondo sí que tenía corazón.

—¿De veras? —Resultaba evidente que el ama de llaves desconfiaba—. ¿No lo había acordado con la señorita?

—No, en absoluto.

Allie se mordió el labio. ¿Quién acabaría metido en un lío? ¿Ella o Julian?

Entonces la mujer pareció crecerse varias pulgadas.

—En ese caso, señor Harrington, debo pedirle que en el futuro se abstenga de actos inoportunos como este.

¿Cómo? No, Allie no podía permitirlo. Se dispuso a confesar su responsabilidad y a defender la inocencia de Julian.

—¿Y qué le parece si lo consultamos? —Se adelantó él.

El ama de llaves inclinó la cabeza.

—¿Cómo dice?

—Consultemos a la señora de la casa si le parece bien que en el futuro yo lleve a pasear a la joven señorita Tremayne.

La chica sintió una oleada de entusiasmo. No sabía qué la alegraba más: que Julian quisiera pasar más tiempo con ella, o que hubiera puesto en su sitio a la señora Waterman.

18

Allie

Mansión Heligan, junio de 1785

—Estimado señor, acepte mi más sincero agradecimiento —recitaba madame LeTallec con su gracioso acento francés—. Y ahora traduzca, mademoiselle Tremayne.

—*Cher Monsieur, mes... mes plus sincères remerciements* —se esforzó en pronunciar Allie.

—No, no. Debería ser: *Veuillez accepter mes plus sincères remerciements*. O bien: *Je vous prie d'accepter mes plus sincères remerciements*. Vamos, ¡otra vez!

La chica suspiró.

—*Cher Monsieur, veuillez accepter mes plus sincères remerciements* —repitió obediente mientras en su interior ponía los ojos en blanco. ¿Para qué necesitaba aquellas clases de francés?

Sin embargo, reconocía que estaba siendo injusta. Debía sentirse agradecida de que se preocuparan tanto por su educación, y de que Henry le proporcionara no solo un preceptor, sino también una profesora de francés con la que practicar conversación. Pero aquellos ejercicios resultaban tan aburridos... Comenzó a dar tironcitos a los pétalos de una rosa del primoroso arreglo floral que decoraba la mesa.

Madame LeTallec notaba el tedio de su pupila.

—Siempre es bueno que las damas se cultiven. ¿No cree, mademoiselle? Ande, deje la rosa tranquila.

Al menos en eso debía darle la razón. La educación era un bien precioso, y por ello se alegraba inmensamente de que le permitieran acceder a la biblioteca y a los libros de su primo.

Harriet le había insinuado varias veces que probablemente no se casaría y, por tanto, debía ser capaz de mantenerse por sí misma. Profesora de francés era una de las pocas ocupaciones que le parecían adecuadas para su primita. Y por ello madame LeTallec acudía a la mansión varias horas todos los miércoles, con el fin de practicar conversación.

Al menos Allie tenía una razón para estar contenta: Julian había logrado convencer a Harriet para que le permitiera ocuparse de ella unas horas a la semana. Su prima incluso pareció sentir cierto alivio al delegar su responsabilidad en otra persona.

Cuando a primera hora de la tarde por fin la dejaron salir, Julian ya la esperaba. Eso sí, sin los perros: fue la única condición que impuso Harriet.

—Vamos ahora mismo al huerto de melones —ordenó ella nada más saludarlo.

Él no hizo el menor gesto de empujar la silla.

—Eres consciente de que no soy tu criado, ¿verdad?

—Pues claro. Venga, Julian, que quiero enseñarte una cosa. Es algo que jamás has visto.

—No das tregua, ¿verdad?

—Pues no, me temo que no.

Él se resistió un momento, más bien por una cuestión de principios, pero acabó cediendo:

—Está bien, vamos. Tú sí que sabes crear expectación.

El huerto de melones se encontraba a tan solo unas yardas al norte de la mansión, rodeado de altos muros de ladrillo. Se cruzaron con dos mozos que acarreaban palas y una gran carretilla vacía que olía a estiércol de caballo.

—Buenas tardes, señorita Tremayne. Señor Harrington... —saludaron cortésmente, y se alejaron enseguida.

Julian abrió una puerta de madera practicada en el muro y pasaron al interior. Dentro había varios invernaderos y semilleros cubiertos, y hacia la derecha se iba al criadero de melones. Junto a este había una estructura baja de tablones, que era adonde Allie quería dirigirse.

—¡Mira! —dijo, señalando el compartimento central de la estructura, hundida en la tierra y protegida por una tapa de cristal. Allí se distinguían algunas formas redondeadas con hojas puntiagudas de un verde plateado—. ¿Sabes lo que son?

Él se inclinó y examinó meticulosamente el contenido.

—Si no supiera que es imposible, diría que son piñas.

Lo miró muy desilusionada: le había chafado la sorpresa.

—¿Ya las habías visto antes?

—Sí, en Charlestown. A veces los navegantes las traían de las islas de las Indias Occidentales. Cuando un capitán volvía a casa ponía una en la puerta para anunciar que había regresado. —Observó las plantas de nuevo—. ¿De verdad son piñas?

Allie asintió, muy orgullosa. Al final la sorpresa no se había estropeado del todo...

—Esto no te lo esperabas, ¿eh?

—No sabía que se pudieran cultivar aquí. Me parece imposible. Solo crecen en los trópicos bajo un sol constante.

—Así es —corroboró ella. Por fin se le presentaba la oportunidad de enseñarle algo—. Le he pedido a Pollock, el jardinero jefe, que me lo explique. Como dices, estas plantas necesitan mucho calor de forma continua. Y ¿sabes cómo se consigue eso en la lluviosa Inglaterra? ¡Con caca de caballo! Fíjate aquí: en los compartimentos laterales se mete el estiércol, que irradia calor. Y ese calor circula hasta el compartimento central por unos agujeros en las paredes.

Julian asintió, visiblemente impresionado.

—¿Estas estructuras las ha construido Henry?

—No, creo que fue su padre. O su abuelo. Al parecer cayeron en desuso, pero él las reactivó hace poco.

—Eres una personita muy inteligente, Alison Tremayne. Dudo de que haya muchas damas de tu edad interesadas en estas cosas.

—Gracias —respondió, ruborizándose alborozada—. Tengo mucha curiosidad por descubrir a qué saben. ¿Las has probado?

Él negó con la cabeza.

—No, porque eran carísimas. Solo podían permitírselas los capitanes y la gente muy rica. Pero he oído comentar que son muy dulces. —Señaló un banco en un lateral—. ¿Y si nos quedamos allí? Así no tendrás que mirar hacia arriba todo el rato.

Ella accedió, y fueron hasta el banco.

—Me gusta venir a ver cómo crecen —dijo Allie cuando él se hubo acomodado—. Si tenemos suerte, alguna estará madura cuando regresen Henry y Damaris. Y podremos probarla. —Al recordar a su hermana la invadió la añoranza—. Ya llevan fuera más de seis semanas...

—¿Echas de menos a tu hermana?

—Mucho. Cuando la animé a que emprendiera el viaje no pensé que la extrañaría tanto. A Henry lo echo de menos también, no te creas, pero a ella mucho más. Y cuando pienso en lo que me dijo Harriet...

—¿Qué te dijo?

—Que a lo mejor durante el viaje Damaris encontraría marido. —Lo miró a los ojos—. ¿Crees que de verdad puede ocurrir?

Él dudó un momento, como si tratara de dar con las palabras adecuadas.

—Tu hermana es una dama muy bella. Sin duda tendrá ocasión de elegir entre varios pretendientes.

Asintió pensativa. Hasta hacía poco no había comprendido la seriedad de la situación: Damaris se casaría pronto. Y tras la boda se marcharía a vivir con su marido y se verían muy poco, si es que se veían alguna vez. Era una perspectiva espantosa. Ojalá no conociera a nadie interesante.

—Hasta ahora no me ha escrito nada al respecto... —Al decir aquello se le iluminó el rostro—. Ay, casi se me olvida: tengo carta nueva. —Tomó la bolsa, rebuscó en su interior, sacó un pliego y lo desdobló—. Ahora están en Gales, donde han visto cosas increíbles. Mira lo que dice: «Estamos pasando unos días en Llanhennock House. El señor Johnson no solo posee un jardín espléndido, sino también una pequeña casa de fieras con animales exóticos. Hay muchos pájaros, pero también antílopes, búfalos y cocodrilos. Ayer vi un leopardo por primera vez en mi vida. ¿Te lo imaginas, Allie? ¡Un leopardo de verdad! Tiene el pelaje amarillento con manchitas oscuras, las orejas redondeadas y unos dientes terribles muy afilados. En un descuido me acerqué demasiado a los barrotes y me rugió». —Allie desvió la vista del pliego—. ¿Tú has visto alguna vez un leopardo?

Negó con la cabeza.

—No, nunca. Una vez vi un lince rojo en las montañas de Carolina del Sur. Pero no son peligrosos.

—Mira. —Le tendió la carta—: Hasta lo ha dibujado.

Efectivamente, el cuarto inferior de la página lo ocupaba un preciso dibujo del animal, de la cabeza a la cola.

Él lo examinó admirado y le devolvió el pliego.

—Es extraordinario, parece que nos va a saltar encima. Tu hermana tiene mucho talento.

—Sí, se le da realmente bien. —Dobló la carta—. A ti también te ha dibujado.

—¿A mí? —repitió, muy sorprendido—. No recuerdo haber posado para ella.

—Te retrató de memoria —explicó—. Fue al poco de que te encontráramos. Escondía los dibujos, pero yo sabía dónde los guardaba. Por aquel entonces compartíamos habitación.

Julian la miró con una expresión difícil de descifrar.

—¿Crees que es adecuado que me cuentes esto?

Ella le sostuvo la mirada, pero acabó bajando la cabeza.

—Pues... seguramente no —avergonzada, guardó la carta en la bolsa.

No volvió a alzar la vista hasta que él se levantó.

—¿Ya te vas? —preguntó decepcionada y algo preocupada.

—No, aún no. Tengo una sorpresa para ti.

—Ah, qué bien. —No estaba enfadado con ella, como se había temido.

Su alegría fue en aumento cuando comprobó que dirigía la silla hacia el valle. Poco después de la curva, Julian silbó llamando a los perros, que parecían estar esperándolos. Aparecieron raudos como el viento y la saludaron con gran entusiasmo.

Entonces él dio media vuelta, como si fuera a tomar otra dirección, y Allie se sintió muy confusa.

—¿Adónde me llevas? ¿No íbamos a tu casa?

—No. He pensado que te gustaría ver el mar.

El mar brillaba a sus pies como un espejo. Aquel día estaba de un profundo azul oscuro. Hacía calor, y en lo alto del acantilado no soplaba viento, cosa poco habitual. Las gaviotas bailaban en el cielo, y el aire, fresco y salado, apenas olía a pescado. Allie no se cansaba de mirar hacia la lejanía, al agua y al horizonte, que se difuminaba entre la bruma. Mar adentro se divisaban algunos pesqueros que regresaban de faenar.

—¿Te gusta?

Ella asintió, muy contenta.

—Mucho. Hacía muchísimo que no venía.

Los perros también disfrutaban. El macho, que había encontrado algo, escarbaba junto a unas rocas.

Julian silbó.

—¡Ares, aquí!

El animal levantó la cabeza, se apartó obediente de las rocas y, juguetón, decidió perseguir a su hermana.

—Les has puesto nombres de dioses griegos —observó la chica.

—¿Te sorprende que conozca la mitología?

—No. Solo quería demostrarte que yo también me los sé.

—Ah, ¿sí? ¿De verdad te los sabes?

Ella hizo un gesto afirmativo.

—Ares es el dios griego de la guerra. Los romanos lo llamaban Marte. Y Hera es la esposa de Zeus, padre de los dioses. Al mismo tiempo es su hermana.

—Veo que eres muy aplicada. Imagino que se te dan bien los estudios.

Allie se encogió de hombros.

—Tengo un preceptor, el señor Doyle. Es bastante estricto.

—¿Te gusta aprender?

—Algunas cosas, sí. Especialmente las relacionadas con los libros y la literatura. Pero las matemáticas me cuestan mucho. Y detesto las clases con madame LeTallec. —Reflexionó un momento y se le ocurrió una idea—: ¿Tú sabes francés?

—Apenas unas palabras.

—Lástima. Si supieras, podría practicar contigo. «Una dama debe ser capaz de mantener una conversación» —remedó el acento francés de su profesora, parodiándolo—. Cuando le pregunto de qué me servirá, me dice que para encontrar un buen marido. —Resopló—. Dudo que jamás encuentre marido. ¿Quién querría una esposa lisiada?

—No hace falta caminar para ser feliz.

—Eso ya lo sé. Pero tampoco me iría mal.

Se levantó una suave brisa que le alborotó la melena. Dirigió el rostro hacia el cálido viento y cerró los ojos. Cuando los abrió, él la estaba mirando.

—¿Todavía crees que soy un... cómo era... un bucca? ¿Una criatura marina? —Al ver que lo negaba, preguntó—: Ah, ¿no? ¿Y por qué no?

—Porque ya habrías regresado al mar. Y aquí sigues.

Un ave marina flotaba en el agua, meciéndose arriba y abajo con cada ola que luego rompía en la arena. Una tras otra.

—¿Sabes nadar? —le preguntó Julian sin más.

—No. Nunca he aprendido.

—Mis hijos y Rachel tampoco.

—¿Tú sí?

—Sí. Supongo que eso me salvó. Quise morirme cuando... —Aunque se interrumpió, ella adivinó a qué se refería: cuando comprendió que su familia no había sobrevivido—. Traté de hundirme. Pero es muy difícil ahogarse sabiendo nadar.

Allie guardaba silencio mientras miraba el mar, y trató de imaginárselo aquella noche, luchando por su vida entre el oleaje de las gélidas aguas. El mar, que hasta entonces se extendía tan terso y sosegado, pareció oscurecerse de pronto. Al fin le preguntó:

—¿Y tus niños...? ¿Cómo se llamaban?

—Mis hijas se llamaban Ena y Elzie. Eran gemelas, acababan de cumplir dos años. Dormían en el camarote con Rachel cuando sucedió la catástrofe.

—¿No estabas con ellas?

—No. Mi hijo quería ver la entrada al puerto, por eso me vestí y salí con él a cubierta. —La miró intensamente—. Se llamaba Tristan y tenía cuatro años. A veces me recuerdas mucho a él.

—¿Yo?

—Sí, porque sientes la misma curiosidad por el mundo, el mismo deseo de conocerlo todo.

Ella saboreó aquellas palabras unos instantes. Le sentaban muy bien.

Sin embargo, su estado de ánimo había cambiado. La atmósfera se había enrarecido, ya no le apetecía seguir allí.

—Me alegro mucho de que te hayas quedado —dijo al fin—. Ahora me gustaría volver a casa.

19

Damaris

Cheltenham, Gloucestershire, junio de 1785

Damaris se sentó en la cama de la posada y desplegó de nuevo la carta de su hermanita. La había leído tantas veces que estaba completamente arrugada.

«He hecho un nuevo amigo», le escribía, y otra vez sintió que el corazón le daba un vuelco. «Te acuerdas del señor Harrington, el bucca, ¿verdad? Por supuesto, tengo claro que no es un bucca. En fin, ahora nos tuteamos y nos llamamos por nuestros nombres. De vez en cuando me lleva de paseo con la silla. No es tan antipático como creía al principio. Hasta he conseguido que se ría. Aunque sus perros son unas bestias enormes, me han tomado cariño. Hemos estado en el acantilado y le he enseñado el criadero de piñas. Esperamos que haya madurado al menos una para cuando volváis».

Apartó el papel. Aunque conocía el contenido casi de memoria, se le aceleraba el corazón de emoción y felicidad.

Julian. Cuánto se había alegrado en un primer momento de que no se marchara de Heligan. Sin embargo, al poco tiempo abandonó la mansión para retirarse a una cabaña en el Bosque Viejo. Saber que estando tan cerca le resultaba inalcanzable era casi peor que si se hubiera ido para siempre. Los sentimientos de Damaris no habían cambiado, aunque el apasionamiento de las primeras semanas dio paso a un silencioso anhelo. Aquel amor era como un anzuelo, tan hundido en su carne que resultaba imposible extraerlo. Quizá algún día lograría olvidarlo. Aunque no veía cómo.

Y ahora, Allie se había hecho amiga suya. ¿Cambiaría eso las cosas también para ella?

Volvió a la carta y la releyó una vez más.

Tantas grandes mansiones, tantos rostros nuevos... Y tantos jardines. Los días pasaban en una sucesión de viajes en carruaje, dormitorios distintos, visitas guiadas y, por supuesto, dibujos. Cuando se alojaban con los propietarios, también había que sumar cenas copiosas y largas conversaciones. Damaris se aficionó al faro, un juego de cartas de origen francés con el que se entretenían muchas veladas.

En su mente empezaban a mezclarse las distintas paradas de su *grand tour*, y a menudo tenía dificultades para recordar dónde se encontraba. Resultó de gran utilidad escribir en los dibujos el nombre de cada lugar. A pesar de todo, se emocionaba tanto como Henry a la hora de partir hacia el siguiente destino para conocer un nuevo jardín y descubrir sus singularidades.

En Monmouth, en Gales, Henry se interesó especialmente por un jardín amurallado que se hallaba semioculto en el centro de la ciudad, y al que únicamente se accedía mediante un angosto túnel. Allí crecían preciosos frutales apoyados en los muros. Uno de estos era un «muro caliente», por cuyo interior fluía aire tibio proveniente de un hogar que se encontraba al pie. De ese modo, se aceleraba la maduración de los frutos y se alargaba el período de crecimiento.

—¡Qué buena idea! —exclamó Henry tomando notas con entusiasmo mientras Damaris dibujaba—. Podríamos construir uno igual en Heligan.

A mitad de camino entre Monmouth y Piercefeld se rompió una rueda del carruaje, y Ruby y Damaris tuvieron que esperar en la cuneta mientras los hombres (el cochero, el sirviente y el propio Henry) realizaban un apaño provisional. Sin embargo, a las pocas millas se quebró el eje y se vieron obligados a abandonar el vehículo y a caminar con el equipaje a cuestas hasta la localidad más próxima, que afortunadamente se hallaba cerca. Para cuando localizaron a un carretero ya había atardecido, de modo que tuvieron que pernoctar en una posada algo dudosa. Por suerte, la reparación se efectuó muy deprisa, los carreteros colocaron un nuevo eje y pudieron reemprender el camino al día siguiente como estaba previsto.

En Saint Arvans, aún en Gales, visitaron un fantástico ejemplo de paisajismo de estilo pintoresco en los jardines de Piercefeld House. Recorrieron su afamadísima ruta flanqueada de miradores que ofrecían unas panorámicas espectaculares.

A la entrada de una gruta excavada en la vertical de las rocas, habían construido una plataforma con un banco, protegido por una barandilla de madera. Permanecieron un buen un rato allí sentados, admirando las vistas sobre el valle del río Wye. Ante aquel paisaje tan abrumador, de repente Damaris se sintió muy pequeña.

—Si comparásemos las obras de la naturaleza con las del hombre —comentó Henry absorto en las vistas mientras ella dibujaba—, este lugar sería el palco de un teatro grandioso.

Descendieron para visitar primero los restos de una fortaleza antiquísima, y a continuación una gruta artificial revestida de cristales de cuarzo y láminas de cobre.

Tras aquel imponente espectáculo natural, a los pocos días Damaris disfrutó del recoleto jardín de Painswick House, en Gloucester. Situado en un estrecho valle, lo atravesaban unos serpenteantes senderos, y estaba salpicado de pequeños caprichos arquitectónicos. Desde una de las laderas, una catarata se precipitaba en el valle. Por las espalderas trepaban fragantes rosas y junto a estas, en pleno mes de junio florecían la lavanda violeta, la astrancia blanca y los lirios de la mañana, de llameantes tonos amarillos, naranjas y rojos.

Dibujaba todas aquellas maravillas, y todas se las describía a Allie en sus cartas.

También Henry escribía mucho. No solo en su diario, que llevaba escrupulosamente, dedicando muchas líneas a cada lugar, sino también a sus anfitriones, ya fuera para agradecerles su hospitalidad, ya para fijar una fecha de llegada. Además, nunca olvidaba cartearse con su mujer y su hermana. Entregaban los sobres en la casa de postas más cercana, desde donde salían en diligencia y llegaban a Heligan en un día, o dos como máximo.

Ellos, por su parte, recibían la correspondencia en su siguiente destino, adonde la remitían Harriet, Grace y Allie. Hasta el momento, todas y cada una de las misivas habían llegado a manos de sus destinatarios. Damaris estaba realmente impresionada con la eficacia de la red postal.

Cuando a principios de julio emprendieron el regreso a casa, Damaris se sintió aliviada. Aunque aquel viaje con su primo por los jardines más bellos de Inglaterra había sido muy emocionante, tras casi dos meses y medio extrañaba su hogar.

Tal como habían prometido, de camino se detuvieron en Hestercombe. La joven se alegró mucho de volver a ver a Cop y a Mary, pues les había tomado mucho cariño. Además, aunque en general no era melindrosa, una habitación en su mansión resultaba mil veces más confortable que la de cualquier posada.

—Tengo algo para usted —le anunció la señora Bampfylde tomándola del brazo cuando las mujeres se retiraron al salón tras la comida.

—¿Un bordado nuevo? —preguntó cortésmente.

—No, algo muy distinto. —Le hizo una seña a un sirviente, y este abandonó raudo la estancia—. Se trata de un regalito. En realidad, no es para usted, sino para su hermana.

El criado volvió y le entregó a Damaris una pila de periódicos cuidadosamente atados con un grueso cordel.

—En su anterior visita me comentó que su pobre hermanita no puede caminar, y por eso busca todo tipo de distracciones. Entonces pensé que quizá le interesarían algunos ejemplares atrasados del *Sherborne Mercury*. ¿Lo conoce? Es un periódico semanal con muchísima información. Le pedí a Miller, el mayordomo, que reuniera todos los que tuviéramos por ahí —dijo, señalando el atado y echándose a reír—, pero ¡no imaginaba que fueran tantos!

Damaris se sintió conmovida.

—Es realmente amable por su parte, Mary. No me cabe duda de que le van a encantar.

Aquella noche, a solas en su habitación, hojeó algunos

ejemplares. Cada uno se componía de cuatro páginas impresas en cuatro columnas apretadísimas, rebosantes de avisos de exposiciones o subastas de ganado, anuncios por palabras, precios de alimentos y noticias nacionales e internacionales. Allie se entretendría muchísimo, dado su interés por los temas más variopintos. Tenía lectura para días, e incluso semanas.

Acomodó la pila de semanarios entre su equipaje y se acostó. En pocos días regresaría a Heligan. Se moría de impaciencia.

20

Lexi

Jardines de Heligan, mediados de marzo

Hacía un calor muy poco normal para aquella época del año. El aire se mantenía casi inmóvil y el sol, todavía bajo, brillaba entre los árboles desnudos proyectando largas sombras. Ya brotaban yemitas en algunos sauces. No podía resultar más oportuno porque, en córnico, «Heligan» significaba precisamente «sauce». Lexi había descendido hasta el Valle Perdido, una hondonada boscosa situada más allá de la Jungla y atravesada por un manso riachuelo. A lo largo del camino orillado de altos árboles florecían las prímulas y narcisos silvestres, de un amarillo brillante. Un carbonero buscaba insectos removiendo la hojarasca seca.

Comenzó a percibir voces y sonidos lejanos, como de personas trabajando: hachas que se clavaban en la madera y el rechinar de sierras manuales. Al aproximarse distinguió a varios hombres que se afanaban en talar arbolillos y matorrales. Reconoció a Ben, que le hizo un gesto al verla y se volvió de nuevo hacia un frondoso avellano.

Al borde de la zona de trabajo se diseminaban herramientas y troncos gruesos dispersos. Lexi eligió uno y se sentó a observar a los operarios, que cortaban a ras de suelo los delgados troncos de los avellanos y los apilaban en un montón. Un hombre los reunía en haces que luego ataba cuidadosamente.

A la hora del descanso, Ben se reunió con ella.

—¿Todo bien? —la saludó, mientras cogía una botella de agua.

Tenía acento de Cornualles, no muy marcado, pero sí reconocible. Lexi se preguntó cómo no lo había notado antes.

Ella asintió.

—¿Te interesa el *coppicing*? —preguntó él.

—A lo mejor... —Esperó a que terminara de beber— cuando me expliques qué es.

—Una forma tradicional de gestionar el bosque. —Enroscó el tapón y dejó la botella en el suelo—. Se cortan los troncos de los avellanos a nivel del suelo para que echen nuevos vástagos. Esos vástagos pueden usarse como rodrigones o tutores para plantas, o también para hacer vallas. Los troncos se cortan periódicamente, cada varios años. Es una técnica que ayuda a mantener el equilibrio del bosque.

—Comprendo. Parece un sistema muy sostenible.

—Lo es. Mira, con esta madera hacemos carbón para barbacoas y lo vendemos en la tienda de Heligan. —Su acento se había hecho más evidente.

—¿Eres de por aquí?

—Vaya que sí —contestó, exagerándolo aún más—. Ya sabes, la nata siempre encima de la mermelada.

—Ya veo —le respondió ella entre risas, tratando de imitarlo.

Él señaló un cuadernito que Lexi tenía a su lado.

—¿Y tú qué haces?

Parpadeó varias veces porque el sol la deslumbraba.

—Buscar inspiración. A lo mejor ya sabes que estoy reemplazando a Sally. Tengo que presentar un plan de proyecto para la exposición del año que viene.

—Sí, todo el mundo se ha enterado. Derek y Theo nos han pedido que te ayudemos si lo necesitas. ¿Y qué pasa? ¿Te da pereza encerrarte en el archivo?

—No, claro que no. Pero ahora quiero disfrutar del buen tiempo y explorar a fondo la propiedad. Quiero empaparme del ambiente histórico.

—Parece buena idea, ¿funciona?

—Creo que sí. —Hizo un amplio gesto con la mano—. Aquí todo rezuma historia, es asombroso. El pasado casi puede tocarse.

—Desde luego este valle es muy antiguo. La zona se llamaba originariamente Bosque Viejo. El nombre de Valle Perdido se lo pusieron después, cuando se redescubrieron los jardines. Estaba invadido por matorrales y densas zarzas; hizo falta la colaboración de muchos voluntarios para desbrozarlo.

Lexi había leído sobre ello.

—Te veo muy bien informado.

—No creas, los rollos históricos los cuentan mejor los guías. Pero si quieres aprender cosas sobre gestión forestal o plantas selváticas, soy tu hombre.

—¿Y cómo sabes tanto?

Él sonrió.

—Bueno, te lo enseñan en los cursos. Me especialicé en conservación natural y mantenimiento del paisaje —le explicó al ver su expresión de curiosidad.

—¿No serás tú el encargado de la nueva ruta que se estrena el año que viene? En la que se explicarán los usos tradicionales del suelo...

—El mismo.

—Estoy impresionada.

Él se encogió de hombros.

—No es para tanto. Solo tengo que contar lo que ya sé. Me parece mucho más difícil crear el proyecto para toda una exposición.

—Tampoco es para tanto, aunque agradecería contar con más material. No quedan muchos rastros del siglo XVIII... Lo que más rabia me da es no poder entrar en la mansión. Me encantaría visitarla para ver cómo vivían los Tremayne.

—Me imagino que ya has estado en la villa de verano, creo que es de la misma época.

—Sí. Y en los invernaderos de piñas, y en la gruta. También son de aquellos tiempos.

—¿Has oído hablar de una cabaña que había aquí, en el valle?

—Ah, pues no. De eso no sé nada.

—Durante los trabajos de restauración aparecieron los restos de una cabaña. Muy antigua, de finales del siglo XVIII o principios del XIX. Es una pena que solo queden las ruinas.

—¿De veras? —Se incorporó, presa de una fiebre investigadora—. ¿Y dónde está?

—Si quieres, te llevo.

—Claro que sí.

Tras gritarle algo a un compañero, Ben le tendió la mano para ayudarla a levantarse.

—Pues vamos, no está lejos.

Llevaba remangada la camisa de color caqui. Cuando extendió el brazo, Lexi pudo observar bien su tatuaje: era un nombre, rodeado de ramitas decorativas.

«Rebecca».

Se sintió algo desilusionada. Pues claro, ¿cómo no iba a tener novia un chico tan interesante?

La condujo hasta una extensión de hierba entre dos lagos. Allí había una caseta con ruedas pintada de verde que, como Ben le explicó, servía para observar animales.

—En esta zona aparecieron las ruinas. —Señaló un punto frente a él—. Por allí.

La guio por un sendero hasta un lugar donde la hierba crecía más alta y espesa. Por todas partes florecía la genista amarilla.

—Puede que en su día este sitio fuera un claro del bosque. Por aquí, medio enterrados, se encontraron restos de paredes y de una chimenea de piedra. —Avanzó unos pasos mirando al suelo, se arrodilló y apartó las hierbas—. Mira, ¿ves este cerco más oscuro? Seguramente aquí encajaba un pilar.

Lexi sintió el hormigueo que presagia un descubrimiento.

—¿Se sabe quién vivía aquí?

—Quizá un arrendatario. O el guardabosques de la propiedad, que sería lo más lógico porque debía vigilar el bosque y la caza. De hecho, creo que por aquí cerca se localizaron casquillos de escopeta.

Ella estaba emocionadísima.

—Es fascinante. Pensar que los caminos que hoy recorremos fueron trazados ya en la época de Henry...

—¿Henry?

—Así es como llamo a Henry Hawkins Tremayne, el creador de estos jardines. He leído tanto sobre él que siento como si lo conociera en persona. Como si me lo fuera a encontrar en cualquier momento, a él o a cualquiera de sus familiares.

—Pues no me extrañaría, porque aquí hay fantasmas.

—¿Te refieres a la Dama Gris?

—Sí, pero no solo a ella. Me estoy refiriendo a este valle en concreto. ¿Quieres saber la historia?

—Desde luego.

—Según cuentan, hace un tiempo, un hombre paseaba por aquí a su perro, un labrador, creo recordar. Cuando el animal se escapó, su dueño se internó en la maleza tratando de encontrarlo. Y entonces, a pocas yardas de distancia, distinguió una figura que negaba con la cabeza. Tras pedirle mil excusas, el hombre regresó al camino con el labrador. Entonces cayó en la cuenta de que la figura vestía unos extraños ropajes antiguos. Y cuando se volvió para asegurarse, tan solo unos segundos después, la aparición se había esfumado.

Ella lo miró con escepticismo.

—¿Y tú te crees esa historia?

—¿Por qué no? Aquí cada cabaña y cada árbol tienen su fantasma. Si no es así, es que ya no estás en Cornualles —afirmó encogiéndose de hombros—. A veces es posible sentir los espíritus del pasado, que de algún modo siguen presentes.

—¿Tú los has sentido? —preguntó con curiosidad.

Él se la quedó mirando e hizo un gesto vago.

—Quién sabe... —De pronto, anunció—: Tengo que irme ya. ¿Sabrás volver sola?

—Sí. Gracias, me has ayudado mucho.

—Todo bien.

«Todo bien» era una frase que Lexi oía muy a menudo en Cornualles. Parecía cubrir un amplio abanico de significados, como: «de nada», «¿qué tal?», «¿y la familia?» o incluso «buena suerte».

Ben se despidió y ella lo observó avanzar por el camino y desaparecer tras una curva. Después se sentó en una gran piedra, cerró los ojos y disfrutó de la suave brisa que le acariciaba el rostro. Escuchaba el trino de los pájaros, el susurro del viento y el rumor de hachas y sierras.

Se imaginó que el tiempo retrocedía. Que el pasado se hacía presente y el bosque se poblaba de personas provenientes de un siglo muy lejano. Hasta le pareció percibir el crujido de un carruaje por el camino y el golpeteo de los cascos de un caballo.

Maravilloso.

Los días siguientes acudió al trabajo más temprano. Antes de que llegaran los turistas, provista de su cuaderno, visitaba cada rincón del jardín para anotar sus impresiones. Cada día que pasaba se sentía más a gusto y se enamoraba más profundamente de aquel lugar, que había estado perdido durante siglos y seguía conservando una atmósfera mágica. El Jardín Italiano, con su estanque de carpas; el frescor de la gruta; la elevada villa de verano, desde la que se divisaba el mar; el amurallado Jardín del Reloj de Sol, que exhibía en el centro el instrumento que le daba nombre, y que resultaba admirable incluso en los días nublados. Y, por supuesto, la Jungla, rebosante de plantas exóticas.

Aunque era domingo, aquel día decidió trabajar también. Encontró más visitantes de lo habitual, no solo debido al buen tiempo, sino a que en el Reino Unido se celebraba el día de la Madre. Casi todas las mujeres llevaban un narciso amarillo que los voluntarios les regalaban en la puerta.

—Una flor bonita para una mujer muy especial —le dijo Orlando, ofreciéndole un narciso.

Aceptó la flor con forma de campanita.

—¿Les sueltas esa frase a todas?

Él compuso una sonrisita a modo de disculpa.

—Bueno, a casi todas. Pero en tu caso es verdad. Oye, ¿no librabas hoy?

—Pues sí. Pero hay que avanzar con el proyecto, en dos semanas tenemos la reunión con Theo. Eliza llegará enseguida.

Orlando hizo un gesto de comprensión. Desplegando toda su caballerosidad, entregó unos narcisos a dos ancianas que se ilusionaron muchísimo con sus atenciones.

—¿Nos tomamos un café luego? —propuso, tras despedirse de ellas.

—Encantada. Pero que no se enteren tus admiradoras —respondió con la vista puesta en las señoras que, unos pasos más allá, se prendían las flores en las solapas.

Él sonrió y apoyó el índice en los labios, componiendo un gesto pícaro.

Lexi se encaminó al archivo. Le gustaba aquel lugar, no solo porque su olor le recordaba la vieja casa de su abuela en Liskeard, donde siempre se había sentido a gusto de pequeña. Le encantaba sumergirse en aquella estancia rebosante de pasado que contenía vestigios de los últimos doscientos cuarenta años. Aunque su intención no era estudiarlo todo en profundidad, investigar sobre aquel tiempo remoto le proporcionaba tanta satisfacción que le dedicaba más horas de las que en realidad le retribuían.

Se lo había dicho a Ben unos días atrás: aquellos personajes históricos estaban vivos en su imaginación. Cuatro generaciones de la familia Tremayne. Personas que habían vivido allí, que rieron y lloraron, que comieron y amaron en esas tierras. Y que crearon unos jardines legendarios.

Henry Hawkins los imaginó y los llevó a su primer florecimiento. Su hijo John Hearle los amplió y promovió los viajes de los primeros recolectores de plantas. El hijo de este, John, proyectó la gran extensión de césped de Flora's Green e impulsó la hibridación de rododendros. Después Jack añadió la Jungla y el Jardín Italiano. Y entonces estalló la Primera Guerra Mundial y segó la vida de casi todos los jardineros.

21

Lexi

Woods Lodge, mediados de marzo

La lluvia londinense de noviembre le empapaba el pelo y se le colaba por el cuello del abrigo. Pero apenas se daba cuenta, porque Rob la besaba como si no quisiera soltarla jamás.

—No te escaparás —le murmuró, apretándola más fuerte.

La había acompañado a casa, en el barrio de Shoreditch, tras una cena fabulosa en un restaurante indio del centro. Ahora estaban pegados a la pared del edificio, en un hueco al que no llegaba la luz de las farolas.

—Ah, ¿no?

—No —reiteró, esbozando una sonrisa audaz y peligrosa que la volvió loca—. ¿O prefieres que me vaya?

Negó con la cabeza y él la besó de nuevo. Lexi sintió su erección a través de la ropa. No parecía avergonzado.

Era demasiado pronto. Solo estaban en la segunda cita, no debía ponérselo tan fácil. Pero estaba enamorada, sentía curiosidad... y deseo. Llevaba muchísimo tiempo sin acostarse con nadie.

—¿Quieres subir a casa? —le propuso.

Quería. Vaya si quería.

Lexi apenas había cerrado la puerta cuando él le quitó el

abrigo. Ella hizo lo mismo, luchando con manos temblorosas contra las cremalleras de su chupa de cuero. Ningún hombre la había deseado como Rob, y ella nunca había deseado así a nadie. El pasillo del minúsculo estudio quedó sembrado de sus prendas, en una competición salvaje por ver quién desnuda-ba antes a quién. Para cuando llegaron a la cocina solo llevaba puesta la lencería, una transparencia rosácea casi invisible, comprada expresamente para la ocasión.

La mirada de Rob rebosaba pasión y admiración.

—Eres preciosa —susurró, empujándola hacia la mesa. El salero y el azucarero rodaron por el suelo—. Dios mío, ni te imaginas cómo me pones...

Lexi lanzó una carcajada de alegría. Cuando quiso qui-tarse las braguitas, él ya se las había arrancado.

Entonces la imagen se emborronó. Los muebles de la coci-na se desencajaron y se recolocaron formando una gran ven-tana desde la que se veían unos cipreses. Se encontraban en casa de Rob, en su dormitorio. Lexi seguía debajo de él, pero ahora la aprisionaba con las rodillas. Con la mano derecha la agarraba del cuello, ejerciendo una férrea presa con sus de-dos. Desesperada por respirar, intentaba zafarse como podía. Pero no servía de nada, la mano apretaba cada vez con más fuerza.

—Si vuelves a hacerlo —la amenazó con voz sibilante y ojos centelleantes—, te mato.

Se despertó gritando, con el corazón desbocado y la camiseta empapada en sudor. Un sueño, solo era un sueño.

Pero el contenido era cierto.

Y realmente se ahogaba. En cuanto reconoció los primeros síntomas de un ataque de pánico se puso aún más nerviosa.

Un momento. El consejo de Ben. Maldita sea, ¿cómo era?

Ah, sí. Respirar. Despacio y profundamente. Y contar hacia atrás para distraer la mente.

Sobreponiéndose al pánico, logró inspirar profundamente. *Veinte.*

Bien, muy bien. Casi le parecía oír la voz del joven. *Diecinueve.*

Dieciocho.

Diecisiete.

Lentamente, el miedo fue perdiendo fuerza y remitiendo. Siguió respirando, tan despacio y tan hondo como le era posible. Funcionaba. Tenía el control. Estaba a salvo.

Se había liberado de las garras de Rob. Allí no la encontraría.

¿Y si a pesar de todo daba con ella? Ya había demostrado que era muy capaz de localizarla.

Pero no esta vez. Había sido especialmente cuidadosa.

Sacudió la cabeza. No quería pensar en ello.

Esperó a que la respiración sonara acompasada y entonces se levantó, se sirvió un vaso de agua y lo vació casi de un trago. Aún era de noche, solo un débil resplandor iluminaba el cielo por el este.

Como sabía que no lograría conciliar el sueño, decidió dar un último repaso al proyecto.

—Esto está realmente bien. —Theodora Williams asentía con satisfacción, se notaba que estaba esforzándose por no sonreír. Llevaba un colorido top que favorecía su figura algo rellenita—. Es tal como lo había imaginado. Un trabajo excelente.

La jefa del archivo de Heligan tenía ante sí la versión final del extenso plan de proyecto. Para cada una de las fases, Lexi había creado un cuadro-resumen que contenía los objetivos y los plazos que debían cumplirse. En la primera fase, que abarcaba el final del siglo XVIII, ya había reseñado el estado de sus investigaciones.

Theo apartó el pliego de páginas y se inclinó sobre el escritorio para poder mirar alternativamente a ambas jóvenes.

—¿Tenéis algo de tiempo? Me gustaría plantearos unos asuntos. Sobre todo a ti, Lexi.

Cuando media hora después salieron al aire libre, Lexi se sentía ligera como una pluma. Flotaba por encima de la realidad.

—Mira, ahí está Orlando —señaló Eliza. Aceleró el paso, arrastrando con ella a su compañera—. ¡Vamos a decírselo! ¡Eh, Orlando! ¡Espera! Tenemos algo que contarte.

El chico las esperó a la entrada de la cafetería.

—¿Qué quieren decirme mis bellas damas?

—Acabamos de salir de una reunión con Theo. Por lo de la exposición del año que viene.

—Ah, la temida reunión. Pero estáis muy contentas, parece que os ha ido muy bien.

—¿Cómo va a irnos mal a nosotras? —repuso, poniéndole ojitos—. Le hemos presentado el plan de proyecto.

—¿Y qué le ha parecido?

La joven sonrió con aire triunfal.

—La hemos convencido totalmente. ¡Y quiere que sigamos!

—¿Quiere que ampliéis el proyecto?

—¡No, tonto! —lo reprendió, dándole un golpecito en el brazo—. ¡Organizaremos la exposición! La montaremos de principio a fin. Lexi será la directora, y yo su ayudante.

—¿De verdad? —repuso, mirando a Lexi.

Esta asintió, rebosante de alegría.

Efectivamente, Theo le había ofrecido dirigir la exposición. Es decir, llevar a la práctica el proyecto en el que tanto había trabajado, con un contrato y un sueldo acordes con el cargo. Y ella había aceptado.

—¡Es fantástico! —exclamó Orlando—. Esto hay que celebrarlo. Os invitaría a champán, pero como aquí no hay, ¿os conformáis con café?

Al poco rato se aproximaba a la mesa llevando una bandeja con tres tazas y tres trozos de tarta.

—¿Y qué? ¿Estás contenta? —le preguntó a Lexi tras acomodarse.

—Más que contenta. Aún no sé cómo me las arreglaré, pero todo se andará. Cuento con Eliza. Aunque... Bueno, tengo un problema —dijo, sujetando la taza con las dos manos, de modo que apenas dejaba entrever el dibujo de la Doncella de Barro que la adornaba.

—¿Y cuál es ese problema? —inquirió él.

—Necesito otro alojamiento.

Solo podía continuar en Woods Lodge hasta unos días antes de Pascua, porque todas las habitaciones llevaban tiempo reservadas para aquellas fechas festivas. Y Pascua caía muy pronto aquel año, a principios de abril.

—Me encantaría que te quedaras conmigo —le ofreció el joven—, pero vivo en un piso compartido. Está prohibido alojar a otra persona en la habitación.

Ella le sonrió.

—Gracias de todos modos.

—Bueno, siempre podrías quedarte en un albergue —le propuso Eliza en tono desabrido, algo molesta por las atenciones de Orlando hacia Lexi.

—¿Y compartir habitación con seis personas? —inquirió el joven enarcando las cejas—. No lo veo nada claro... Pero podrías poner un anuncio aquí, en la cafetería. A lo mejor aparece alguien que dispone de una habitación libre.

Cuando Lexi regresó a Woods Lodge aquella noche, se sentía muy satisfecha. Había sido un buen día. Un día excepcional. Si hacía bien la tarea que le habían encomendado, tendría la oportunidad de trabajar en Heligan un año entero con un sueldo más alto que el actual.

Apenas dudó cuando Theo le propuso firmar un nuevo contrato por un año. Por un momento temió que aquello pudiera facilitarle las cosas a Rob. Sin embargo, esta vez tampoco le solicitaron referencias, ni el documento de identidad, donde aparecía su verdadero nombre. Por eso dejó a un lado sus miedos y aceptó. Las posibilidades de que Rob la localizara eran realmente escasas.

Abrió el benjamín de champán que había comprado por el camino y, a falta de copa, se sirvió en el vaso del cuarto de baño. Luego encendió el portátil. Había puesto el retrato de Henry Hawkins Tremayne como fondo de escritorio. Miró su rostro serio y pálido y alzó el vaso.

—Salud, Henry. Por nuestro trabajo conjunto.

Dio un par de sorbos, dejó el vaso en la mesilla de noche y se sumergió en internet, en busca de un nuevo alojamiento.

22

Lexi

Jardines de Heligan, finales de marzo

Aquella mañana había muy poca actividad en la cafetería. Con tan pocos clientes, la joven camarera pelirroja se aburría. Lexi repasó los anuncios del tablón: muebles usados y artículos para bebé de segunda mano, pero nada de alquiler de habitaciones. Mierda.

No le convenía ninguna de las ofertas que había examinado en internet. En el peor de los casos, podría quedarse unos días en una pensión o en un albergue, pero para vivir un año necesitaba algo más cómodo.

De modo que probaría a colgar un cartel en aquel tablón de color negro. Lo colocó en el centro para que destacara.

BUSCO HABITACIÓN AMUEBLADA O APARTAMENTO PEQUEÑO EN LA ZONA, ponía en letras de colores. Lo había diseñado aquella misma mañana, y Millicent se lo había imprimido en su vieja impresora de color.

Se aproximó a la vitrina de los pasteles para darse el capricho de un *muffin* de chocolate.

—¿Buscas algo en concreto? —le preguntó la camarera tras atenderla, señalando el cartel.

—Pues un sitio que pueda pagar y que esté cerca de aquí.

He revisado todas las ofertas, y las habitaciones son carísimas, las más baratas no bajan de quinientas libras al mes. O no incluyen muebles. O están tan lejos que no hay ni autobús... y yo no tengo coche.

—Ya. No es nada fácil encontrar algo en esta zona. —La chica tenía un ligero acento irlandés. Inclinó un poco la cabeza y escrutó a Lexi—. Creo que te he visto antes, ¿trabajas aquí?

—Sí. Hasta ahora trabajaba por obra y servicio, pero ayer me hicieron un contrato de verdad, por un año. Voy a dirigir la exposición histórica con motivo del aniversario.

—Vaya, eso es muy guay. Por cierto, soy Caitriona, aunque todos me llaman Cait. Suena como Kate pero se escribe distinto.

—Encantada. Yo soy Lexi.

Cait echó un vistazo a la vitrina de los pasteles, donde aguardaban dos clientes.

—Voy a atenderlos. Pero creo que tengo algo para ti. ¿Puedes acompañarme un momento?

Pues claro que podía. La siguió y esperó a que los clientes pagaran y se acomodaran en una mesa.

Cait salió de detrás de la vitrina.

—Puede que sepa de algo en Mevagissey —anunció con una sonrisa prometedora. Lexi vio brillar las dos bolitas de un *piercing* bajo el labio superior.

—¿En Mevagissey? Es aquí al lado, ¡sería perfecto!

—Pero necesito que me confirmes que tienes un contrato y un sueldo por un año completo.

—Te lo confirmo.

—De acuerdo. Siguiente pregunta: ¿compartirías con alguien un poco especial?

—Bueno, depende de quién sea.

—Un gato de tres patas.

Lexi se rio.

—Ningún problema, me encantan los gatos. ¿Quién es su dueño?

—Uy, ¡más vale que él no te oiga! —exclamó con un guiño—. Ya sabes que los gatos no tienen dueño, sino asistente personal.

—Es verdad. —convino, siguiéndole la corriente—. Y dime, ¿su asistente es amable?

—¡Pues claro! ¡Soy la amabilidad en persona!

—¡Oh! ¿Eres tú quien busca compañera?

Cait hizo un gesto afirmativo.

—Acabo de dejar al cabrón de mi novio. El piso es muy grande y muy caro para mí sola. Había pensado poner un anuncio, pero prefiero hablar cara a cara con la gente. —Se situó detrás de la barra en cuanto se acercó otro cliente—. Hoy no puedo, pero si mañana tienes tiempo, pásate a buscarme cuando acabe el turno y te enseño la casa. Y así vemos si podremos llevarnos bien.

Al salir de la cafetería Lexi tenía un buen presentimiento. Quizá su racha de buena suerte no había acabado aún.

—¡Hola, Henry! —exclamó Lexi, saludando al retrato del fondo de escritorio—. Un placer verte, como siempre.

Puesto que la primera fase de la exposición giraba en torno al siglo XVIII, debía investigar más a fondo aquella época. Como había pasado poco tiempo en el archivo de Heligan aquel día, decidió continuar por la noche.

Había leído con gran atención los extractos del diario de

Henry y todo cuanto había caído en sus manos sobre los orígenes de Heligan. Sin embargo, no bastaba para crear un relato interesante y ameno. Pero, justo en ese momento, descubrió en internet una página titulada *Archivo digital de la historia de Cornualles*, que resultó ser un verdadero tesoro.

Para probarlo, introdujo un intervalo temporal, de 1760 a 1800, y el apellido «Tremayne». Al instante obtuvo una larga lista de resultados.

Bajó por la pantalla pinchando algunos vínculos. La mayoría llevaban solo a una breve nota que indicaba el contenido de un documento custodiado en una biblioteca física. En muy contadas ocasiones, la página proporcionaba extractos largos de algún documento.

Halló muchas referencias a las cartas de Henry, y un compendio de sus posesiones, que no habían dejado de aumentar mediante casamientos y herencias. Al parecer, no solo era dueño de tierras en Cornualles y en el contiguo condado de Devon, sino también de varias minas de estaño. Pues sí, Henry era un hombre muy rico.

Se rio al reparar en que en su cabeza utilizaba el tiempo presente. Como si aquel hombre siguiera vivo.

Cada vez más fascinada, siguió examinando la larga lista de resultados. Dio con un documento a nombre de una tal señora Waterman, ama de llaves de la familia, que había encargado tejidos y medias de seda; con una factura de una «silla con ruedas», aunque no entendió muy bien a qué clase de mueble se referiría; una carta del capataz de una mina de estaño; una factura por una compra de polvos para pelucas; un recibo por una silla de montar y dos cachorros de gran danés; y un listado de los gastos personales del mismísimo Henry Hawkins Tremayne, que incluía unos binoculares, un bastón de paseo, papel, un cortaplumas, chocolate, una baraja de cartas y varios cargos en concepto de peluquería.

¿Chocolate? ¿Peluquería? Lexi sonrió. Al parecer Henry y ella coincidían en algunos caprichos.

Lanzó un profundo suspiro. No sabía qué información seleccionar de entre tan ingente cantidad de material.

Necesitó recordarse a sí misma que no estaba trabajando en una tesis doctoral. Lo importante no era recabar hasta el último dato de forma exhaustiva, sino presentarlos de modo ameno y entretenido. ¿Cómo lo había expresado Theo?: «Las historias que se esconden tras la Historia». Por ejemplo, el relato del náufrago que le había contado Millicent. Lástima que la mujer no conociera más detalles.

No obstante, probablemente descubriría más información gracias a aquel archivo digital. Inició una nueva búsqueda, con los términos «náufrago» y «Tremayne», y acotó el intervalo temporal al final del siglo XVIII.

¡Premio! Apareció un resultado, referido a una carta de Henry a su hermana Grace. Por suerte iba acompañado de un extracto de la misiva, en la que este se congratulaba de la incorporación de un tal Julian Harrington como guardabosques para sus tierras: «Creo que esta nueva ocupación resultará ideal para nuestro amigo náufrago».

¡Sensacional! Se sintió como una arqueóloga que acaba de descubrir un tesoro. Había hallado el nombre del misterioso náufrago. Si realmente fue el guardabosques de aquellas tierras, ¿habría vivido en la cabaña cuyos restos le había enseñado Ben?

Durante las siguientes jornadas, Heligan brilló en todo su esplendor. A excepción de algunos chubascos aislados, el intenso sol de primavera hacía brotar flores y capullos por todas partes: un verdadero espectáculo. La alegría de Lexi no se debía solo al buen tiempo: por fin iba a instalarse en su nuevo hogar.

Todo había sucedido muy deprisa. La semana anterior, Cait y ella fueron juntas en autobús a Mevagissey. Tras visitar el piso, se habían puesto de acuerdo en los detalles sin ninguna dificultad.

Aquella mañana, mientras se dirigía a la oficina, se cruzó con Orlando.

—Qué bien que te haya encontrado, Lexi. Me ha llamado Andy, el encargado de la granja. Resulta que falta un trabajador y necesitan a alguien para recoger a los *shigs* y llevarlos al nuevo establo. Será rápido. ¿Podrías ir tú?

—¿Los *shigs*? —repitió, intrigada—. ¿Qué animales son esos?

—¿Todavía no los conoces? De verdad, eres de lo que no hay. —Cuando negó con la cabeza, sus largas rastas se balancearon de aquí para allá—. Bueno, pues prepárate: en Heligan se puede ver el primer cruce de oveja con cerdo. El nombre *shig* es una mezcla de *sheep*, oveja, y *pig*, cerdo.

—¿Habéis cruzado ovejas con cerdos?

—No a propósito, sucedió espontáneamente —puntualizó, poniendo cara de padre orgulloso—. También a mí me costó creerlo, pero la Naturaleza tiene sus propios planes. En fin, hace poco una cerda parió una camada y, pasados unos días, los trabajadores notaron algo raro. Resulta que los gruñidos de los cerditos sonaban más bien como balidos. Además, les creció un pelaje rizado y esponjoso —y para reforzar su relato, tiró de uno de sus mechones—. Algo así como si yo me deshiciera las rastas. En cualquier caso, suponemos que un carnero se enamoró de una cerda de raza Tamworth, y las consecuencias saltan a la vista.

Lexi lo miró incrédula.

—Te estás quedando conmigo, ¿verdad?

—¡Qué va! —repuso, mientras le hacía una señal a Ben, que casualmente pasaba por allí—. ¡Ben, acércate un momento! Le he hablado a Lexi de los *shigs*, pero no se lo cree.

—¿Los ovejicerdos? —inquirió, acercándose a ellos, con una brazada de varas de avellano recién cortadas a cuestas—. ¡Pues claro que existen! Precisamente ahora vengo de echarles un vistazo. Son amistosos, juguetones y muy robustos. Perfectos para el clima de Cornualles.

El escepticismo de Lexi empezó a tambalearse, aunque no las tenía todas consigo.

—Pero ¿es biológicamente posible?

—Increíble, ¿verdad? —Orlando sacó el móvil y empezó a buscar algo—. Espera, tengo algunas fotos... Aquí, mira. —Se lo acercó. La imagen mostraba tres cerditos de pelaje rojizo y rizado en una pradera de Heligan.

—Asombroso... —murmuró la joven. Por mucho que desconfiara, la foto terminó de convencerla.

—Tengo curiosidad por saber si se podrán esquilar —reflexionó el joven—. Y si sabrán a cordero o a cerdo cuando los cocinemos.

—¿Pensáis matarlos? —preguntó horrorizada—. Pero ¡si son adorables...!

—Pues claro —respondió Ben, impasible—. Para eso los criamos.

Cuando Lexi se volvió de nuevo hacia Orlando, lo sorprendió luchando por contener la risa. A Ben también se le estaba escapando una sonrisita de pillo; parecía un niño disfrutando de una gamberrada.

Y entonces cayó en la cuenta.

—¡Me habéis tomado el pelo! ¡Los dos!

Orlando levantó las manos en demostración de su inocencia.

—¡Por supuesto que no! Nunca nos reiríamos de ti. Y menos en un día como hoy, ¿verdad, Ben?

—Jamás de los jamases —aseveró el joven.

¿Qué tenía de particular aquel día? Lexi sacó el móvil, miró la fecha... y lo comprendió.

—¡Es uno de abril, el Día de los Santos Inocentes! ¡Qué malos sois!

—¡Te lo has creído! —se burló Orlando.

—Pues al principio no mucho... Pero cuando Ben lo confirmó... Y tú después me enseñaste la foto... —Soltó una carcajada al percatarse de lo ingenua que había sido.

—Ya llevo varios años con esta broma, pero funciona siempre —presumió Orlando—. Es increíble lo que se puede hacer con el ordenador.

—De verdad que no hace falta... —repetía Lexi mientras Edwin metía su bolsa en el maletero del viejo Ford. Aunque, desde luego, agradecía mucho que la llevara en el coche.

—Mevagissey queda más cerca que Saint Austell, querida. Y de allí te recogió sin problemas —le recordó Millicent. Al abrazarla la envolvió en una nube de perfume floral—. Ya lo sabes: si necesitas información, o cualquier otra cosa, no dudes en llamarnos. O mejor, ven a visitarnos, nos encantaría

—dijo con un suspiro—. Hasta la vista, querida. Te voy a echar de menos.

—Yo también. No sé qué habría hecho sin ustedes.

—Pues buscarte otro alojamiento —sentenció Edwin.

Lexi se despidió desde la ventanilla una última vez y el coche arrancó. La casa se perdió en la distancia.

Media hora después la joven se encontraba en Mevagissey, el pequeño pueblo de pescadores situado en unas colinas sobre el mar. Cait la estaba esperando, contenta y emocionada.

El piso tenía tres habitaciones y se encontraba en una primera planta con vistas al puerto. Aunque no era nuevo, la decoración resultaba confortable y el único aseo estaba presidido por una bañera con patas de león. Como era de esperar, carecía del lujoso estilo regencia de Woods Lodge, pero se encontraba razonablemente limpio y ordenado. Además, su mitad del alquiler le resultaba mucho más asequible que su anterior alojamiento.

Se instaló en la que hasta entonces había sido la habitación de invitados, amueblada con una cama individual, un viejo armario y una mesilla de noche con lamparita. Cait la había adornado con cojines de colores y flores frescas.

—Puedes decorarla como quieras —le dijo.

Festejaron la ocasión con una enorme pizza. El comedor, situado junto a una ventana, ofrecía vistas al puerto viejo de Mevagissey. Cada cierto tiempo brillaba la luz del faro blanco que custodiaba la bocana.

—¡Mira lo que has conseguido! —le advirtió Cait sin ocultar su simpatía—. Ahora ya no te lo quitarás de encima.

Señalaba a Nelson, el gato negro que se le había subido al regazo en cuanto le acercó un poco de queso. Su dueña le había puesto aquel nombre porque, al faltarle la pata delantera derecha, le recordaba al almirante y héroe británico lord Nelson, que perdió un brazo en una batalla naval.

Lexi tomó otro trozo de queso.

—La verdad, se me ocurren cosas peores. —Le ofreció el queso al gato, y este lo cogió con gran cuidado.

—Venga, cuéntame, ¿hay algún hombre en tu vida?

Por un momento se puso tensa. No, no diría ni una palabra sobre Rob. Ni sobre lo violento que se volvió cuando descubrió que deseaba dejarlo. Hizo un esfuerzo y logró sobreponerse. Sentía ronronear a Nelson en el regazo.

—Pues... podría pasarme horas y horas hablándote de Henry.

—Con que se llama Henry, ¿eh? —Su nueva compañera tomó otra porción de pizza—. Soy toda oídos.

23

Damaris

Mansión Heligan, mediados de julio de 1785

A su regreso encontraron un tiempo tan agradable como en las semanas anteriores. Cuando enfilaron la recta final del trayecto, Damaris se recreó en el paisaje que tanto había añorado. A ambos lados del camino se extendían, bañados por el sol, los amarillos campos de cereales, moteados de aciano azul y amapolas rojas. A lo lejos se distinguían las cabañas de los campesinos que arrendaban algunas parcelas. Finalmente apareció la Mansión Heligan, dominando desde la colina con su fachada blanca y sus hileras de ventanas.

Toda la casa se había reunido para recibirlos en la explanada: la señora Waterman y Bellwood, el mayordmo; la señora Lee, la cocinera, junto con varias ayudantes de cocina y criadas; habían acudido hasta los jardineros y mozos de cuadra. Por supuesto no faltaba Harriet con el pequeño Johnny, que salió corriendo hacia su padre, tan ilusionado que casi se cayó de bruces. Pero lo que más alegró a Damaris fue reencontrarse con Allie.

—¡Maris! —exclamó mientras se le acercaba con la silla de ruedas, radiante de felicidad—. ¡Por fin! ¡Tengo tanto que contarte!...

Una vez saludados por los presentes como correspondía y recogido el equipaje, se retiraron para refrescarse. Y después Damaris pudo charlar tranquilamente con su hermana y entregarle sus regalos.

Había traído un recuerdo de casi todos los lugares visitados a lo largo de aquellas once semanas. Objetos pequeños y poco costosos, fáciles de transportar: un cristalito brillante de la gruta de Pains Hill, unas cintas para el pelo de un mercado cercano a Stowe, un elefantito tallado en madera de Berkshire, plumas de escribir y un pisapapeles de Exeter, o una primorosa maqueta de un templete de Hagley Park, de la que Henry había adquirido dos ejemplares, uno para él y otro para Damaris, que a su vez prefirió reservarlo para su hermanita. Y, claro está, los semanarios atrasados de la señora Bampfylde.

Allie colocó los regalos en la mesa y examinó cada uno con detalle, a excepción de los periódicos.

—¿Te gustan? —preguntó Damaris.

Asintió con vehemencia.

—Mucho. Aunque lo que más me gusta es que hayas vuelto.

—A mí también. —Suspiró—. Pero no te olvides de que tú me animaste a hacer el viaje.

—Ya lo sé. —Bajó la cabeza. De pronto parecía muy angustiada, como si algo le pesara en el corazón.

—¿Qué sucede?

—Harriet decía que a lo mejor encontrabas marido en el viaje —le explicó sin mirarla directamente. Por fin alzó los ojos, brillantes de lágrimas—. ¿Has encontrado a alguien? ¿Te marcharás de Heligan?

—Claro que no —se apresuró a responder—. No he conocido a nadie que pudiera ni de lejos ser mi marido —la tranquilizó, posando una mano en su brazo—. Y si me casara, te llevaría conmigo. Jamás te dejaré sola.

Una sonrisa de alivio iluminó el rostro de la niña.

—¿De verdad? Eso me alivia mucho. Aunque, la verdad, no me gustaría marcharme de aquí —dijo, gesticulando como si se diera importancia—. Ahora tengo un nuevo amigo.

—El señor Harrington, ¿verdad? Lo mencionabas mucho en tus cartas.

—Eso es. Me permite tutearlo, ¿a que es muy amable?

Se le aceleró el corazón.

—De modo que ahora sois amigos. ¿Y cómo sucedió? ¿Vino un día por aquí a preguntar si te apetecía dar un paseo?

Allie se rio.

—No, claro que no. Te lo contaré, pero solo si me prometes que no te vas a enfadar.

Enarcó las cejas, pero acabó asintiendo con un gesto.

—A ver, ¿en qué lío te metiste?

—No fue nada serio. Por cierto, la culpa la tuvo Sarah por no acompañarme. Al final tuve que irme yo sola y acabé en el Bosque Viejo.

—¿Bajaste con la silla hasta el Bosque Viejo? —inquirió horrorizada.

—Pues sí —confirmó ella la mar de tranquila—. No es para tanto, la cuesta no es muy empinada. Pero luego me quedé atascada en el barro del bosque y...

—¿Cómo?

—Sí, pero enseguida apareció Julian y me sacó de allí. Aunque antes Ares y Hera me dieron un buen susto. Entonces no sabía lo buenos que son.

—¿Quiénes son Ares y Hera?

Su hermanita la miró con cierta impaciencia.

—Los perros de Julian. Los conociste cuando eran unos cachorritos, los trajeron en un cesto.

Recordaba vagamente haber encontrado un gran cesto en el vestíbulo de la mansión, con unos perritos dentro. Como en aquellos días solo podía pensar en Julian, apenas prestó atención a los animalitos que, sin embargo, enamoraron a Allie. De modo que el destinatario de los cachorros era él...

—¿Y te llevas bien con... el señor Harrington? —inquirió, tratando de sonar natural.

—Sí. Le llevo libros de la biblioteca. Es casi tan aficionado a la lectura como yo. Y a veces —carraspeó— le leía algunas partes de tus cartas. Lo que contabas era tan bonito que quería compartirlo con él.

Damaris se sobresaltó e hizo memoria. ¿Había escrito algo comprometedor? ¿Algo que nadie salvo Allie debiera saber? No, seguramente no. Nunca perdía de vista lo imprevisible que podía ser su hermanita. De todos modos, que Julian hubiera escuchado sus cartas le daba vergüenza. O quizá... quizá no era vergüenza. Era más bien cierta emoción.

—¿Y qué le parecieron? —preguntó.

—Le gustaron porque tus descripciones de los jardines, del eremita y de la casa de fieras eran interesantísimas. Le enseñé el dibujo del leopardo y le encantó. Dijo que tenías mucho talento.

—Vaya... —murmuró. Sintió calor en las mejillas. Julian había elogiado su talento.

Allie continuó:

—Sí, y entonces se me escapó que le habías hecho algunos retratos.

Se enderezó de repente.

—Pero ¿qué dices? ¿Es que has perdido el juicio?

La niña al menos tuvo el detalle de mostrarse arrepentida.

—A él... tampoco le pareció bien.

—¿Qué dijo?

—Que no era adecuado que le contara esas cosas.

Se sintió muy disgustada. La alegría de un posible reencuentro se transformó en verdadero temor. ¿Cómo podría mirarlo a los ojos?

—Pues tenía toda la razón —afirmó débilmente.

—Pero ¡eso fue hace mucho tiempo! —intentó defenderse—. ¿Cuál es el problema?

—Esa no es la cuestión, Allie. ¿Es que nunca reflexionas antes de abrir la boca? —gimió con un hilo de voz—: Ay, Dios, ¿qué pensará de mí?

Su hermanita esbozó una sonrisa de satisfacción.

—Pues ha dicho que eres una dama muy bella.

De pronto se le cortó la respiración, y los mil pensamientos que bullían en su cabeza se esfumaron de golpe.

—¿Cree que soy guapa?

Asintió, y a continuación preguntó:

—¿Te has enfadado?

—Sí. —Pero al instante negó con la cabeza—. No, no es verdad. No estoy enfadada. Aunque debería estarlo.

Tanto para celebrar su regreso como para festejar que acababa de cumplir cuarenta y cuatro años, Henry organizó una fiesta en el jardín e invitó a todos sus parientes y a los arrendatarios que residían en la propiedad, que acudieron con sus familias. Había tanta gente que la extensión de césped ante la mansión se encontraba casi abarrotada.

La señora Lee y sus ayudantes de cocina habían preparado un buen guiso y horneado panecillos y empanadas, que los presentes podían servirse a discreción. Además, les ofrecieron pasteles de frutas (albaricoques, frambuesas y cerezas) y unos bollitos de azafrán con pasas que olían a gloria.

—Los planes de Henry van a acabar con la tranquilidad de Heligan —comentó Grace Rashleigh mientras se situaba junto a Damaris con un vaso casi vacío de *orgeat*, una bebida a base de almendras, de origen francés. La joven simpatizaba con la hermana de su primo porque, al contrario que la en ocasiones arisca Harriet, siempre la trataba amablemente y estaba de buen humor.

Damaris le dio la razón y miró a su alrededor.

Un poco apartada, habían dispuesto una mesita baja para los niños pequeños. Las hijas de Grace, Martha y Hetty, se comportaban de maravilla, mientras que su hermano Perys corría como loco con su primo Johnny, dos años mayor que él. Cabalgaban desaforados en unos caballitos de madera que Henry les había regalado.

Algo más allá, Charles, el marido de Grace, conversaba con Julian.

La mujer siguió su mirada y comentó:

—Hay que admitir que Allie tiene don de gentes. Me ha contado que entabló amistad con el señor Harrington mientras estabais fuera. Me atrevería a decir que ahora nuestro eremita se muestra más tratable. Fíjate, hasta mi marido busca su compañía de vez en cuando. Seguro que lo está cansando con sus planes para construir un nuevo puerto.

—No parece que se aburra —respondió Damaris, encogiéndose de hombros.

Grace terminó su bebida y retomó la conversación:

—Hablando del viaje, ¿hay motivos para que nos alegremos? ¿Ha aparecido algún candidato prometedor?

La joven se obligó a apartar la mirada de Julian y a concentrarse en su prima.

—He conocido a tantas personas que ya no recuerdo ni sus nombres —contestó evasiva.

Su interlocutora levantó el vaso vacío.

—Discúlpame, voy a buscar un poco más de esta exquisitez antes de que se acabe. ¿Te apetece algo?

Hizo un gesto negativo con su vaso medio lleno.

Estaba pensando en si tomar un bollito de azafrán cuando recibió un golpe en la espinilla. Perys, el benjamín de Grace y Charles, había chocado contra ella en su alocada carrera.

—¡Perdón, tía Maris!

—Señorito Perys —lo interpeló Julian, que acababa de acercarse, tratando de recabar su atención—, creo que tu madre te está buscando. Ha dicho algo sobre una sorpresa.

El pequeño lo observó un momento en silencio, como reflexionando. Pero al instante una sonrisa le iluminó la cara y exclamó:

—¡Una sorpresa! —y salió disparado en su caballito.

Damaris lo saludó:

—Señor Harrington... —Le temblaban las rodillas y le sudaban las manos. Sus sentimientos no habían cambiado. En absoluto.

—Señorita Tremayne... —dijo Julian, correspondiendo al saludo con una inclinación de cabeza.

—Todavía no le he dado las gracias por ocuparse de mi hermana. Espero que no le haya resultado demasiado impertinente. En fin, ahora es usted libre.

—No tengo necesidad de liberarme. Allie es como un soplo de brisa en un día de bochorno —afirmó sonriente—. Aunque, claro, una brisa capaz de volarlo todo.

—Ay, sí —convino, exhalando un suspiro—. Tiene usted mucha razón.

Se aferró al vaso de *orgeat*, que sabía a mazapán y a naranja, mientras se esforzaba por encontrar algún tema de conversación. Se había quedado en blanco. En las últimas semanas había practicado la conversación mundana sin parar, ¿por qué no le salía ahora? ¿Por qué se sentía tan azorada en su presencia? Sin duda, Julian estaría buscando cualquier excusa para despedirse.

—¿Qué tal fue el viaje? —preguntó él de pronto.

Suspiró de alivio para sus adentros. Aquel tema era terreno seguro. Le habló de algunas de las mansiones en las que se habían alojado y de sus extraordinarios jardines, con los trazados más diversos.

—Henry se muere de impaciencia por llevar a la práctica algunas de las cosas que hemos visto —apuntó, como colofón de su relato.

—Lo sé, me lo ha contado hace un momento. Su primo la estima mucho y admira su habilidad para el dibujo. Me ha dicho que ha completado usted... corríjame si me equivoco... cinco cuadernos.

—Seis. Pero son poco más que garabatos.

—No diga eso. Allie me enseñó su leopardo y me quedé impresionado.

—Gracias —murmuró. Sintió mucho calor. ¿Mencionaría que también conocía la existencia de los retratos? Tratando de evitarlo, formuló la primera pregunta que le pasó por la mente—: ¿Y dónde están sus perros?

Al instante se arrepintió. Qué pregunta más tonta... Pero no se le ocurrió nada más. Él alzó ligeramente una ceja.

—Se han quedado en casa. Presentan sus disculpas, no son muy aficionados a estas reuniones sociales.

Lo miró con curiosidad y sonrió. ¿Tenía sentido del humor? Eso era toda una novedad.

—Ajá, ¡por fin te encuentro! —Resonó de pronto la voz de Allie. Como siempre, en el momento más inoportuno—. Te he buscado por todas partes.

Para sorpresa de Damaris no se dirigía a ella, sino a Julian, con quien al instante entabló conversación. Se trataban con una familiaridad asombrosa.

—¡Julian, mira! —exclamó la chica—. ¡Una piña!

Efectivamente, un sirviente traía una piña recién cosechada en una bandeja de plata. Damaris conocía solo de vista aquel fruto que Henry intentaba aclimatar desde hacía algunos años.

Allie lanzó un suspiro lleno de esperanza.

—Llevo semanas esperando este momento —le explicó a su hermana—. Julian y yo íbamos de vez en cuando a verlas crecer.

Henry aprovechó que contaba con la atención de los presentes para anunciar sus planes. En los meses siguientes se producirían grandes cambios en Heligan. Pero, por el momento, lo importante era disfrutar de la fiesta y probar la piña.

Incluso los niños interrumpieron sus juegos y observaron a Henry empuñar un gran cuchillo con el que seccionó el penacho de hojas y luego cortó a lo largo aquella fruta exótica.

En lugar de probarla él primero, la dividió en pequeñas porciones que fueron ofrecidas a los invitados en platitos provistos de delicados tenedores.

Damaris contempló aquel trozo de pulpa de color amarillo claro y de aspecto fibroso. Desprendía un olor agrio no muy apetecible.

A una señal de Henry, todos la probaron a la vez.

Para la joven supuso una decepción. El sabor no se parecía en absoluto a lo que había imaginado, resultaba amarga y correosa. ¿Aquella era la reina de las frutas que precisaba un invernadero propio?

Los invitados tampoco parecían muy entusiasmados. Alguno se atrevió a alabar lo inusual de su sabor, pero nadie aceptó una segunda porción.

Incluso Henry se mostró desilusionado.

—Bueno —concluyó, después de pasar un buen rato masticando—, sin duda deben seguir mejorando.

24

Damaris

Mansión Heligan, julio de 1785

Henry se sentía tan lleno de inspiración que apenas pudo esperar a comenzar los trabajos. Deseaba llevar a cabo, o al menos dejar encauzadas, la mayor parte de las obras antes del invierno.

Tan solo dos días después del regreso llegó a la mansión el paisajista Thomas Gray para asistir al señor de Heligan. Aún no había terminado de instalarse en su habitación y ya se puso manos a la obra.

Contrataron a treinta jardineros y operarios de entre las gentes de la zona, y así, las solitarias y apacibles tierras de Heligan se transformaron en un hervidero de actividad. En cuestión de días los terrenos bullían de trabajadores que cavaban, plantaban, martilleaban y medían. Damaris se preguntaba si también habrían empleado a más ayudantes de cocina para alimentar a tan elevado número de personas.

Henry se mostraba inmensamente feliz. Se levantaba muy temprano y se acostaba muy tarde. Damaris, que lo ayudaba en todo cuanto podía, se adaptó a su ritmo. Sabía que lo satisfacía profundamente poder llevar a la práctica las ideas que había recabado durante el viaje. A menudo lo veía reunido con Thomas Gray, juntando las cabezas y discutiendo animadamente sobre un plano o acerca de uno de los dibujos realizados por ella. Se enorgullecía de formar parte de aquel gran proyecto en construcción.

En los campos de cereales avanzaba la cosecha, y también en otros lugares se imponía la actividad. El aserradero trabajaba casi sin interrupciones, igual que el molino, que molía incansablemente grano para alimentar a todos los operarios. Casi a diario se recibían envíos para el jardín. El día anterior había llegado un cargamento de ladrillos rojos para edificar los muros del jardín de flores; provenientes de Holanda, se transportaron hasta el puerto fluvial de Exeter, y desde allí, en carros hasta Heligan. También se despacharon grandes cantidades de arbustos y arbolillos provenientes de un vivero nuevo situado en Budlake y recomendado por el señor Gray.

Asimismo se construyó un alto muro de ladrillo que rodeaba el Huerto de Melones, donde también crecían las piñas. En los campos en forma de herradura que se extendían al norte de la mansión se plantaron modernos arbustos perennes y se trazaron varios caminos.

El denso seto de coníferas plantado cuatro años atrás en la parte oeste había crecido considerablemente y cumplía su función de frenar el viento. Ahora estaban preparando uno similar en el lado este.

Si miraba hacia el mar por la ventana de su habitación, desde la primera planta, Damaris podía distinguir un ejército de jardineros que desbrozaban arbustos y arbolillos para despejar las vistas del valle.

Mientras se llevaban a cabo aquellas modificaciones paisajísticas, paralelamente se avanzaba en la construcción de dos

elementos muy deseados por Henry: un templete de estilo griego y una gruta de cristal.

Puesto que continuaba haciendo mucho calor, a Damaris se
le ocurrió llevar refrescos a los operarios que trabajaban en el
jardín de flores, al norte de la mansión. En el último momento Allie decidió acompañar a su hermana, que lucía un vestido de verano de ligera muselina y se había recogido la espesa
cabellera castaña en un moño suelto. Se había olvidado en casa
el sombrero de paja que usaba para protegerse del sol.

Apenas había llovido y el suelo estaba muy seco, por lo
que los jardineros debían acarrear cubos de agua desde las
distintas fuentes para regar los árboles y arbustos recién plantados.

En el jardín de flores trabajaban cuatro personas, dos jardineros y dos albañiles, que se mostraron muy agradecidos y
bebieron con ansia la limonada servida en vasos de peltre.

—Muchas gracias, señorita Tremayne. Es usted muy amable.

Le devolvieron los recipientes y enseguida retomaron sus
tareas. La joven observó que el muro de ladrillo había pro-
gresado mucho.

El jardín exhibía todo su esplendor estival. Las adoradas
rosas de Harriet ocupaban una cuarta parte del espacio. A su
lado florecían arriates de fragantes alhelíes, madreselvas y guisantes de olor, junto a claveles de todos los tamaños y colores. En las últimas semanas Damaris lo visitaba con asiduidad. No solo por las maravillosas flores, sino porque allí se
sentía más cerca del hombre con el que soñaba desde hacía
tanto tiempo.

Enjuagó con agua los vasos y los devolvió al cesto que Allie llevaba en el regazo. Allí había más recipientes limpios y tres botellas de limonada, dos ya vacías y una a medias.

—¿Vamos a ver a Julian de una vez? —preguntó impaciente su hermanita.

Damaris asintió.

La gravilla crujió bajo las ruedas de la silla. Salieron del jardín y tomaron un sendero a la derecha, hasta llegar al cruce con el camino de herradura. Allí, en un recodo algo apartado, se estaba construyendo la gruta. Era una zona más umbría y, por tanto, más fresca. Y allí encontraron a Julian.

Se incorporó al oírlas llegar.

—Señorita Tremayne, Allie. ¿A qué debo el honor de esta visita?

Llevaba un chaleco de cuero sobre la camisa, y la rubia melena recogida en una coleta de la que escapaban algunos mechones.

—Te traemos algo de beber —le anunció Allie, llenando un vaso.

—Muy amables —respondió mientras cogía el recipiente.

—Además, tenía ganas de verte —añadió la chica en cuanto acabó de beber—. Ahora solo nos cruzamos el domingo en la iglesia, y casi no podemos hablar.

—Bueno, eso cambiará pronto. En cuanto termine la estructura de la gruta —le dijo, devolviéndole el vaso.

Por el momento solo se veía un esqueleto de puntales de madera. Sobre aquella estructura se colocarían unas rocas de granito que crearían la bóveda de la pequeña gruta artificial. Damaris ya se imaginaba lo encantadora que quedaría cuando su interior estuviera revestido de piedras resplandecientes.

Allie asintió y comentó, haciéndose la enterada:

—Te manejas con la carpintería porque tu padre era carretero, ¿verdad? Fabricaba carros y ruedas de madera y te enseñó lo que sabía.

Él espantó una abeja impertinente que rondaba la oreja de la niña.

—Veo que me prestas mucha atención.

Mientras tanto, Damaris lo observaba con disimulo. Era un hombre realmente guapo.

—Maris, ¿te encuentras bien? —le preguntó de pronto Allie.

—Sí, claro.

—Es que estás muy roja. Como si tuvieras fiebre.

Sintió que las mejillas seguían ardiéndole.

—¿De veras? Pues... será del sol.

Cuando notó que Julian la estaba mirando, se ruborizó aún más. ¿Se reiría de ella?

Pero, para su gran alivio, lo que dijo fue:

—Tú también tienes muy buen color, Allie. De hecho, diría que hasta te han salido más pecas.

Damaris también se había descubierto aquella mañana nuevas manchitas en la nariz, debidas sin duda a sus descuidos con el sombrero. En ese momento notó que se le aflojaba el recogido y, discretamente, se afanó en sujetarlo bien.

Allie lanzó un suspiro y respondió:

—Ya lo sé. Harriet me ha comprado una crema para borrar las pecas en una farmacia de Truro. Quiere que me la ponga todos los días.

Damaris conocía el ungüento, pero lo usaba muy poco porque nada más aplicarlo producía picor y ardor en la piel.

Julian seleccionó un puntal para colocarlo en la estructura y la previno:

—Yo en tu lugar andaría con cuidado. Muchas de esas cremas llevan mercurio, o plomo.

—Pero Harriet dice que una dama debe mantener a toda costa la blancura de su cutis.

—¿Y qué tienen de malo las pecas? A mí no me gusta eso de que las damas deban tener la cara pálida. —Damaris tuvo la sensación de que no se dirigía solo a su interlocutora.

Se aclaró la voz, e intervino:

—Me temo que es hora de irse, Allie. Ya hemos molestado suficiente al señor Harrington. Todavía tenemos que llevarles refrescos a Henry y al señor Gray, que están en la villa de verano.

25

Damaris

Mansión Heligan, agosto de 1785

El sol acababa de salir, y en Heligan ya despuntaba una radiante mañana. Damaris se había levantado muy temprano. De nuevo se presentaba una jornada muy calurosa, como las precedentes. Un día espléndido para observar los avances de la cosecha y del jardín. Pero antes de eso, tenía otro plan.

Vestida con su traje de amazona, subió a lomos de su yegua Bonnie, que el mozo de cuadra ya tenía preparada. A su lado trotaba Ruby, que, para alegría de Damaris, montaba muy bien.

Se dirigían juntas al Bosque Viejo, que poblaba el valle a los pies de la mansión. Avanzaban por uno de los caminos de herradura trazados por Henry unos años atrás. El suelo era mullido, y los robles y hayas plantados a ambos lados proporcionaban una agradable sombra.

A Damaris le encantaba aquel momento entre el sueño y el día. Desde que logró convencer a Ruby para que la acompañara, salían con frecuencia, a ser posible muy temprano, antes de que comenzaran los trabajos. Con la hierba aún fresca de rocío... y la secreta esperanza de ver a Julian.

Habían pasado ya dos semanas desde la última vez que habló con él. Dos semanas de rápidos avances en las obras.

La estructura de madera para la gruta ya llevaba tiempo lista. Dos albañiles de Mevagissey la recubrieron con granito y lograron el efecto de una pequeña cueva. Poco tiempo después llegaron los coloridos cuarzos y turmalinas que tapizarían su interior.

Los muros del jardín de flores ya estaban terminados. Asimismo, se plantaron arbustos y árboles jóvenes en los límites de las tierras. Y además, se ensancharon los caminos de herradura.

Aquella mañana avanzaban siguiendo el riachuelo que, encauzado en forma de pequeñas presas y canales, alimentaba el molino. Reinaba una calma maravillosa, solo se oían los trinos de algún que otro pájaro, el suave resollar de los caballos y el golpeteo amortiguado de sus cascos. Damaris inspiró hondo, llenándose de la paz del lugar.

Por entre los árboles del Bosque Viejo se adivinaban los contornos de un edificio a medio levantar. Se trataba del templete que tanto agradaba a Henry, muy similar al de Pains Hill. Damaris se sentía muy orgullosa, porque el diseño se había basado en sus dibujos.

—¡Oh! ¡Mire, señorita! —exclamó Ruby señalando hacia delante.

Allí, junto a dos grandes pilones de agua fresca de un cruce de caminos, había un caballo atado. Damaris lo reconoció al instante: era Silver, la yegua torda de Julian. Las detalladas descripciones de Allie no dejaban lugar a dudas.

De pronto, la doncella se mostró muy inquieta.

—Señorita, más vale que no nos detengamos.

—¿De qué tienes miedo? ¿De los furtivos? No te preocupes, el señor Harrington está por aquí cerca, esa es su yegua.

—Ya lo sé —murmuró nerviosa.

—Los caballos tienen sed.

Puesto que no podían apearse de las sillas de amazona sin ayuda, permanecieron sin descabalgar mientras sus monturas bebían.

Entonces se oyeron ladridos a cierta distancia y los animales levantaron las orejas. A Damaris le dio un vuelco el corazón al ver aparecer a Julian por un sendero que desembocaba en el camino.

—¡Oh, no! —exclamó Ruby.

El guardabosques llevaba al hombro dos liebres muertas. Y no iba solo. A su lado caminaba un muchacho con las manos atadas. Abrían la comitiva los enormes perros que, al ver a Damaris, comenzaron a menear el rabo.

—Buenos días, señorita Tremayne. ¿De paseo tan temprano? —saludó Julian.

—Buenos días, señor Harrington —acertó a responder, con una sonrisa—. Veo que no somos las únicas, ¿quién es este joven?

—Un trampero furtivo. Lo he pillado con las manos en la masa mientras recogía su botín. Como el señor Tremayne está tan ocupado, hay quien piensa que puede robarle impunemente. Acércate. —Y tiró del muchacho para que se le viera bien la cara.

—¡Marty! —Se le escapó a la doncella.

El muchacho levantó la vista, pero no dijo nada.

—Ruby, ¿acaso lo conoces? —inquirió Damaris.

—Sí, señorita, vive en mi aldea. Es el hijo del trapero, son una familia muy pobre. Créame, señor Harrington, no es un mal chico. Seguro que lo ha hecho porque pasan hambre.

—Y a continuación le preguntó con el rostro demudado—: ¿Qué le va a suceder?

Julian la miró sin inmutarse. La brisa de la mañana le levantó la esclavina del largo abrigo.

—Eso lo decidirá el señor Tremayne. Estas son sus tierras.

Como terrateniente y juez de paz, Henry ejercía cierta jurisdicción dentro de los límites de su propiedad, que lo facultaba para castigar delitos menores.

Julian desató su yegua y montó, manteniendo en todo momento al cazador furtivo sujeto por la cuerda. Los perros emprendieron la marcha.

Ruby balbució, con el temor reflejado en su mirada:

—Señorita Tremayne...

—Los acompañaremos —decidió sin pestañear. Su doncella la miró, profundamente agradecida.

Regresaron a la mansión a buen paso. Marty se veía obligado a correr junto al caballo de Julian y, aunque no se quejaba, su rostro lo decía todo: estaba muerto de miedo. Damaris lo comprendía perfectamente, porque a los furtivos se los castigaba con largas penas de cárcel y, a veces, incluso con la horca.

Llegados a las cuadras, dos mozos ayudaron a las mujeres a descabalgar. Julian dejó allí tanto su montura como los perros. Después, los cuatro entraron en la mansión.

Bellwood los informó de que el señor acababa de desayunar y se había retirado a su estudio. Los pasos de la pequeña comitiva resonaron en el mármol del vestíbulo.

El muchacho pareció empequeñecer cuando lo hicieron entrar en la elegante estancia.

Henry levantó la vista. Como no llevaba peluca, se apreciaban las entradas en su pelo castaño claro.

—Ah, Julian. Veo que vienes con Damaris y Ruby. ¿Y quién es este joven?

El guardabosques dejó las liebres en la pila de leña que había ante la chimenea y empujó suavemente al joven.

—Un trampero furtivo, Henry. Pretendía robarte esas liebres.

Damaris alzó la mirada, sorprendida ante la familiaridad con la que ambos se trataban. Entonces recordó que Allie ya le había contado que se tuteaban.

Su primo se levantó y rodeó el escritorio con las manos a la espalda.

—Un furtivo, ¿eh? Vaya, vaya. —Lo miró con severidad... o, mejor dicho, con toda la severidad de la que era capaz—. ¿Cómo te llamas, hijo?

—Marty, señor. Marty Truscott —susurró, hablando por primera vez.

—Ruby lo conoce —terció Damaris—. Es de su aldea. Al menos eso nos ha dicho...

La doncella asintió con vehemencia, incapaz de decir palabra. A pesar de los largos trayectos en carruaje, la cercanía con su señor seguía intimidándola.

—Bien, Marty Truscott, ¿qué tienes que decir en tu defensa? —preguntó Henry.

—Señor, yo, yo... Perdóneme —tartamudeó—. Mi... mi familia es muy pobre. Las liebres son para comer.

—¿No ibas a venderlas?

—No, señor, claro que no.

—Espero que seas consciente del pecado que has cometido.

—Sí... sí... Lo soy.

Henry lo obligó a hacer examen de conciencia y lo aleccionó sobre el carácter reprobable de su acto. El muchacho escuchaba, mirando al suelo y asintiendo de vez en cuando.

Mientras su primo peroraba, Damaris observaba discretamente a Julian. Allí, en el espacio cerrado del estudio, su presencia la afectaba con mayor intensidad. Sentía que ardía por dentro. En su interior se había despertado algo, una especie de ansia o de anhelo. Ya no le bastaba con mirarlo. Necesitaba tenerlo cerca, tocarlo y...

El final de la filípica de Henry la arrancó de sus ensoñaciones.

—Dime, hijo: ¿me prometes que no volverás a hacerlo?

—Sí, señor. Desde luego. Lo prometo.

—Entonces, quedas perdonado.

—¿De... de verdad? —balbuceó, sin creer su buena suerte. Una tímida sonrisa de alivio se dibujó en su rostro.

Damaris advirtió el ceño adusto de Julian y se esforzó por mantener una expresión severa. El carácter benévolo y afable de su primo era célebre en toda la región. Tanto, que más de un juez expresaba abiertamente su desesperación cuando actuaba con demasiada indulgencia.

—Julian, ¿serías tan amable de liberar al muchacho?

Sin decir una palabra, el guardabosques se sacó una navaja del bolsillo del abrigo y cortó las ataduras de un solo tajo.

Entonces Henry sacó de un cajón una bolsita de cuero, de la que extrajo una moneda de plata.

—Ten esta media corona. —Se la ofreció al chico, que la aceptó titubeante—. Para aliviar vuestras penurias. Y por tu promesa de no volver a cazar en mis tierras.

—¿Te roba y le ofreces una recompensa? —preguntó Julian, entre perplejo y enfadado.

Henry sonrió.

—No es una recompensa. Quien se arrepiente de corazón merece una segunda oportunidad. ¿Verdad, hijo?

—Sí, señor —asintió el joven, mientras se guardaba la moneda en un bolsillo del calzón—. No lo defraudaré, señor.

Damaris cruzó una mirada con Julian y reprimió una sonrisa. Pues sí, así era Henry. Extremadamente benévolo, y comprensivo hasta la desesperación con los errores de su prójimo.

—Y llévate las liebres, muchacho. Así tendréis algo que meter en la olla.

La joven vio que Julian abría la boca para decir algo, pero se limitó a sacudir la cabeza a modo de protesta.

—Ruby, por favor, acompaña al joven Truscott. —Henry esperó a que abandonaran la habitación y se volvió hacia Julian—. Me alegro de que hayas venido, necesito tu consejo.

—Ah, ¿sí? ¿Y piensas seguirlo?

Su interlocutor lo miró desconcertado.

—Pues claro, ¿por qué no iba a hacerlo? —Rodeó de nuevo el escritorio, desenrolló un gran plano y se apoyó en los extremos para mantenerlo abierto—. Mira lo que terminó ayer el bueno de Thomas Gray: un mapa de Heligan con todas las novedades que Damaris y yo reunimos durante el viaje. Y ahora me pregunto dónde podríamos levantar un obelisco...

—La mansión y los jardines bullen de actividad —comentó Grace alegremente mientras posaba la taza de té en la mesilla—. Ya casi no recuerdo lo tranquila que era esta propiedad hasta hace pocas semanas.

Harriet sonrió con cierta amargura, o eso le pareció a Damaris.

—Tienes razón, querida. Aunque con todo este jaleo no deberíamos olvidarnos de que, aparte del jardín de Henry, se presentan otros asuntos importantes que también requieren atención. Especialmente ahora que se acaba el verano.

Las tres se encontraban en el salón tomando el té, acompañado de una bandejita de sándwiches de pepino y pequeños *scones* con nata y mermelada. Charles y Grace los visitaban casi todos los domingos a la hora del té y a menudo se quedaban hasta la cena. Esa tarde Grace había acudido sola, porque su marido estaba reunido con un ingeniero para planear la construcción de un puerto cerca de su residencia. Allie leía tranquilamente en la biblioteca.

—¿Y cuáles son esos asuntos? —inquirió su cuñada, mientras se servía otro sándwich.

—Pues estoy un poco decepcionada —respondió, depositando a su vez la taza sobre la mesa—. Con Damaris.

—¿Conmigo? ¿Por qué?

—Pensé que volverías del viaje con un firme pretendiente a tu mano. Pero al parecer era esperar demasiado.

—¿Por qué tanta prisa, querida prima? ¿Es que quieres librarte de mí? —La joven sonrió para quitar hierro a sus palabras.

—No, por supuesto que no. Pero ¿acaso no deseas tener hijos?

—Sí, claro. —«Pero no con un hombre al que no amo», añadió para sus adentros.

—Entonces ¿por qué rechazaste en febrero la proposición del señor Glanvil?

Damaris sintió que se le alteraba el pulso.

—Porque... porque no me parecía adecuado.

—Pero ¿por qué no? Posee fortuna, es agraciado y ardía en deseos de desposarte.

—El señor Glanvil está más interesado en el apellido Tremayne que en mí. Además, apesta a perfume de violeta y abusa de los lunares postizos.

—Pues yo lo encontraba muy agradable —concluyó, lanzando un suspiro—. De verdad, no te entiendo. ¿Quieres acabar convertida en una solterona?

—Harriet, aún no he cumplido los veintiuno. Para llegar a convertirme en una solterona me queda todavía mucho tiempo.

Su prima levantó la taza para que una criada le sirviera más té.

—La vida hay que organizarla pronto, Damaris. Me estoy planteando invitar a cenar el próximo domingo a la señora Leverton y a su hijo. Nos visitaron el verano pasado, ¿te acuerdas?

La joven gimió para sus adentros. Sí, recordaba perfectamente a aquella viuda y a su vástago apenas salido de la adolescencia, que la miraba fijamente de un modo muy desagradable.

—Y si eso no funciona, te organizaremos una tercera presentación en sociedad.

¿Otra temporada? No podría soportar de nuevo aquella tediosa sucesión de bailes. Toda una serie de jóvenes insulsos y de viudas adineradas le pisarían los pies y forzarían conversaciones supuestamente ingeniosas mientras consideraban si podría ser la esposa obediente que necesitaban para traer al mundo a su descendencia.

—¿No hay otra opción? ¿Qué opina Henry? —preguntó.

Harriet hizo un gesto desdeñoso.

—Ahora mismo Henry solo piensa en su jardín. Pero sin duda me daría la razón.

Damaris no estaba tan segura.

—Vamos, Harriet, déjala en paz —intercedió Grace—. Aún es joven, encontrará su camino. Además, tengo la impresión de que sus afectos ya están comprometidos —aventuró, haciéndole un guiño a su joven prima.

La expresión de Harriet se endureció.

—Eso me temía. Y el asunto me disgusta profundamente.

—¿Qué asunto? —inquirió Damaris, muy inquieta.

Pasaron unos segundos antes de que la mujer contestara:

—Ha llegado a mis oídos que te entiendes bien con Henry. Muy bien.

—Claro que sí. Es muy amable y generoso.

—Precisamente. Es en extremo afable, cortés y complaciente con todo el mundo. Y quizá por eso... —Tras una breve pausa, se obligó a continuar—: Quizá por eso has malinterpretado sus atenciones.

—No entiendo qué...

—Damaris, ¿es posible que abrigues hacia Henry sentimientos que no te convienen?

Ella la miró consternada.

—¿Cómo?

—¿Hacia Henry? —Grace soltó una carcajada—. Mi querida cuñada, es imposible que creas lo que dices. ¡Henry es tu marido! ¡Mi hermano!

Harriet mantuvo la vista clavada en la joven.

—Contéstame.

—¡No, claro que no! ¿Cómo se te ocurre semejante disparate?

De pronto, su prima se mostró muy avergonzada.

—Bueno, es que... la gente comenta cosas...

—¿Qué gente? —inquirió Grace.

—La señora Tremalling —confesó al fin—. Dice que debería tener cuidado, porque Damaris se ha convertido en una dama muy hermosa. Y como han pasado tanto tiempo de viaje, juntos y casi solos...

Grace resopló sin el menor refinamiento.

—¡Pues claro! Esa señora no puede soportar que su marido tenga una querida. Y por eso va por ahí propagando rumores maliciosos.

—Harriet —intervino Damaris—, Henry es la persona más buena, cariñosa y honrada que conozco, y lo quiero como a un padre. Jamás se me ocurriría mirarlo de otra manera.

Su prima se mostró muy aliviada.

—Me quedo más tranquila. Perdóname, de verdad. Pero, mira, si pensaras en casarte también se acallarían este tipo de habladurías. ¿Qué hay de ese joven pelirrojo que se pasa el día entrando y saliendo de la casa?

—¿El señor Gray? ¿El paisajista?

—Sí. Me da la sensación de que te resulta simpático.

Tenía razón. El señor Gray le parecía muy agradable. Era divertido y capaz de reírse de sí mismo. Pero lo veía más bien como a un hermano o como a un amigo. Algo parecido a lo que le sucedía con Henry.

—¿Debería sugerirle a mi hermano que hable con él? Quizá eso lo anime a hacerte una proposición —siguió diciendo.

—Pues... no. Gracias, pero no.

—Como he mencionado antes —insistió Grace esbozando una sonrisa—, creo que el corazón de Damaris ya tiene dueño. Y no es Henry —añadió, al ver que Harriet abría la boca—. ¿No es cierto, querida?

Sintió que se sonrojaba violentamente.

—Es... es posible.

—Y estoy bastante segura de que sé de quién se trata.

—¿Qué? ¿Por qué...? —acertó a tartamudear.

—Jovencita, tengo ojos en la cara. Me doy perfecta cuenta de cómo lo miras.

—¿Cómo... lo miro?

—Así es. Como si la luna en el firmamento y todas las estrellas fueran obra suya.

—Queridas —carraspeó Harriet, sintiéndose excluida—, ¿sería mucho pedir que me digáis de quién hablamos?

—De Julian Harrington —anunció Grace con una sonrisa de satisfacción—. ¿O me equivoco?

Con el corazón desbocado, Damaris se mordió el labio y bajó la mirada. Por un momento pensó en negarlo todo y explicar que su cariño por Julian se debía únicamente a la buena relación que mantenía con Allie. Pero eso sería mentir.

—No te equivocas —admitió en un susurro.

Perpleja, Harriet quiso asegurarse:

—¿El guardabosques?

—Esa no es su verdadera profesión —replicó con un hilo de voz—. Solo es guardabosques porque Henry se lo ofreció. En Carolina del Sur era dueño de una granja con empleados a su servicio.

Grace asintió benevolente, y añadió:

—Un hombre muy interesante, aunque algo enigmático. Henry parece apreciarlo mucho. Y también Charles —afirmó entre risas—. Al menos desde que ha descubierto que soporta sus conferencias sobre el nuevo puerto.

—Me figuraba que la admiradora del señor Harrington era Allie. Habla de él sin parar —comentó su cuñada.

—Allie es solo una niña —repuso Grace—. Pero Damaris ya no.

Harriet permaneció pensativa un momento, tras el cual miró a la joven y le preguntó:

—¿Y esa... atracción es correspondida?

—No lo sé —suspiró—. Seguramente, no. A veces creo que le importo, pero otras veces tengo la impresión de que ni se fija en mí.

Era un consuelo poder hablar de sus sentimientos. Aunque no hubiera esperanza.

—De eso nada, querida —la contradijo Grace—. He visto cómo te sigue con la mirada. Te puedo asegurar que sí se fija en ti.

—¿De veras? —preguntó, sintiendo renacer la ilusión.

Su prima asintió.

—Así es. Quizá el bueno del señor Harrington solo necesita un empujoncito...

—¡Grace! —exclamó Harriet, mirándola con desaprobación—. ¿No estarás insinuando que Damaris lo seduzca?

—Claro que no, querida cuñada. ¿Por quién me tomas? —replicó con una sonrisa—. Pero la festividad de San Miguel no queda muy lejos. Y es una ocasión muy propicia para los enamorados...

26

Allie

Mansión Heligan, octubre de 1785

Impulsó la silla hasta la pared, muy cerca de la ventana, y pegó el respaldo al papel de florecitas. De ahí no se movería.

Se encontraba sola en su habitación, situada en la primera planta, y contigua a la de Damaris. Ambas estancias se comunicaban mediante una puerta que, para su disgusto, su hermana cerraba con llave desde hacía mucho tiempo. Pero precisamente en aquella ocasión le convenía que no pudiera entrar inesperadamente.

Tomó aire, se apoyó en los reposabrazos acolchados y se incorporó.

Una sonrisa le iluminó la cara. ¡Se podía levantar sola! Antes no lo lograba sin ayuda, y además resistía muy poco tiempo. Sin embargo, ahora ya podía mantenerse en pie por sí misma. Con precaución, soltó la mano que aún mantenía apoyada en el respaldo.

Lo había conseguido en varias ocasiones. Últimamente tenía la sensación de que se le habían fortalecido las piernas, quizá debido a que pasaba mucho más tiempo al aire libre, desoyendo las advertencias de Harriet sobre su cutis. Aunque su alegría era inmensa, no se lo había contado a nadie. Ni siquiera a Damaris. Quería asegurarse de que no se trataba de algo pasajero. Además, tenía la intención de seguir esforzándose hasta lograr dar unos pasos.

Se mantuvo de pie un momento, disfrutando de poder observar su habitación desde una perspectiva tan distinta. Después, apoyándose en la repisa de la ventana, se volvió lentamente.

En el exterior distinguió a un grupo de caballeros que avanzaban hacia la mansión cargados con sus trofeos. Eran invitados de Henry que regresaban de una partida de caza.

El 1 de octubre, que aquel año caía en sábado, se abría la veda para la mayoría de las aves. Henry había invitado a un círculo de amigos y conocidos amantes de la caza, a quienes, por supuesto, también deseaba mostrar los progresos de su gran proyecto. Acudieron doce caballeros acompañados de sus esposas. Algunos residían en las inmediaciones, pero aquellos que habían viajado desde más lejos se alojaban en la mansión. Las criadas estuvieron atareadísimas preparando habitaciones, y la cocina no daba abasto. Por suerte habían sido contratados más sirvientes para el baile que se celebraría aquella noche.

Los hombres se habían pasado el día en la campiña. Las mujeres, por su parte, se quedaron en la mansión jugando a las cartas y conversando. Aquella velada los reuniría de nuevo a todos.

Allie acarició el tejido azul celeste de su vestido, sencillo pero muy elegante. Disfrutaría de la festiva cena y después, por primera vez en su vida, podría quedarse durante el baile. Llevaba semanas esperando aquel momento.

No debía entretenerse mucho. Se acomodó en la silla con

mucho cuidado, se impulsó hacia la puerta, la abrió y salió al corredor.

Abajo, en el vestíbulo, resonaban las voces de los invitados.

—¡Cuatro parejas de faisanes! —exclamaba un caballero—. ¿Y usted, Fetherington?

—Pues creo que lo gano, Higgins. Se me puso a tiro una avutarda y no fallé. Y antes tuve la satisfacción de abatir dos becadas.

Allie no siguió escuchando, los triunfos de aquellos caballeros no le interesaban lo más mínimo. Se dirigió a la habitación de Damaris, llamó a la puerta y abrió al oír que le daba permiso.

La encontró tan cambiada, y sobre todo tan hermosa con su vestido de baile, que casi no la reconoció.

Llevaba un *robe à l'anglaise*, un vestido a la inglesa con el cuerpo muy ajustado, cuyo pronunciado escote quedaba cubierto con un pañuelo blanco o *fichu*. La falda, confeccionada con una untuosa seda de rayas violetas y blancas, se abría por delante y dejaba entrever una falda interior de un solo color. Las mangas hasta los codos estaban rematadas con unos graciosos volantes. Ruby le había rizado la abundante melena castaña con unas tenacillas, y además, sirviéndose de numerosas horquillas, le había hecho un espléndido recogido. Dos tirabuzones caían alegremente sobre su hombro derecho.

—¿Uno o dos *mouches*? —preguntó la doncella. Abrió una cajita para enseñarle la variada colección de lunares postizos, hechos de terciopelo negro engomado. Había circulitos, estrellitas, e incluso minúsculos corazones o medias lunas.

Damaris miró a Allie sin acabar de decidirse.

—¿Tú qué opinas?

—Yo no me los pondría. Va a parecer que tienes viruela.

Su hermana estuvo de acuerdo.

—Pues sin lunares. Gracias, Ruby, puedes retirarte. Terminaré sola.

La doncella hizo una reverencia y se dispuso a salir de la alcoba.

—Como guste, le deseo que se divierta. —Antes de marcharse, se demoró un instante—. Si me lo permite, señorita, está usted muy guapa. Los caballeros se van a quedar con la boca abierta.

Sorprendida, Allie observó que su hermana enrojecía bajo la gruesa capa de polvos que le blanqueaba el cutis.

—Con uno me contentaría... —musitó para sí misma.

Cuando la muchacha se ausentó, Damaris cogió un sencillo anillo de estaño que descansaba sobre el tocador. Lo examinó mientras le daba vueltas. Era el anillo de San Miguel, que había aparecido en su trozo de tarta.

Allie inquirió con curiosidad:

—¿Te preguntas cuándo te casarás?

Dos días antes, el 29 de septiembre, se había celebrado San Miguel. En esa fecha los arrendatarios pagaban su alquiler y se contrataban criadas y peones para el año siguiente. Según la tradición popular inglesa, cuando fue expulsado del cielo, el diablo cayó en una zarza de moras. Lleno de ira, maldijo los frutos y orinó sobre ellos. Por eso, después de San Miguel no debían recogerse más moras. Ese día se preparaba una tarta con los últimos frutos de la temporada, y en su interior se ocultaba un anillo. Se decía que la persona que lo encontrara contraería matrimonio a lo largo del año.

Su hermana exhaló un suspiro apenas perceptible y sacudió la cabeza.

—No es más que una estúpida superstición. —Dejó el anillo en el tocador y añadió, impaciente—: Vamos, que se hace tarde.

Dos grandes jarrones adornaban el vestíbulo con ásteres de otoño que se conservaban lozanos desde el día de San Miguel. Debido a los preparativos para la cacería y el baile, aquel año solo habían organizado una comida estrictamente familiar, a la que también asistieron Grace y Charles. A Damaris no le resultó fácil ocultar su decepción. Encontrar el anillo en la tarta que sirvieron tras el ganso supuso un triste consuelo. ¿De qué le servía, si el hombre al que amaba no estaba presente? Aunque no se había hecho muchas ilusiones, creía que la situación podría provocar algún avance.

Al menos la cena que siguió a la cacería resultó todo un éxito. Con la llegada de la oscuridad, la casa resplandecía iluminada por incontables velas. Todos se retiraron para cambiarse de ropa y reaparecieron con sus mejores galas de noche. Para celebrar la ocasión, Henry lucía una peluca empolvada que habitualmente solo se ponía para acudir a la iglesia: un anticuado postizo con tres rulos horizontales encima de cada oreja y una bolsita con lazo en la nuca que recogía la coleta. Aquel complemento le confería un aire de rígida dignidad.

Sus progresos en la creación del jardín habían sido profusamente comentados y alabados a lo largo de toda la jornada, algo de lo cual se mostraba muy orgulloso. Concluida la cena, los sirvientes terminaron de preparar el salón principal, la estancia más amplia de la mansión. Encendieron las velas de la grandiosa lámpara de araña y apartaron los últimos muebles y alfombras para dejar espacio a los bailarines.

En el comedor se dispuso un surtido de refrigerios y bebidas, custodiado por varios lacayos con librea, siempre atentos a servir a los invitados. Entretanto, Damaris charlaba con dos caballeros que presumían de sus éxitos en la cacería.

—¡Delicioso! —exclamó uno tras ingerir una tostada con un filetito de hígado de ave. Se limpió la mano con una servilleta que le proporcionó un criado—. Me pregunto si este hígado será de mi avutarda, la que yo he abatido.

—Sin duda, señor Fetherington, sin duda —respondió la joven, mientras escrutaba el salón discretamente. ¿Tardaría mucho Julian? Había prometido que acudiría tras la cena.

El cuarteto de cuerda se instaló en una pequeña tarima y acometió una pieza. Ella adoraba bailar, pero debía esperar a que alguien se lo propusiera. Vio que Allie buscaba un rincón tranquilo para poder observar a los danzarines.

—Yo me he cobrado tres faisanes, uno detrás de otro. ¿Había oído antes una cosa igual?

—Es realmente admirable, señor Norton —contestó ella educadamente.

Aquel caballero no paraba de hablar. Por eso Damaris apenas logró disimular su alivio cuando Thomas Gray apareció a su lado.

—¿Bailaría conmigo, señorita Tremayne?

—De mil amores, señor Gray.

El joven paisajista parecía un arcoíris. Llevaba una chaqueta de brocado de color granate con unos pantalones amarillos y el cabello pelirrojo, sin empolvar, pulcramente trenzado. Ofrecía un aspecto muy distinto del habitual, que solía consistir en una vestimeta sencilla con la que trabajaba entre arriates y arbustos.

—Lo encuentro muy... elegante —comentó ella en tono laudatorio, mientras aceptaba su mano. Estuvo a punto de emplear el adjetivo «colorido», pero se contuvo en el último momento.

—Gracias —respondió él sonrojándose levemente, con lo cual añadió un tono más a la paleta—. Espero no haber exagerado. Usted está hermosísima.

Durante la contradanza ejecutaron varias figuras que incluían un intercambio de posiciones. Damaris tuvo que esforzarse en no buscar continuamente a Julian.

La velada transcurría entre charlas, música y bailes. En su rincón, Allie bostezaba cada vez con más frecuencia; no tardaría en retirarse. Su hermana, por el contrario, no se sentía fatigada en absoluto. Por fin, mientras bailaba con Henry, se atrevió a preguntarle:

—¿Has visto esta noche al señor Harrington?

—¿A Julian? —inquirió, mientras le tendía la mano para ejecutar una figura—. Sí, creo que está fuera, conversando con Charles y el señor Spencer.

La joven apenas pudo esperar a que terminara la danza. En cuanto la pieza hubo concluido se dirigió al comedor, se agenció una copa de vino y salió al exterior cruzando las puertas acristaladas del salón principal. Había algunos bancos en la explanada de grava, iluminados por varios faroles que intensificaban la oscuridad nocturna fuera del círculo de luz que proyectaban.

Julian se encontraba solo junto a un farol, mirando el jardín.

Damaris se le acercó.

—Ya creía que no vendría —comentó, tratando de aparentar que estaba tranquila, aunque tenía el corazón desbocado.

—Se lo había prometido.

—Es verdad. —Tomó un generoso sorbo de vino y depositó la copa en un banco.

Aunque soplaba un viento frío, se sentía acalorada por el baile. ¿Se atrevería a aflojarse el *fichu*? Se desató el pañuelo disimuladamente y dejó entrever parte del escote.

—¿Ha estado dentro? ¿Le gusta la fiesta? —inquirió ella.

Habría jurado que a él le costaba quitarle los ojos de encima. Aquellos ojos que le recordaban el mar... el océano tras una tormenta.

—Sí, me gusta mucho —repuso. Damaris deseó que no se refiriera a la celebración—. Pero llevo más de cinco años sin asistir a un baile, y me temo que he perdido la práctica.

¿Quería eso decir que no la invitaría a bailar?

—Espero que se quede a la inauguración de la gruta. De hecho, en parte es obra suya.

—Por supuesto. No me la perdería por nada del mundo.

La joven se ilusionó. La visita nocturna a la hermosa gruta, que estaría iluminada con cientos de velas, quizá despertara en él sentimientos románticos.

—¿Qué pasa? —exclamó de repente Julian, sorprendido, señalando la mansión.

Tras las puertas acristaladas reinaba una gran agitación. Los músicos habían dejado de tocar y todo el mundo hablaba a la vez. Damaris se mordió el labio y volvió a anudarse el pañuelo.

A través de los cristales distinguió a Prucence, la niñera. ¿Qué hacía allí? ¿No debería estar en el cuarto de los niños?

Y aquella señora tan alterada, a la que rodeaba un corrillo de damas, ¿era Harriet?

Grace corrió hacia ellos, cubriéndose el vestido de seda verde con un liviano chal.

—¿Habéis visto a Perys? ¿Y a Johnny?

La joven negó con un gesto, visiblemente alarmada.

—No, ¿por qué? ¿Qué sucede?

El magnífico recogido rubio cobrizo de su prima estaba a punto de desparrarmársele por encima de los hombros.

—La niñera dice que se ausentó del cuarto un momento para ir a buscar algo de comer. Al regresar, tanto Johnny como Perys habían desaparecido.

—¿No se habrán escondido en alguna habitación? —inquirió Damaris, cada vez más inquieta.

Grace respondió que no con un gesto.

—La niñera ya ha registrado todas las habitaciones de la planta. No están ahí.

—¿Y si han abandonado la casa? —sugirió Julian.

La mujer exclamó, presa de la desesperación:

—Pero ¿cómo? La puerta principal está cerrada. Esta es la única salida, por el salón de baile. Aunque... no sé, me imagino que sería posible. —Grace, que siempre solía mostrarse tan serena, estaba cada vez más angustiada—. ¡Ay, Dios mío! ¡Mi pequeño Perys! Si le pasara algo... Y a Johnny...

—¿Se ha organizado la búsqueda en la mansión? —insistió Julian.

—Sí, participan todos los sirvientes y algunos invitados. —Y, efectivamente, tal como acababa de decir, empezaron a oírse voces llamando a los niños—. Debo volver por si los encuentran —dijo, y se despidió de ellos mientras regresaba al salón.

A Damaris le temblaba todo el cuerpo. Eran tan pequeños...

Se preguntó, reflexionando en voz alta:

—¿Adónde irían unos niños de esa edad? ¿Y qué podría pasarles?

—¿Qué parte del jardín es su preferida? ¿El huerto de frutales? —sugirió Julian.

—Puede ser.

El huerto se encontraba varias yardas más allá del césped que se extendía ante la mansión. A los pequeños no les resultaría difícil llegar hasta allí.

—¡Dios mío! ¡El estanque! —exclamó de pronto Damaris, espantada—. ¡Ojalá no se caigan al estanque!

El huerto contaba con una alberca que se usaba para regar. En medio de la oscuridad, resultaría muy fácil que se cayeran y se ahogaran.

¡Oh, no! Por favor, por favor.

La búsqueda se había organizado también en el exterior, y ahora llegaban gritos procedentes de distintas direcciones. Julian cogió el farol más próximo y se quedó mirando a la joven, indeciso.

—Usted primero, yo iré detrás. ¡Encuéntrelos! —lo apremió, en vista de que parecía dudar.

La oscuridad se lo tragó, tan solo se vislumbraba una lucecita bamboleante que se alejaba. Ella lo siguió, descendiendo con cuidado por la extensión de césped ligeramente inclinada. Las oscuras ramas de los manzanos y los perales se recortaban contra el cielo nocturno.

—¡Johnny! ¡Perys! —gritaba, procurando no torcerse un tobillo con los altos tacones de satén que llevaba puestos.

Por momentos la oscuridad no era total, gracias a que el

resplandor de la luna en cuarto creciente se colaba por los huecos de las nubes. Escuchó el ulular de una lechuza.

Enseguida alcanzó a Julian.

—¿Ha visto algo? —preguntó sin aliento.

—No están aquí. Mire.

Iluminó el estanque con el farol. La superficie permanecía inmóvil, cubierta casi del todo por una capa de lentejas de agua. En la oscuridad, adquirían un color grisáceo y casi parecían terreno firme. Si un niño se hubiera caído, habría dejado un hueco entre las plantitas. Sin embargo, la capa se encontraba intacta, y lo mismo sucedía con el barro de la orilla, donde no se apreciaban huellas.

Damaris se tranquilizó un poco, pero seguía estando muy inquieta.

—¿En qué otro lugar podrían estar?

Tras reflexionar un momento, Julian tomó una decisión:

—Voy a buscar a los perros. Quizá puedan...

Pero lo interrumpieron unas estridentes campanadas que resonaron por toda la propiedad.

—Estimados amigos, querida familia —anunció entonces una voz muy nítida, pero con un extraño eco metálico—, los niños han aparecido. Sanos y salvos.

El alivio de la joven fue indescriptible.

—¡Gracias a Dios! —murmuró—. Dios mío, qué buena noticia.

La campana y la voz repitieron el mensaje. Se trataba de Henry, que hablaba a través de un megáfono. Había adquirido aquel curioso instrumento cónico con el fin de dar órdenes a sus operarios desde lejos.

—Quiero expresar mi agradecimiento a quienes han participado en la búsqueda. Por favor, entren de nuevo en la casa y enseguida les servirán un tentempié caliente. Después continuará el baile. —Parecía que Henry le había cogido gusto al megáfono, porque no paraba de hablar—. Debemos toda nuestra gratitud al señor Thomas Gray, que ha encontrado a los niños. Se habían escapado por un pasadizo secreto.

—¡El bueno del señor Gray! —suspiró Damaris—. Quién iba a decir que no es solo un genio de los jardines...

—Ese joven es todo un prodigio.

Un viento frío proveniente del mar la hizo estremecer. ¿Cómo no se le había ocurrido ponerse un chal?

—¿Tiene frío?

—No —mintió—, estoy bien.

Puesto que su mayor deseo era permanecer allí, podría soportar perfectamente aquella temperatura.

—¿Me permite? —le preguntó, mientras se quitaba la chaqueta y se la ponía sobre los hombros. Ella sintió en la piel el calor de su cuerpo, y le entró un agradable cosquilleo.

—Gracias —susurró algo azorada. Se arrebujó en la prenda, impregnada de su olor.

—Venga conmigo, debemos regresar.

Ella suspiró. Tenía razón, ya no había motivo para permanecer allí.

Al darse la vuelta, el tacón derecho se le enganchó en unas raíces, o tal vez fueron unas hierbas. Perdió el equilibrio y se habría dado de bruces contra el suelo si Julian no la hubiera sostenido.

—Damaris... —Era la primera vez que pronunciaba su nombre, y oírlo en sus labios le produjo el mismo efecto que una caricia.

Por un momento permaneció entre sus brazos, sin aliento, demasiado turbada para responder. Entonces la atrajo hacia sí y la besó.

Fue un beso breve, tímido, casi casto. Pero se sintió transportada. «Oh, ¡gracias, Dios mío!», pensó una parte de su cerebro, que parecía funcionar al margen de su cuerpo. Llevaba años soñando con aquello. Allí estaba, en brazos de Julian, ¡y la estaba besando!

Se puso de puntillas, le echó los brazos al cuello y le devolvió el beso. Primero titubeante, como explorando, y después con creciente pasión. De pronto notó en la espalda la rugosa corteza de un manzano contra el que Julian la empujaba. A pesar del frío de la noche sentía mucho calor. Un ardor le recorría todo el cuerpo, le parecía estar flotando. Sentía en lo más profundo de su ser un deseo que le cortaba la respiración, y un anhelo que parecía imposible de saciar. Percibió que a Julian le sucedía lo mismo. Lanzando por la borda cualquier precaución, supo que estaba dispuesta a entregarse a él.

—Por fin... —susurró entre dos besos febriles—. Por fin...

Pero entonces él la soltó bruscamente y el momento mágico se desvaneció.

—No —dijo, con voz ronca.

—¿Cómo que no? —preguntó Damaris, sonriendo de felicidad. ¿Acaso estaba jugando con ella?

Trató de abrazarlo de nuevo, pero la sujetó por los hombros y la mantuvo a distancia.

—No.

—Pero... ¿Qué sucede?

Julian desvió la mirada.

—Vuelve dentro. Esto... esto es un error.

—¿Un error?

—Lo lamento mucho.

—¿Qué lamentas? ¿Haberme besado? —La cordura regresó de golpe—. No, mejor no contestes. ¿Por quién me tomas? ¿Por una descocada a la que puedes besar y olvidar?

—Damaris, por favor. Yo...

—¡Cállate! No quiero oír nada más.

Si Julian seguía hablando, se echaría a llorar allí mismo. Y no pensaba darle esa satisfacción.

Apretó los dientes y cogió el farol que estaba en el césped, junto a él. Dio media vuelta y se alejó tratando de mantener el paso firme, en dirección a la luz que irradiaba la mansión.

Cuando el huerto quedó atrás y llegó a la extensión de césped, estalló en amargos sollozos.

27

Allie

Jardines de Heligan, octubre de 1875

«Tenía que haberme traído un farol», se reprochó Allie. Pero en ese momento no se le había ocurrido. Gritó de nuevo:

—¡Johnny! ¡Perys!

Sabía de sobra que no debía salir sola, y menos de noche. Pero deseaba ayudar, sería espantoso que les sucediera algo a los niños.

El jardín le resultaba inquietante, iluminado tan solo por el frío resplandor de la luna en cuarto creciente que se alzaba sobre Heligan. La sensación era muy distinta de la que se tenía cerca de la mansión, con toda aquella luz que diseminaban sus velas y sus lámparas de araña.

Cuando los invitados se precipitaron en busca de los desaparecidos, Allie no quiso quedarse de brazos cruzados. Sin pensarlo dos veces, impulsó su silla y descendió por el inclinado sendero que rodeaba el huerto de frutales describiendo un arco y continuaba hacia el mar.

Por todas partes oía gritar los nombres de los niños, y veía el centelleo de los faroles. Entonces también distinguió una lucecita entre las ramas de los frutales. Le pareció entrever una figura conocida y se aproximó. ¿Era Damaris? No estaba segura, porque justo en ese momento una nube cubrió la luna.

De repente atronó el repicar de una campana y resonó la voz de Henry, algo distorsionada por el megáfono, pero reconocible. Informaba de que los niños habían aparecido sanos y salvos, y rogaba a sus invitados que regresaran a la mansión. Allie sintió un gran alivio y, al mismo tiempo, cierta desilusión. Le habría encantado ser ella quien los encontrara.

No obstante, la lucecita que había visto en el huerto no se movió y, además, percibió un murmullo. Llevada por la curiosidad, apartó unas ramas que le bloqueaban la visión.

Allí estaba Julian. Tal como pensaba, la figura que le había resultado tan familiar pertenecía a Damaris; el abullonado vestido de rayas no dejaba lugar a dudas. Se fijó en que llevaba la chaqueta de Julian, y le pareció un gesto muy amable por su parte, puesto que el hermoso vestido no era precisamente de abrigo.

Estaban conversando. Hasta que de pronto se callaron. Y se besaron.

Sonrió con profunda satisfacción. ¡Era maravilloso!

Sin embargo, algo no iba bien. Ya se estaba imaginando la siguiente escena (¿quizá una propuesta de matrimonio?), cuando, sin previo aviso, Damaris cogió el farol y huyó precipitadamente hacia la mansión.

Allie se dispuso a llamarla, pero entonces un rayo de luna iluminó el bello rostro de su hermana. Se le hizo un nudo en la garganta. Pudo ver que luchaba por contener las lágrimas, con el semblante demudado.

¿Se habían peleado? Pero ¡si hacía un momento se estaban besando!

Quiso avanzar otro poco pero no pudo. Una de las ruedas se había quedado bloqueada, puede que atascada con una piedra o hundida en el barro. ¿Julian seguía allí? Desde su posición no distinguía nada. Se apoyó en los reposabrazos y se incorporó buscando una perspectiva mejor.

Pero solo veía follaje y tinieblas.

¿Dónde se había metido Julian? ¿Había regresado también a la mansión?

Se incorporó un poco más, estirándose todo lo que pudo.

—¡Julian!

La oscuridad era tan densa que se lo tragaba todo.

Había sido una estupidez salir sola, una completa estupidez.

De pronto, sin previo aviso, la silla se volcó hacia delante, y Allie se desplomó lanzando un grito.

Cayó al agua.

Por un momento no entendió qué pasaba. Sintió que un líquido helado envolvía su cuerpo y de inmediato fue presa del pánico.

«Frío. Fríofríofríofrío. Me he caído al estanque. Y no sé nadar. Me voy a ahogar».

«Damaris», pensó, antes de que las aguas se cerraran sobre ella, «lo siento mucho».

Sentada en un banco de la explanada, Damaris contemplaba el oscuro jardín. Había devuelto el farol a su lugar. La mayoría de los invitados ya estaban en la casa, y desde el salón le llegaban sus risas, mezcladas con la música de cuerda. Ella había entrado solo un momento para buscar a Allie, pero ya no estaba allí. Seguro que llevaba un rato acostada, totalmente ajena a la alarma por la desaparición de los niños.

Aunque la chaqueta de Julian no la abrigaba lo suficiente, no se sentía con fuerzas para regresar al salón. Necesitaba estar a solas, al menos durante un momento. Su verdadero deseo era retirarse a su habitación, pero, como todavía era temprano, habría parecido extraño. Así pues, se quedaría un rato más en el banco, y después entraría, charlaría con los invitados durante media hora y fingiría un dolor de cabeza que le permitiera excusarse. Y, de ese modo, por fin podría dar rienda suelta a su dolor.

En tan solo unos segundos había pasado de la máxima felicidad a la más profunda tristeza. Se había visto cruelmente arrojada desde el séptimo cielo. ¿Por qué?

Se le ocurrió una explicación, relacionada con sus orígenes.

Ella provenía de una familia muy antigua, el apellido Tremayne era admirado y respetado en Cornualles. Quizá Julian temía que la gente pensara que (como había sucedido con ciertos pretendientes) en realidad solo perseguía su apellido o su dote.

Suspiró con cierto alivio. Sí, podía ser eso. Por suerte, no representaba un obstáculo insalvable. Hablaría con él al día siguiente, cuando fuera capaz de pensar con claridad.

La opresión que sentía en el pecho disminuyó ligeramente, y empezó a ver las cosas con más optimismo. El jardín había recuperado la calma y de nuevo oyó el ulular de la lechuza. Sintió un escalofrío, y se arrebujó en la chaqueta. Le convenía entrar en la casa.

Entonces percibió con el rabillo del ojo una silueta que surgía de entre las sombras. Unos pasos hicieron crujir la gravilla, se detuvieron, indecisos, un instante... Era Julian, que avanzaba directo hacia ella.

Su primer impulso fue darle la espalda y fingir que no lo había visto. Pero entonces se fijó en que cargaba un bulto. Una figura infantil.

Se incorporó de un salto y corrió hacia él.

Estaba empapado. El bulto no se movía.

—¿Qué ha...? ¡Dios mío! ¿Es Allie?

La niña yacía inerte en sus brazos, con el vestido celeste chorreando y la piel helada.

—Se ha caído al estanque del huerto —explicó él, con voz angustiada.

—¿Estaba en el huerto? Pero ¿qué...? —enmudeció al ver que su hermana se movía.

—Maris... —susurró.

—Sí, Allie, estoy aquí. —Por segunda vez aquella noche sintió un alivio infinito. Puso la fría carita de su hermana entre sus manos—. Ay, Dios mío, pero ¿qué has hecho esta vez?

La niña estalló en sollozos.

—No... no ha sido queriendo. Os vi hablando y me acerqué. Y de pronto... me caí al agua... y me hundía. —Las lágrimas le rodaban por las mejillas.

A Damaris se le encogió el corazón, porque su hermana no lloraba nunca.

—Tranquila, ya ha pasado todo. Julian... el señor Harrington te ha salvado. La sacó usted, ¿verdad?

Lo miró con timidez y él asintió.

—Tengo mucho frío. —La voz de Allie sonaba con un poco más de fuerza.

—Hay que avisar al médico —señaló Julian, a cuyos pies se iba formando un charco.

—¡No! —se negó la niña—. No aviséis a nadie. Solo necesito acostarme y descansar. Pero antes quiero un vaso de *posset* caliente. Tengo permiso de Harriet para probarlo hoy.

Damaris dudó por un momento. Después de lo sucedido con Johnny y Perys, no deseaba provocar otro alboroto. El hecho de que Allie planteara exigencias significaba que se encontraba bien. Seguramente solo necesitaba tomar algo reconfortante, acostarse y dormir muchas horas.

—¿La llevo arriba? —preguntó Julian.

Damaris asintió agradecida.

—Sería muy amable por su... por tu parte.

No podía seguir tratándolo de usted. No después de haberlo besado.

Al entrar en la mansión, Damaris vio a lo lejos a un sirviente con librea que salía de la cocina cargando una bandeja de humeantes tazas de *posset*. Se dirigió a él y tomó uno de aquellos recipientes con dos asas y un pitorro, diseñados específicamente para tomar el espeso ponche de leche con vino y especias. También aprovechó para indicarle al criado que informara a su primo de que su hermana y ella se retiraban a descansar.

Subieron por la escalera de servicio, situada en la parte de atrás de la mansión. Henry y Harriet ya habían tenido suficientes disgustos aquella velada, y aún debían ocuparse de sus invitados. Ya se enterarían de lo sucedido al día siguiente... y solo si no quedaba más remedio.

Nadie los vio llegar a la primera planta, donde se encontraban los aposentos privados de la familia y, por tanto, las habitaciones de las hermanas. Damaris revisó el corredor: desierto. Los invitados y familiares continuaban abajo, los niños descansaban con la niñera, y Ruby y los criados que libraban aquella noche se habían retirado a sus cuartos en las buhardillas.

Ya en la alcoba, Julian acomodó a Allie en un sillón y acto seguido se afanó en reavivar el fuego de la chimenea, reducido a brasas. Mientras tanto, Damaris le quitó a su hermana el vestido empapado, la secó bien con una toalla, le puso un cálido camisón de lana y la arropó con el cobertor de plumas. Para cuando terminó, el fuego ardía con fuerza y un agradable calor inundaba la estancia.

Julian se incorporó y volvió a ponerse el chaleco y a anudarse el pañuelo en el cuello, pues se había quitado ambas prendas para poder trabajar mejor.

—Debo marcharme. Allie, mejórate. Nos veremos muy pronto.

—¡No! —protestó la niña—. No te vayas. —Sacó la mano de debajo del cobertor y se la tendió.

Él se mostró indeciso.

—No puedo quedarme. Mi presencia es inapropiada en la habitación de una dama.

—¿Quién se va a enterar? Todo el mundo sigue en el baile. Y Damaris está con nosotros. Además, mira: tienes la ropa mojada.

—Ya estoy seco. Bueno... casi.

—Por favor, quédate un ratito. Mientras me tomo el *posset*.

—De acuerdo. Pero solo si a tu hermana le parece bien.

La joven asintió y fue un momento a su habitación para buscar una botellita de láudano, que a veces tomaba cuando no lograba conciliar el sueño. Al regresar encontró a Allie sentada en la cama, tomando a cucharadas el denso *posset* caliente. Su aroma a vino, nuez moscada y canela flotaba en el aire.

—Julian dice que se queda hasta que se le seque la ropa —anunció la niña.

—Yo no he dicho eso —aclaró él, que se había acomodado en una silla frente al fuego—. Pero, en fin, tus deseos son órdenes.

Damaris sonrió y se entretuvo observando cómo su hermana se acababa la taza a cucharadas y, de vez en cuando, daba algún que otro trago a través del pitorro. Cuando terminó, le retiró el recipiente mientras ella se recostaba en los almohadones.

Aunque su primera intención había sido administrarle unas gotas de láudano, al final decidió no hacerlo. El vino que contenía el *posset* sería más que suficiente.

—Y dime, ¿qué hacías en el huerto de frutales? —le preguntó mientras le quitaba unas hojitas de lenteja de agua del pelo. ¿Habría presenciado el beso y todo lo que sucedió después?

—Estaba buscando a los niños —murmuró—. ¿Te has enfadado? Por favor, Maris, no te enfades conmigo...

—No, claro que no estoy enfadada.

—Y no riñas con Julian... —añadió, mientras se le cerraban los párpados.

Damaris no levantó la vista para mirarlo. Sentía intensamente su presencia.

—¿Por qué iba a reñir con el señor Harrington?

—Deja de llamarlo así. Os he visto besaros. —Cerró los ojos y se le escapó una risita.

—¿Por qué te ríes? —inquirió su hermana, avergonzada.

—Veo doble. Dos Damaris. Y dos Ju... Julian. Es muy... muy gracioso —le explicó con la lengua pastosa.

—Mi querida Alison Tremayne, te has emborrachado —constató Julian sacudiendo la cabeza.

—Qué... qué va... Para... nada... —negó, exhalando un hipido.

Y a mitad de la frase se quedó dormida.

—Creo que el láudano no será necesario —susurró Damaris mientras la arropaba. Por fin lo miró—. Gracias por salvarla. No sé qué haría sin ella.

—Solo estaba en el lugar indicado en el momento preciso.

—No debí dejarla sola. Me distraje y...

—Yo tampoco le presté la suficiente atención —la interrumpió—. Pero lo que importa es que todo ha terminado bien.

Al verlo con la melena húmeda y suelta cayéndole sobre los hombros y el cuello de la camisa abierto recordó aquel día de febrero de hacía cuatro años cuando, tras encontrarlo en la cala, estuvo cuidando de él en la sala de lectura. Recordó cómo nacieron en ella unos sentimientos que no habían desaparecido. Todo lo contrario.

Él supo interpretar la interrogación que traslucía su mirada.

—Siento mucho haberte dado falsas esperanzas. Mereces un hombre mejor.

—¿Mejor? ¡No hay nadie mejor!

—Me temo que ves en mí a alguien que no existe realmente.

Damaris abandonó su silla junto a la cama.

—¿Es por mi familia? ¿Porque la gente crea que solo te

interesa la dote? Puedes quedarte tranquilo, mi dote es muy escasa. Soy la pariente pobre, vivo aquí gracias a la generosidad de Henry. —Sonrió—. Para que lo sepas, hace tiempo rechacé a un pretendiente rico que solo buscaba el apellido.

—Eso te honra. —La miró un instante, pero bajó los ojos enseguida—. No tiene que ver con tu apellido, ni con tu familia, ni con lo que diga la gente.

¿No era por eso? Se sintió desfallecer, su argumento se desmoronaba. Apretó los dientes y, tragándose el orgullo, le preguntó directamente:

—Entonces ¿qué pasa? ¿Tan repugnante te resulto?

—¿Cómo? Pues claro que no. Lo sabes muy bien.

—No, ya no sé nada. No entiendo que primero me beses y acto seguido me rechaces. ¿Es que... es que no me quieres?

—Lo que yo quiera no importa.

—¿Qué quieres, entonces?

Guardó silencio durante unos instantes, hasta que, por fin, armándose de valor, respondió en un susurro:

—Te quiero a ti. Quiero sentir tu cuerpo contra el mío. Quiero acostarme contigo todas las noches y levantarme junto a ti todas las mañanas. Quiero hacerte reír y consolarte cuando llores. Quisiera poder demostrarte todo lo que siento.

Damaris se quedó sin respiración. Aquellas palabras penetraron en ella como oro fundido. Nadie le había dedicado jamás frases tan hermosas. Casi parecían una oración... la más bella que había escuchado en su vida.

—Pero no puede ser —concluyó él, sin dejarla hablar.

—¿Por qué? —murmuró confusa.

—Lo siento mucho... Sería mejor que aceptaras la proposición de tu pretendiente rico.

Damaris se sentía muy extraña. Mareada de felicidad por sus palabras y al mismo tiempo extremadamente serena.

—Prefiero mil veces vivir en la pobreza con el hombre al que amo, que nadar en la abundancia con uno al que detesto —aseveró.

Él esbozó una triste sonrisa.

—¿Acaso me amas?

—Sí —murmuró, aproximándose a Julian—. Desde hace mucho tiempo. Eres lo que siempre soñé. Mi héroe con su blanco caballo. Mi caballero de brillante armadura. Mi...

—No sigas —la interrumpió, posando con delicadeza el dedo índice sobre sus labios—. Yo no soy así.

—Claro que sí... —insistió, parpadeando para contener las lágrimas—. Para mí, lo eres.

Él negó despacio con la cabeza y no contestó. En el repentino silencio que los envolvió solo se oían la respiración acompasada de Allie y el crujido de la leña en la chimenea.

—¿Sabes? Ella no quería venir. —Comenzó a decir Julian de pronto.

Lo miró confundida.

—¿A quién te refieres?

—A Rachel. Mi esposa. —Se pasó las manos por la cara—. No deseaba venir a Inglaterra, ni siquiera cuando los combates arreciaron en Carolina del Sur. Pensaba que no sería tan grave, confiaba en que las cosas se arreglarían. Su padre compartía su opinión, tampoco quería que nos marcháramos. —Exhaló un fuerte suspiro—. Pero yo insistí. Le aseguré tantas veces que aquí podríamos comenzar una nueva vida, que al final cedió. A última hora logré comprar unos pasajes en un mercante, para nosotros y nuestros tres hijos.

Damaris notó una sensación muy desagradable en el pecho. Al instante se avergonzó, ¿acaso sentía celos de su esposa fallecida?

—Nunca me has hablado de tus hijos —le comentó mientras acercaba su silla al fuego y se sentaba a su lado.

Julian asintió con la vista perdida en las llamas, que iluminaban cálidamente la habitación. El resplandor del fuego lo hacía parecer muy joven y, en cierto modo, también muy indefenso.

—Las niñas tenían dos años, y Tristan, cuatro. Mi niñito... Adoraba el mar. Le entusiasmaba el agua en cualquiera de sus formas: ríos, lagos o arroyos. Le encantaba hacer rebotar piedras en la superficie, a veces conseguía hasta diez saltos. —Una sonrisa apenas perceptible se dibujó en sus labios—. Aquella noche Rachel descansaba en el camarote con las niñas. Yo llevé a Tristan a la cubierta porque quería presenciar la maniobra de atraque. Habíamos visto luces en la costa y estábamos convencidos de que llegábamos a puerto. Todo sucedió muy deprisa. Sufrimos una sacudida muy violenta, como si el barco se estrellara contra un muro. Fue espantoso. Solo se oían gritos, y entraba agua por todas partes. Le dije a Tristan que se agarrara muy fuerte y me fui a buscar a mi esposa. Entonces vi que avanzaba hacia mí con las niñas. Pero el palo mayor se rompió y... les cayó encima.

Damaris se tapó la boca con las manos en un gesto de horror.

—Murieron al instante, sin una palabra ni un grito. De pronto el barco se quebró. Y Tristan... cayó por la borda sin que pudiera evitarlo. —Su voz perdió toda entonación—. Vi cómo una ola lo barría de la cubierta. Oí sus gritos en el agua y, sin pensar en nada, salté en su busca. Traté de encontrarlo, pero fue en vano. La oscuridad era total y las olas se alzaban como montañas. Por todas partes flotaban restos del barco. Y de pronto hallé el cuerpecito de una de mis hijas. No sabía si era Ena o Elzie, solo sabía que estaba muerta.

Las lágrimas corrían por las mejillas de la joven, que murmuró:

—Lo... lo siento muchísimo. Debió de ser terrorífico.

Él se encontraba muy lejos de allí, perdido en el pasado.

—Recuerdo que me quedé flotando en las aguas heladas, en medio de la oscuridad. Sabía que yo también moriría, pero no me importó. Pensé que era lo mejor. Así mi familia no estaría sola en el cielo. —La miró con ojos ausentes, como si no la percibiera—. Por más que lo intenté, no conseguí ahogarme.

Damaris acercó la silla un poco más y le cogió la mano. Pero él la retiró al cabo de un instante.

—Se me aparecen en sueños —siguió contándole con un hilo de voz—. Sobre todo las niñas. Las veo flotando en el agua con los cuerpecitos hinchados. —Cerró los ojos un instante—. Y a veces me parece oír los gritos de Tristan, llamándome como entonces.

La joven tenía el corazón en un puño. Imaginar los cadáveres de los niños en el océano, no hacía sino redoblar su desconsuelo.

—No sigas —murmuró—, no te castigues así.

—No me queda otro remedio. Soy culpable de sus muertes, de cuatro muertes. Fallecieron porque me empeñé en abandonar nuestro hogar.

—Eso no es cierto. Murieron porque un asesino dirigió vuestro barco hacia las rocas —aseveró ella, muy segura de sus palabras—. De eso no eres responsable. Los únicos culpables fueron Ashcroft y sus secuaces.

—Es lo mismo que dice Henry. Pero eso no cambia las cosas: si yo no hubiera insistido, seguirían con vida. Nunca podré perdonármelo. Ojalá hubiera muerto con ellos.

A Damaris se le hizo un nudo en la garganta.

—No digas eso, por favor. ¿No crees que existe un motivo para que hayas sobrevivido?

—Sí —respondió cabizbajo—. Para castigarme. Para que cada minuto de mi vida me atormente el recuerdo de lo que perdí.

La joven luchaba para contener las lágrimas. Sus palabras expresaban la más profunda desesperanza. Y lo que decía destruía por completo cualquier posibilidad de un futuro en común.

—No es así. No puedo creer que sea así. Dios no es tan cruel. Es bueno y misericordioso. —Deseó con todas sus fuerzas que Henry estuviera allí. Él sabría brindarle verdaderas palabras de consuelo, y no un torpe balbuceo sobre la misericordia de Dios como el que ella acababa de improvisar.

Damaris le preguntó:

—¿Es que ya nunca podrás ser feliz?

Estuvo tanto tiempo mirándola sin decir nada, que creyó que no iba a responderle. Le pareció que estaba a punto de llorar.

—No —dijo finalmente—. Nunca más podré ser feliz.

Ella sacudió la cabeza y acercó la silla un poco más.

—Claro que sí...

Le tendió las manos muy lentamente y, tras unos instantes de indecisión, él se las estrechó.

Estaba sentada al borde de la silla, pegada a él. Aunque deseaba abrazarlo, no se atrevía. Se limitó a besarle las manos con delicadeza.

28

Allie

Mansión Heligan, octubre de 1785

Una mezcla de copos de nieve y gotas de lluvia azotaba los grandes ventanales de la biblioteca. El fuego que crepitaba en la chimenea caldeaba la estancia.

Allie apartó los ojos de la deprimente imagen del exterior y se concentró de nuevo en la pila de semanarios que tenía encima de la mesa. Desde su caída en el estanque, hacía tres semanas, solo la dejaban salir bajo vigilancia. Pero no le importaba, porque no le apetecía ir a ninguna parte. El tiempo había cambiado por completo, y aquella mañana incluso había comenzado a caer aguanieve. La temprana llegada del invierno contrarió especialmente a Henry, que se vio obligado a interrumpir las obras del jardín.

Tras el accidente, Allie guardó cama varios días, aquejada de un resfriado con fiebre alta. Por suerte no derivó en una neumonía, como se temió Harriet cuando le confesaron lo sucedido. No le contaron toda la verdad, solo le explicaron que se había caído al estanque mientras buscaba a Johnny y a Perys, y que Julian la había rescatado... En fin, era «casi» toda la verdad. Lo que le ocultaron fue que después el joven permaneció un buen rato con ellas en la habitación.

Los días se le hacían muy largos. Damaris pasaba mucho tiempo con Henry planificando el jardín, Thomas Gray ya se había marchado y ni siquiera contaba con su aburrido preceptor, a quien el mal tiempo impedía acudir a caballo desde Saint Ewe. Por suerte disponía de aquellos periódicos atrasados, recopilados por la amable propietaria de Hestercombe y que Damaris le había traído del viaje. Los reservaba para días como aquel.

Abrió otro ejemplar. En el montón había apilados más de veinte, y aquella mañana ya había leído tres. Siempre procedía del mismo modo: primero ojeaba rápidamente las apretadas columnas, y a continuación se detenía aquí y allá para leer los artículos más atractivos. Y al final repasaba con atención cada página, de principio a fin.

Las noticias sobre política nacional e internacional le interesaban muy poco. Lo que le gustaba de verdad eran las crónicas breves y variadas de la vida en Inglaterra y en el extranjero.

En Nottingham se había producido un accidente con arma de fuego. Un hombre disparó un perdigonazo a un sombrero volador, con la mala fortuna de que uno de los perdigones alcanzó en el ojo a otro hombre, por cuya vida se temía.

En Winchester habían atrapado a una banda de ladrones.

En North Yorkshire un rayo había matado a un hombre. Le entró por la nuca y le incendió la ropa.

Según un consejo alemán, frotar el pelaje de los caballos con hojas de nogal los protegía de los insectos.

Unos expedicionarios ingleses que regresaban de Groenlandia informaban de que habían sufrido el ataque de un oso sin que, por suerte, se hubieran producido heridos.

Entre la maleza de Quantock Hill, unas mujeres que recogían moras encontraron un cadáver degollado con tres dedos de la mano cortados y metidos en la boca.

¡Qué horror! Allie se sacudió la desazón y continuó leyendo.

Una botica anunciaba sus nuevos remedios, y un vendedor de biblias, sus variadas ediciones. Alguien proclamaba su próximo enlace matrimonial.

Levantó la vista del periódico. ¡Sería tan maravilloso que Damaris y Julian se casaran...!

Aunque había tardado mucho en darse cuenta, de pronto fue como si se le hubiera caído la venda de los ojos. El modo en que Damaris lo seguía con la mirada cuando creía que no la veía... Las elogiosas palabras que él le dedicaba... Sin olvidar el beso en el huerto de frutales. Era evidente que estaban enamorados.

De un tiempo a esa parte la angustiaba la idea de quedarse sola cuando su hermana se casara, y le disgustaba la perspectiva de tener que compartirla con un desconocido. Pero con Julian todo sería muy distinto. Lo quería como a un amigo paternal, y además vivía en Heligan. La situación no podría ser mejor.

Sin embargo, al menos por el momento, parecía muy difícil que la pareja pudiera llegar a arreglarse.

Allie desconocía cuánto tiempo había permanecido Julian en su habitación. Cuando se despertó a la mañana siguiente con fiebre y dolor de garganta ya no estaba allí. Su silla de ruedas apareció junto a la puerta principal de la mansión.

Lo echaba de menos. No tenía permiso para visitarlo, y él ya no acudía para llevarla de paseo, o simplemente para charlar. Era como si aquella amistad de tantos meses nunca hubiera existido. Por otra parte, desde la noche del baile, Damaris se encontraba de un humor muy extraño. Si le mencionaba a Julian, cambiaba de tema. No quería hablar de él, y su infelicidad saltaba a la vista. Allie no sabía qué hacer.

—Pero yo creía que te gustaba, ¿no es así? —le preguntó en más de una ocasión.

—Así es. Mucho.

—¿Y a él le gustas tú?

Damaris la miraba con tristeza.

—Sí.

—Entonces ¿dónde está el problema?

Ese solía ser el momento que daba paso a un largo suspiro, seguido de un «¡ay, Allie, si fuera tan fácil...!».

Cogió otro semanario de la pila. Octubre de 1784, justo un año antes. En la portada destacaba el dibujo de un gran globo del que colgaba un cesto con un hombrecito dentro. Aquello sí que era interesante.

En Londres había tenido lugar la exhibición de un invento reciente, un globo aerostático lleno de aire caliente con el que se podía volar. Tal como informaba el artículo, el 15 de septiembre un joven aeronauta italiano se elevó ante una gran multitud, «en compañía de un perro, un gato y una paloma en una jaula». Al poco tiempo se vio obligado a aterrizar en un campo de maíz para liberar al gato, que se había mareado, y después prosiguió su viaje hasta una aldea de Hertfordshire, donde tocó tierra sin contratiempos.

Qué historia tan emocionante... Allie pensó que le encantaría volar en un artefacto como ese, aunque debía reconocer que la idea de flotar por los aires le daba un poco de miedo.

¿Encontraría más noticias relacionadas con la aerostación? Quizá en años anteriores... De la base del montón extrajo el ejemplar más antiguo. Ojeó por encima las primeras líneas y se detuvo en las noticias del extranjero.

En la colonia norteamericana de Virginia las tropas británicas habían incendiado una ciudad llamada Richmond. En Carolina del Sur, el Ejército Continental logró la victoria en una cruenta batalla. Tras esta derrota, lord Cornwallis, el comandante de las tropas británicas, abandonaba todo intento de pacificar aquellas tierras.

¿Carolina del Sur? El nombre le llamó la atención. Retrocedió para comprobar la fecha: febrero de 1781, hacía más de cuatro años. Julian le había hablado de aquel conflicto, a causa del cual había abandonado Norteamérica con su familia.

En la página siguiente encontró las noticias nacionales.

En Winchester, un carruaje había sufrido un accidente. Al volcar, aplastó a un viajero que falleció al poco tiempo.

En Somerset habían sido juzgados seis delincuentes. Cuatro dieron con sus huesos en la cárcel, y los otros dos fueron ahorcados ese mismo día, acusados de hurto callejero.

De pronto Allie se quedó sin aliento. Comprobó la fecha una vez más. Alisó con cuidado el periódico sobre la mesa y se acercó todo lo que pudo. La llama de la vela titiló levemente cuando casi se echó encima para leer una y otra vez una nota de menos de diez líneas.

Presa de la emoción, se impulsó precipitadamente hasta el globo terráqueo que se encontraba en un rincón de la estancia y lo giró hasta encontrar Europa. Inclinándose cuanto pudo, localizó el extremo suroeste de Gran Bretaña. Truro, Penzance, Falmouth... por desgracia no aparecían más localidades de Cornualles. Aquella representación era demasiado pequeña, no le servía.

Necesitaba algo mucho más detallado. Un atlas. Henry poseía una de aquellas valiosas obras, que guardaba en uno de los estantes superiores. Inalcanzable para ella. Aunque no había perdido fuerza en las piernas (se había levantado de la silla en varias ocasiones), era totalmente incapaz de encaramarse a la escalera de mano de la biblioteca.

Cogió la campanilla que descansaba en la mesa y la agitó para llamar a un sirviente.

No apareció nadie. Volvió a intentarlo. Nada. Debían de estar todos ocupados. Pero ¡necesitaba el atlas! Finalmente se impulsó hasta la puerta y la abrió con cierta dificultad.

—¡Trevor! —gritó—. ¡O quien sea!

Gracias a Dios, alguien se acercaba. Era Sarah, la criada que a veces la acompañaba en sus paseos.

—Dígame, señorita Tremayne.

—Sarah, tienes que ayudarme. Necesito bajar el *Atlas anglicanus*. Está en la balda más alta.

—¿El... qué?

—El *Atlas anglicanus*. Es un libro con mapas de Inglaterra. Te subes a la escalera de mano y me lo das.

—¿Quiere que me suba a una escalera? —Por su expresión se diría que le habían dado una orden indecente.

—Sí, Sarah. Yo no puedo, como bien sabes. Nadie te va a mirar las enaguas. —Se puso muy seria—. De verdad es muy urgente.

Aunque la criada no parecía nada convencida, obedeció.

—Como usted mande.

Levantó la escalera, que estaba arrimada a un lateral, y la enganchó trabajosamente en la estantería que Allie le indicaba. Luego, con infinitas precauciones, subió travesaño a travesaño. A pesar de las instrucciones tardó un poco en localizar el libro, pero finalmente dio con el pesado volumen y descendió con él bajo el brazo.

—Gracias, Sarah. Me has ayudado mucho.

Tomó el ejemplar, casi cuadrado y encuadernado en cuero, y despidió a la criada. Regresó a la mesa con el atlas en el regazo y lo abrió. ATLAS ANGLICANUS, podía leerse en grandes letras a doble página. Y debajo, un poco más pequeño: «Una completa compilación de mapas de los condados del Sur de Inglaterra».

Pasó las hojas hasta que dio con las correspondientes a Cornualles. La doble página mostraba un excelente grabado en el que se detallaban infinidad de localidades. Resiguió con el índice la costa sur, y enseguida encontró lo que buscaba: Millendreath. Una población costera muy pequeña, probablemente poco más que una aldea.

Apartó la vista del mapa, con el corazón acelerado por la emoción del descubrimiento.

¡Damaris! ¡Debía avisarla enseguida!

—¿Y para esto me haces venir? —Damaris parecía dispuesta a marcharse de inmediato—. ¿Para decirme que quieres ir a Plymouth? ¿Qué se te ha perdido allí?

—He encontrado algo que tienes que ver.

—Ah, ¿sí? ¿Y qué es?

—Podría estar relacionado con Julian.

—¿Con Julian? —Frunció el ceño—. Mira, no creo que...

—¡Haz el favor de leer esto!

La obligó a inclinarse sobre el *Sherborne Mercury* que estaba abierto encima de la mesa de la biblioteca. Le señaló una breve noticia situada más o menos en la mitad de la segunda página. Diez líneas de letra minúscula, encajadas entre una nota sobre la excelente cosecha de cebada y un informe del precio de los alimentos.

12 de febrero. Un niño de cuatro o cinco años fue encontrado ayer en la playa de Millendreath, condado de Cornualles. Su ropa, de calidad, estaba hecha jirones y presentaba varias heridas. No proporcionó información sobre su nombre, su familia o cómo había llegado a la playa. Por los indicios, podría ser un superviviente de un naufragio. Fue trasladado al orfanato de Plymouth, donde se le ha asignado el nombre de Michael Doe. Se ruega a quien crea poseer cualquier información sobre su origen, que escriba a la señorita Meriel Cooper, directora del Orfanato Masculino de Plymouth.

Allie notó que su hermana comenzaba a temblar y la miró con preocupación.

—Dios mío —murmuraba—. Dios mío, ¿crees que es...? ¿que podría ser... el hijo de Julian?

—Desde luego que sí. Mira la fecha... todo encaja. —Señaló la cabecera—. Febrero de 1781. El mes y el año en que encontramos a Julian. Y aquí dice que el niño tenía alrededor de cinco años.

El rostro de Damaris estaba muy pálido.

—Pero, Julian... Toda su familia... Todos murieron. —Apenas lograba articular frases completas—. Nadie sobrevivió al naufragio.

—No es verdad: Julian sobrevivió. Y quizá su hijo también.

—Pero... Henry envió gente a todas partes. Buscaron y preguntaron en lugares muy alejados, incluso hasta Polperro. Habríamos tenido noticia de este niño.

Allie negó con la cabeza.

—Esa es justamente la cuestión. Mira, ya lo he comprobado: Millendreath está más allá de Polperro. —Le acercó el atlas y señaló un minúsculo punto en la costa—. Queda fuera de la zona en la que Henry ordenó que buscasen.

En un primer momento Damaris asintió, pero luego negó con la cabeza.

—Ya han pasado cuatro años. Seguro que los padres han aparecido. Y... aunque de verdad fuera Tristan, quizá ya no esté en Plymouth. Se lo pueden haber llevado a... quién sabe... a Londres, o a Escocia.

—¿Y si no es así? ¿Y si sigue allí? —Cerró el volumen y lo acomodó en el regazo—. ¿Me acompañas?

Damaris la miró sin comprender.

—¿Adónde?

—A casa de Julian. Tiene que saberlo enseguida. Imagínate la cara que pondrá cuando se lo contemos.

—¡No! —Se levantó de un salto y detuvo la silla sujetándola por el respaldo—. Nada de eso. No debe enterarse hasta que estemos seguras de que realmente se trata de Tristan.

—¿No quieres que sepa que a lo mejor su hijo vive?

—Claro que quiero. Dios mío, sería... lo cambiaría todo. Pero es una crueldad darle esperanzas si luego resultan ser falsas.

Allie dejó caer las manos sobre el atlas. Su hermana tenía razón.

—Es cierto. No lo había pensado.

—No diremos ni una palabra de todo esto. Por lo menos no a Julian. No se te puede escapar nada, ¿lo entiendes, Allie?

—Sí —asintió con vehemencia—. ¿Y qué propones?

Tras reflexionar un momento, respondió:

—¿Has revisado ya todos los periódicos?

—No, aún no.

—Entonces empezaremos por ahí. A ver si encontramos más informaciones relativas a ese niño. Quizá apareció alguien que lo conocía, o que al menos supo indicar de dónde era. En ese caso, todo esto quedará en nada.

—¿Y si no hay más noticias?

Damaris inspiró profundamente y cerró los puños con determinación.

—Pues entonces se lo contaremos todo a Henry. Él sabrá cómo actuar. Probablemente escribirá a la tal... —releyó la noticia— señorita Cooper, la directora del orfanato. Y sin duda se le ocurrirán más ideas.

—De acuerdo. —Allie se frotó las manos—. Pues no vamos a dejar ni una línea sin repasar.

29

Lexi

Jardines de Heligan, principios de abril

Por Pascua, el jardín se llenó de visitantes. Se habían organizado actividades muy variadas, especialmente para niños. Por ejemplo, a lo largo de un sendero se ocultaron regalitos que debían encontrar. De las ramas de los árboles colgaban coloridos huevos de madera y, ocultos entre la hierba y las flores, había nidos llenos de huevos de chocolate que los pequeños se podían comer.

Lexi se quedó un momento en la pradera junto al edificio Steward's House para observar a los niños, y a algunos adultos, que recorrían un circuito de obstáculos cabalgando en caballitos de madera. En una amplia carpa enseñaban a pintar huevos de Pascua y a confeccionar molinillos de viento con cartulina.

Contemplaba aquel bullicio sin saber adónde dirigirse. Los compañeros con los que se llevaba bien estaban de vacaciones o, por el contrario, cumplían con su jornada. Cait y Orlando trabajaban, mientras que Eliza y Ben habían ido a visitar a sus familias. Así que lo mejor que podía hacer era entretenerse en el archivo.

—Buenos días, preciosa. ¿Un café?

Se volvió y se encontró de frente con Orlando, que sostenía dos vasos de café. Su amplia sonrisa lo hacía parecer aún más guapo.

—Qué bien —aceptó mientras cogía uno—. ¿Cómo sabías que estaba aquí y que me apetecía un café?

Él le respondió sonriente:

—Ha sido casualidad. Justo me estaban atendiendo cuando te he visto aquí tan sola. Se me ha ocurrido venir a hacerte compañía.

Ella se lo agradeció con otra sonrisa.

—Pues me alegro.

—Creía que tenías vacaciones —comentó Orlando mientras se acomodaban en uno de los pocos merenderos que quedaban libres.

—Así es. Pero me estaba agobiando sola en el piso, así que decidí pasarme por aquí. No me viene mal, porque tengo muchas cosas que hacer.

—Yo también... —suspiró, señalando un grupito de niños reunidos en espera de que comenzara otra actividad—. Participo en la carrera esa de transportar huevos en cucharas. Después iré a la granja para revisar los corderos y cerdos recién nacidos. A continuación, tengo una visita guiada. Y luego otra vez actividades infantiles. Son muchas cosas...

—Podrás con todo, ya lo verás. A los niños les vas a caer superbién. ¿Qué te debo por el café?

—Nada, estás invitada.

—Gracias. Eres muy amable.

—Pues sí, la verdad. —Dejó el vaso en la mesa y buscó algo en el bolsillo de la chaqueta—. Tengo un regalito de Pascua para ti.

Le tendió un gran huevo de chocolate, envuelto en un colorido papel de aluminio.

Lexi se quedó gratamente sorprendida.

—¡Un *creme egg*! ¡No los he vuelto a probar desde pequeña!

Recordaba muy bien aquella golosina que imitaba la clara y la yema con un *fondant* líquido blanco y amarillo.

—¿Tú de qué bando eres? —inquirió Orlando—. ¿De los que se lo comen de un bocado, o de los que se lo zampan a mordiscos?

—A mordiscos. ¡De un bocado me asfixiaría!

—Estoy de acuerdo. —Le dio un sorbo al café—. Como bien sabes, este es un asunto que lleva generaciones causando disputas.

Lexi soltó una carcajada.

—Sí, todavía recuerdo el anuncio de la tele: «¿Y tú cómo lo tomas?». Mi padre se lo metía entero en la boca, pero mi madre y yo íbamos poco a poco.

Debía tener mucho cuidado de no entusiasmarse y revelar demasiadas cosas de su pasado. Extrajo el huevo del brillante papel con mucho cuidado y le dio un mordisquito. En cuanto reconoció el sabor familiar del cremoso relleno, cerró los párpados con placer.

—Nunca te había visto así —comentó Orlando.

—Así, ¿cómo? —Abrió los ojos.

—Tan... contenta. —Carraspeó—. ¿Sabes lo que significa que un hombre le regale un huevo de Pascua a una mujer?

—Pues no, no lo sé —respondió divertida, con la boca llena.

—Significa que le importa. Que le importa mucho —le explicó él, en tono solemne—. Verás, Lexi, creo que me he enamorado un poco de ti.

Oh, no.

La miró expectante.

—Ahora podrías decir algo...

Ella tragó el chocolate.

—Orlando, me gustas. Me gustas mucho... —dudó.

—Ahora viene el gran «pero»...

—Pero me temo que no saldría bien. —Le dio un apretoncito en la mano—. No es por ti, de verdad que no. Es que... he tenido malas experiencias y no me siento preparada para una relación.

Él asintió con una sonrisa desencantada.

—Sí, ya me lo temía. En realidad, no esperaba otra cosa. Pero al menos quería decírtelo. Que no fuera porque no lo sabías. No te preocupes, sobreviviré, aunque me hayas roto el corazón. —La miró con tal patetismo que la hizo reír—. ¡Y no me salgas con que no tengo corazón!

Suspiró muy aliviada.

—Entonces ¿no estás enfadado?

La miró asombrado.

—¿Por qué iba a enfadarme? No es la primera vez que me rechazan, ni será la última. Espero que podamos seguir siendo amigos...

—Claro que sí —le aseguró, sorprendida de lo bien que se lo había tomado. Rob en cambio... Pero no, no quería pensar en él.

—¿Qué hora es? —preguntó Orlando, señalando el reloj de pulsera de Lexi, pues él no llevaba.

—Casi las doce.

—¡Mierda, qué tarde! —Apuró el café de un trago y se levantó—. Perdona, el deber me reclama. Tengo que defender mi título de campeón de carreras de huevos y cucharas.

Las patatas fritas tenían un aspecto más bien grasiento, pero había que darle la razón a Cait: estaban doraditas y muy ricas. Les puso un poco más de vinagre y tomó otra del cucurucho que habían comprado en un establecimiento de *fish and chips* del puerto.

—¿A qué hora decían que llegaban? —preguntó su compañera por tercera vez. Arrugó su cucurucho y lo lanzó con buena puntería a una papelera.

—Dijeron que a media mañana. Espero que no traigan un camión enorme, no cabrá por las callejuelas.

Sentadas en el murete de un parque cercano a su piso, contemplaban la ciudad. Una callecita descendía hacia el puerto. Con la marea baja, los barcos quedaban en seco, y se veían las algas verdes del fondo. Unos pocos turistas deambulaban entre las tiendas y los bares. En la colina de enfrente relucían las casitas pintadas de blanco y con tonos pastel. Se oía el chillido de las gaviotas y olía a mar y a pescado.

Lexi había necesitado unos días para decidirse a llamar a la empresa de transportes que custodiaba sus cosas, recogidas a toda prisa. Sentía un miedo irracional a que Rob se enterase en cuanto les facilitara su nueva dirección. Sin embargo, para que eso sucediera, primero él tendría que ser capaz de descubrir qué empresa había contratado, de entre las muchas que trabajaban en Londres. Además, les había dado un nombre falso. De modo que finalmente consideró que el riesgo era muy bajo y se atrevió a llamarlos.

Justo mientras tiraba su cucurucho vacío a la papelera resonó el rugido de un motor, seguido de una furgoneta con matrícula de la capital.

—¡Por fin! —exclamó Cait, saltando del muro.

Traían cuatro enormes cajas que contenían todas las posesiones de Lexi. Los dos trabajadores polacos no tardaron nada en descargarlas y subirlas hasta el piso. Se marcharon igual de rápido en cuanto Lexi les pagó en efectivo, añadiendo una generosa propina.

Algo indecisa, Lexi examinaba los utensilios dispuestos en el cuarto de baño. Se protegía los hombros con una toalla vieja, y en el borde de la bañera se alineaban varios tubos de productos, un pincel, horquillas, pinzas para el pelo y unos guantes desechables. No tenía ni idea de cómo teñirse las raíces. En las instrucciones parecía muy sencillo: mezclarlo todo, remover bien y aplicar en la zona deseada.

—¿Algún problema? —Cait se asomó por la rendija de la puerta.

—Pues sí... No sé cómo ni por dónde empezar.

—Pero ¿no te habías teñido antes el pelo tú sola?

—Sí, pero era la melena entera. Preparé la mezcla y me la eché por toda la cabeza. Ahora no sé cómo retocar solo las raíces.

—¡Aquí está la experta! —anunció, colándose en el baño—. ¿O es que te crees que este pelirrojo fan-tás-ti-co es natural? Al menos una vez al mes hay que llevar a cabo un mantenimiento. Anda, siéntate, que yo me ocupo. —La empujó hasta el taburete y se puso los guantes—. Tu tono natural es castaño, así que antes de teñir hay que decolorar.

Lexi asintió obediente.

—Bueno, ¿y por qué te decidiste? —la interrogó mientras le separaba el pelo en mechones.

—¿Por qué me decidí a qué?

—Pues a teñirte de otro color. Además, si esta es la primera vez que te lo retocas, eso quiere decir que ha sido hace poco...

Lexi se encogió de hombros.

—Me apetecía un cambio de imagen.

Cait introdujo el pincel en el decolorante, que desprendía un olor muy intenso, y comenzó a aplicárselo en las raíces.

—Un cambio de imagen, ya veo... Pues me pica la curiosidad. En realidad, no me has contado casi nada de ti: ¿dónde vivías antes, por qué estás aquí ahora? Y, la pregunta del millón: ¿hay un hombre en tu vida?

—Ya sabes que sí —respondió, sin alterar la expresión—: Henry Hawkins Tremayne.

En el espejo, el reflejo de Cait puso los ojos en blanco.

—Pero ¡qué boba! Me refiero a alguien de verdad, no a tu amor platónico.

—De mí no hay mucho que contar. —Por supuesto, ya había pensado cuánto estaba dispuesta a revelar sobre su vida. Lo mejor era mantenerse fiel a la verdad, sin entrar en detalles—. Trabajaba en Londres, en un estudio de arquitectura, pero me entraron ganas de hacer algo distinto. Había visitado Heligan de pequeña y me encantaba, por eso me vine aquí.

Su interlocutora hizo una mueca de decepción.

—¿Eso es todo?

—Eso es todo. Mi vida es muy aburrida.

—¿Y de verdad no hay ningún chico en esa vida tan aburrida?

Dudó por un momento.

—No. Es decir, ya no. Hace un tiempo que rompí con mi novio, igual que tú.

—¡Ajá! Por fin la cosa se pone interesante. Ya sabía yo

que debía de haber un tío por alguna parte. ¿Me lo quieres contar?

Lexi entrelazó las manos y miró al suelo. Sentía una necesidad cada vez más urgente de desahogarse... pero era muy peligroso. Debía impedir a toda costa que Rob la localizara. Así que sacudió la cabeza y murmuró:

—Es demasiado reciente...

—Vale, me conformo con saber que estás soltera —concluyó, mientras seguía separando mechones—. Pero, como puedes ver, soy muy cotilla: cuéntame cómo es tu tipo.

—¿Mi tipo? —A causa del fuerte acento irlandés de Cait, no estaba segura de haber entendido bien la frase.

—Sí, ¿cómo es tu chico perfecto? —insistió, mientras aplicaba el decolorante—. A ver si lo adivino... Algo muy clásico: alto, moreno y guapo.

—Pues sí —asintió, acompañando su afirmación con un movimiento de cabeza, pero Cait la regañó:

—¡No te muevas!

—Perdona.

—Déjame pensar... ¿qué guaperas de Heligan podría gustarte...? —Reflexionó un momento—. ¿Orlando?

—Sí, Orlando es estupendo.

—Y está colado por ti, se ve a la legua.

—Hasta se me ha declarado... Pero le he dado calabazas. —Le describió la escena—. Espero que no se disguste.

—¿Qué dices? ¡Tonterías! Es la alegría de la huerta, no tardará en ilusionarse con otra. Vale, pues Orlando se cae de la lista. ¿Qué tal George?

—¿El de la taquilla? No, no es mi estilo.

—¿Y Tim, el del vivero?

—Buf, tampoco.

En el espejo, Cait esbozó una sonrisa que dejó entrever el *piercing* plateado.

—¿Y qué hay de Ben? Es superguapo...

Lexi le devolvió la sonrisa.

—¡Y tanto! Pero tiene novia.

Su compañera enarcó las cejas, sorprendida.

—¿Ben Pascoe tiene novia? Pues me he perdido algo... Y es raro, porque entramos a trabajar juntos y somos bastante amigos.

—Lleva un nombre tatuado, me imagino que de su novia o de su mujer.

—¡Ah! Rebecca, ¿verdad? —Se interrumpió un momento y después continuó aplicando la mezcla—. No, no es el nombre de su novia.

—¿De quién, entonces?

—De su hermana.

Lexi frunció el ceño.

—¿Qué tío se tatúa el nombre de su hermana?

Cait bajó los brazos; su expresión adoptó un aire sombrío.

—Ay, Dios... No sé si debería contarte esto. Aunque tampoco es un secreto.

—¿A qué te refieres? ¿Qué pasa con su hermana? —De pronto lo adivinó—. Ay, no me digas que... murió.

La chica asintió.

—Era su hermana pequeña, falleció hace ahora dos años.

—Qué horror. ¿En un accidente?

—No, la pobre estaba enferma. Fue todo muy triste —comentó mientras aclaraba el pincel—. Bueno, lista por ahora. Lo dejamos actuar un rato y luego...

En ese momento se oyó un sonoro maullido proveniente

del salón. Cait se asomó a la puerta y sacudió la cabeza entre risas.

—Me temo que Nelson nos ha traído un ratón muerto. Voy a salir a hacerle carantoñas para que no se ofenda. Y a librarme del bicho sin que me vea...

30

Lexi

Jardines de Heligan, abril

Desplegó una copia del plano de Thomas Gray y lo examinó de nuevo. El original había sido dibujado a mano y hacía falta un poco de imaginación para reconocer las distintas estructuras y elementos. Pero con el paso del tiempo se le había educado la vista. Al compararlo con mapas anteriores, se distinguían muy bien las innovaciones introducidas por Gray: algunos caminos cambiaron de trazado, se despejaron determinadas perspectivas y se planificaron plantaciones bien delimitadas. En el centro de la propiedad aparecía la Mansión Heligan, de planta rectangular, que aún no se correspondía con la construcción actual, y que por aquel entonces estaba rodeada de varios edificios anexos. Al norte de la mansión se encontraban el jardín de flores y el huerto de melones con los criaderos de piñas. Un poco más arriba, había unos terrenos que en aquellos tiempos estaban poblados de árboles, y que en la actualidad constituían Flora's Green, una gran extensión de césped circundada de gigantescos rododendros de flores rojas traídos del Himalaya, entre los que se contaban algunos de los ejemplares más grandes de su especie. Al sur estaba el Valle Perdido, que en aquella época se denominaba Bosque Viejo. La villa de verano se alzaba al noreste. Cerca de esta, junto a uno de los caminos de herradura, se hallaba la gruta de cristal.

Dobló el plano y se lo guardó en el bolsillo.

Eliza había vuelto dos días atrás. A Lexi le habría encantado que discutieran el enfoque de la exposición, porque había ideado una especie de fusión entre pasado y presente. Pero desde su regreso, la joven se mostraba muy malhumorada. Contestaba a sus cautas consultas solo con monosílabos y no quería implicarse más. ¿Qué mosca le había picado? Lexi se preguntó si ella tendría algo de culpa. ¿La haría sentirse desplazada? ¿Quizá no le daba opción a hacer más cosas, como deseaba? Sin embargo, la propia Eliza había dejado claro desde el principio que no tenía tiempo para asumir más tareas...

Pasado cierto tiempo decidió no preocuparse ni dejarse contagiar por el mal humor de su compañera y continuar con el proyecto a su manera.

Una fina neblina que el sol de la mañana aún no había sido capaz de atravesar cubría el camino. Era muy temprano, Lexi quería aprovechar esos momentos para inspirarse antes de que se abrieran las taquillas y el jardín se llenara otra vez de visitantes.

Subió los escalones de piedra que conducían a la gruta de cristal, que se encontraba algo escondida junto al camino. La colina rocosa donde había sido erigida estaba poblada de helechos arbóreos y de rododendros, que proporcionaban sombra y humedad. En los huecos entre las rocas crecían dedaleras, helechos y cañas de bambú. El musgo verde oscuro y los líquenes grises cubrían los grandes bloques que rodeaban la gruta. Del alto follaje caían algunas gotitas. A pesar de la luz de la mañana, a Lexi no le costó imaginar que por allí vagara algún fantasma.

Entró y apoyó la mano en una pared de la cueva artificial, que tendría la altura de una persona. Sintió la piedra fría y rugosa.

Fue construida en vida de Henry, al poco de regresar de su viaje. Según había leído, en su día se hallaba revestida con cientos de cristales. Sin duda habría resultado muy romántica, iluminada con velas en una cálida noche de verano.

¿Henry, o algún otro miembro de su familia, la habría disfrutado decorada de aquel modo? ¿Qué promesas de amor, qué dramas habrían tenido lugar allí?

—Hola —dijo tímidamente una voz.

Se volvió, sobresaltada y deslumbrada por el sol que se colaba entre las hojas. No tardó en reconocer a Ben, que llevaba una carpeta en la mano.

—Te has puesto en marcha muy temprano —le dijo cuando salió de la gruta.

—Y tú también.

—Bueno, es mi trabajo. Todos los días reviso los jardines y los huertos. Compruebo que no haya daños y que los visitantes no se hayan llevado nada. —Lanzó un rápido vistazo a la gruta—. Parece que ahí dentro todo está bien. Por cierto, he oído que te han contratado por un año. Enhorabuena.

Ella asintió, muy contenta.

—Así es, muchas gracias. Veo que aquí todo se sabe enseguida.

—Las buenas noticias vuelan.

—Me alegra que te parezca una buena noticia. ¿Adónde vas ahora?

—Al Huerto de Melones y al Jardín Italiano. ¿Me acompañas?

—Me encantaría.

Poco antes de llegar al huerto, Ben preguntó:

—¿Y por lo demás? ¿Todo bien?

—Sí, gracias, muy bien. ¿Y la visita a tu familia?

—Todo en orden. ¿Tú fuiste a casa?

Hizo un gesto negativo.

—Mis padres viven en las Maldivas, me pilla un poco lejos.

—¿En las Maldivas? ¿Y qué haces aquí? ¡Deberías estar tirada en la playa a la sombra de una palmera!

Se encogió de hombros.

—Bueno, es una larga historia. Y aquí también hay palmeras. Además, ahora vivo en Mevagissey, comparto piso con Cait. Caitriona Murphy. Me ha dicho que sois bastante amigos.

Él se mostró sorprendido.

—Anda, qué bien. Sí, nos conocemos mucho, empezamos a trabajar por las mismas fechas. Como auxiliares, ella en la cafetería y yo en el jardín.

Quizá fue por hablar de ella, pero de pronto el acento córnico de Ben le recordó un poco la forma de hablar de su compañera. Aunque no eran iguales, había bastantes similitudes, como el mismo sonido en las vocales o las mismas erres fuertes.

Lexi lo observó mientras revisaba la lista y marcaba algunos elementos, y después continuaron hasta el Jardín Italiano. En mitad del estanque de nenúfares se alzaba un amorcillo de bronce, un niñito alado con un delfín en brazos. Un cuervo graznó y unos mirlos trinaron; por lo demás, reinaba un apacible silencio. La ligera neblina flotaba sobre el estanque como un finísimo velo. Al fondo brillaban las monedas que lanzaban los turistas; las carpas se deslizaban por el agua.

—¿Me echas una mano? —le preguntó Ben—. ¿Cuentas las carpas?

Ella se rio.

—¿Lo dices en serio?

—Sí. Parece una tontería, pero no lo es. Hasta hace no mucho, por la noche desaparecían misteriosamente una o dos carpas. A la mañana siguiente solo encontrábamos las raspas dispersas.

—¿Y cómo se solucionó el misterio?

—Pusimos una cámara de visión nocturna en aquella palmera. —Señaló una en concreto, cercana al estanque—. Y nos armamos de paciencia. Varias noches después descubrimos la causa.

—¿Y qué era?

—Una nutria. Se daba buenos banquetes, de hecho, se comió un pez para cenar delante de la cámara. El vídeo está en internet, puedes verlo cuando quieras.

—Qué bueno —exclamó sonriente—. Aunque no para los peces, claro. —Se acercó al borde y se puso a contar—: Aquí veo ocho carpas.

—Perfecto. —Anotó el número y después bajó la carpeta—. ¿Y qué tal avanzas con la exposición?

—Pues muy bien, casi he terminado la primera parte. ¿Conoces el plano que dibujó Thomas Gray a finales del siglo XVIII? Se aprecian de maravilla las mejoras introducidas por Henry. —Se apartó del borde, sacó el plano del bolsillo y se lo enseñó.

Cuando él se inclinó a su lado para mirar, de pronto aquella proximidad le resultó muy íntima.

—Bueno, reconozco que hay que echarle un poco de imaginación... —comentó a modo de disculpa—, pero cuando sabes interpretarlo, resulta apasionante.

Ben la miró con admiración.

—Heligan ha hecho un fichaje increíble contigo. Estás superimplicada.

—Gracias. —Para su sorpresa, aquel cumplido la ruborizó—. Un día debería ir al cementerio de Saint Ewe, donde está el panteón de la familia Tremayne. Pero lo he estado postergando porque los cementerios me ponen triste.

—Lo entiendo, a mí me pasa igual.

Tras un instante de duda, Lexi se armó de valor y dijo en un susurro:

—Lamento muchísimo lo de tu hermana, Cait me lo ha contado. —Él asintió, sin decir nada—. Si necesitas hablar, aquí me tienes.

Detectó cierta extrañeza en su mirada. Era comprensible, en realidad apenas se conocían.

—Gracias. Lo mismo te digo.

Ahora fue ella quien asintió. Él cambió de tema:

—¿Has visitado Charlestown? Es una ciudad pequeña a veinte millas de aquí, también en la costa. Tiene un museo de objetos rescatados de antiguos naufragios. Seguro que te da ideas para la exposición.

—Gracias, parece muy interesante.

Ben debía continuar su ruta, en dirección al barranco y a los huertos. Se despidieron y Lexi se quedó mirando cómo se alejaba hasta que desapareció tras el seto que rodeaba el Jardín Italiano. Después contempló el estanque de nuevo.

La neblina se había disipado y el sol brillaba con fuerza. Bajo el agua, las monedas resplandecían como piedras preciosas.

El candadito rojo brillaba bajo el sol que iluminaba el Puente del Milenio y arrancaba reflejos al río Támesis.

—¡Estás loco! —le dijo a Rob al ver la inscripción. No la había escrito a mano, sino que la había mandado grabar. «Rob & Emilia. Para siempre», se leía en bonitas letras plateadas sobre el lacado carmesí.

Llevaban solo unas semanas saliendo, y él ya hablaba de estar juntos «para siempre». Típico de Rob. No es que fuera muy romántico, pero cuando quería algo, se empleaba a fondo. Esa era su manera de demostrarle su amor.

—Es todo un detalle —le agradeció, emocionada.

El candado se cerró con un chasquido y quedó colgado en la barandilla de la pasarela. Rob retiró la llavecita y comenzó a sacar fotos con el iPhone: del candado, de Lexi, una selfi de los dos con la cúpula de la catedral de San Pablo al fondo...

—¿Lista, Em? —Siempre la llamaba por el diminutivo de su verdadero nombre.

Ella asintió.

Mientras la llavecita caía al Támesis describiendo un arco centelleante, Lexi sintió que se le encogía el estómago. Sin embargo, lo achacó a la vibración del puente, que le había valido entre los londinenses el apodo de wobbly bridge, o puente temblón.

Tres meses después Lexi regresó al mismo tramo del puente. Con ayuda de una llave inglesa forzó el candado y lo lanzó al Támesis sin pensarlo dos veces.

31

Lexi

Mevagissey, Cornualles, abril

El viernes, después del trabajo, Lexi y varios compañeros fueron a un conocido pub del puerto de Mevagissey. Aunque al principio se había resistido, Cait le insistió tanto («Tienes que ver gente, no puedes pasarte el día trabajando y metida en casa») que terminó por ceder. Rob estaba muy lejos, y seguramente era cierto que salir un poco le sentaría muy bien.

Eran seis en el grupito. Además de Orlando y Eliza, se les habían unido Daniel y Lauren, que también trabajaban en Heligan. Para ser viernes, el local estaba menos concurrido de lo que Lexi esperaba. Aunque ¿cuándo había salido por última vez? Ni se acordaba.

Aquel pub tradicional típico de Cornualles, internacionalmente famoso, servía cerveza local y comida casera. Además del bar, disponía de una zona de mesas con una carta reducida pero variada. Lexi pidió una cerveza de la región y una lasaña con ensalada.

—¡Buena elección! —exclamó el amable camarero en tono elogioso tras tomar la comanda, y antes de desaparecer en la cocina.

Aunque al principio se sentía algo tensa, poco a poco se fue relajando. Nada más entrar revisó nerviosamente el local buscando a Rob, sin encontrarlo, por supuesto. El pub resultaba muy acogedor, la cerveza color ámbar tenía un sabor sorprendentemente suave y ligero, y la lasaña también era excelente. Tan solo molestaba un cliente muy pesado que, en la barra, importunaba a quien le ofreciera la menor ocasión de conversar. Primero asedió al camarero, un hombre calvo con barba y gafas, alto y muy delgado, que abrillantaba parsimoniosamente los vasos hasta que decidió alejarse hacia otra parte del local. Su siguiente víctima fue una camarera que lo dejó plantado para tomar otra comanda. Y a continuación se volvió hacia un señor mayor en silla de ruedas que acababa de entrar en el local con unos acompañantes.

La silla hizo que Lexi recordara algo: ¿acaso no había adquirido Henry una «silla con ruedas»?

—¿En qué piensas? —le preguntó Orlando, que había seguido su mirada.

Era un gran alivio que no le guardara rencor por las calabazas que le había dado.

—Pues... creo que en el hogar de Henry Tremayne vivía una persona en silla de ruedas. Me pregunto quién sería.

Él sacudió la cabeza con incredulidad.

—Pero ¿qué haces pensando en el trabajo? ¡Hemos venido a divertirnos!

Lexi sonrió.

—No puedo evitarlo, me lo llevo a todas partes.

Y era cierto. Le encantaba pensar en Henry, en los jardines y en todo lo relacionado con ellos. No solo porque la ayudaba a no obsesionarse con Rob, sino porque realmente le entusiasmaba. Además, sentía que había encontrado su lugar, tanto en Cornualles y en el trabajo como consigo misma. Llevaba mucho tiempo sin sufrir un ataque de pánico y, salvo por pequeñas interrupciones, dormía muchísimo mejor.

Tomó otro bocado de lasaña y miró a su alrededor. Aquel pub era realmente agradable. En las paredes paneladas colgaban platos de peltre, tallas de peces en madera y una gran rueda de timón. En otra estancia ardía un cálido fuego frente al que había un sofá de cuero viejo donde dos perros se desperezaban.

Entonces se fijó en Eliza, a quien Orlando le estaba contando sus juegos con los niños en Pascua. La chica no perdía detalle, como si nunca en su vida hubiera oído algo más emocionante. Se tocaba coquetamente el pelo y, con toda naturalidad, cogió un aro de cebolla del plato del joven, que había pedido una hamburguesa.

Lexi no pudo contener una sonrisa.

Ya no le cabía la menor duda de que Eliza se había encaprichado de Orlando. ¿Sería esa la razón de su mal humor? ¿Estaba dolida porque él se interesaba por Lexi? Aquella explicación cuadraba. Y, si era cierta, Lexi no tenía de qué preocuparse en vista de cómo flirteaban ambos.

—Bueno, ¿qué me dices? —Cait, sentada a su lado, le dio un empujoncito cariñoso—. Ha sido buena idea venir, ¿eh?

Lexi asintió con una sonrisa, señaló con el vaso medio lleno un cartel de madera que colgaba sobre la barra y leyó en voz alta:

—«En el mar todas las penas se olvidan».

—Así es —convino Cait, al tiempo que alzaba su vaso—. Brindemos por ello. ¡Por el mar!

El fin de semana Lexi viajó en autobús a Charlestown. Su puerto viejo lo había mandado construir a principios del siglo XIX Charles Rashleigh, cuñado de Henry Tremayne. En agradecimiento a su patrocinador, los habitantes del que se convirtió en un floreciente pueblo pesquero le pusieron su nombre. Declarado Patrimonio de la Humanidad, muchas películas y series de ambientación histórica se graraban allí.

Sin embargo, más que el puerto, ese día Lexi deseaba visitar el museo del mar, que Ben le había recomendado. A lo largo del tiempo, más de tres mil barcos se habían estrellado contra las rocas y arrecifes que rodeaban las abruptas costas de Cornualles, debido a las traicioneras aguas y al mal tiempo impredecible. Aquella colección reunía infinidad de objetos provenientes de esos naufragios, desde el siglo XVI hasta la actualidad.

A su llegada comprobó que no había muchos visitantes. Le arrancó una sonrisa un primitivo traje de buzo expuesto en el vestíbulo, que con su escafandra color cobre parecía un ser llegado de otro planeta. En una pared estaban expuestas varias fotografías del rodaje de la serie *Poldark*, ambientada en Cornualles a finales del siglo XVIII. «La época de Henry», pensó Lexi. Interesante.

Admiró las imágenes y objetos recuperados de distintos barcos hundidos, entre ellos el Titanic. Una vitrina contenía una réplica del collar Corazón del Mar que aparecía en la película del mismo título, así como objetos reales rescatados del transatlántico, sobre todo vajilla, cubertería y cartas.

En otros expositores contempló lingotes de cobre y de

oro, un juego de té bellamente pintado con moluscos adheridos, cubiertos ennegrecidos, balas de cañón y munición para mosquetes. Una abollada placa de latón con una inscripción en francés. El cinturón de cuero de un uniforme, con su hebilla y sus incrustaciones de metal. Ruedas de timón, más vajilla, candelabros, un cañón oxidado y pequeños retratos al óleo. Además, se mostraba el instrumental de un cirujano de a bordo, con todos sus escalpelos y sierras. Sintió un escalofrío. Por mucho que le gustara sumergirse en el pasado, al ver aquellas rudimentarias herramientas realmente se alegró de vivir en el siglo XXI.

En una vitrina horizontal podía admirarse el único barrilete de monedas completamente intacto del mundo. Estaba expuesto de una forma muy evocadora, tumbado y desparramando los miles de monedas de cobre de su interior. Provenía de un barco de la Compañía de las Indias Occidentales que se hundió ante las costas de Kent a principios del siglo XIX, y que fue descubierto en los años ochenta del siglo XX.

También había un cartel del siglo XVIII que anunciaba la subasta pública de objetos recuperados de un naufragio, y otro que amenazaba a los contrabandistas con severos castigos.

A Lexi le habría gustado quedarse más tiempo, pero ya eran casi las cinco, la hora del cierre. Suspiró y se dirigió a la salida.

Allí aún la aguardaba una vitrina con pequeños artículos cotidianos de siglos pasados, también recuperados del fondo del mar. En un lado se exponían los femeninos: cepillos, peines de cuerno, horquillas y los restos de un abanico. En el otro, los masculinos: navajas de afeitar, hebillas de cinturón

32

Damaris

Camino de Plymouth, noviembre de 1785

Henry buscó en la bolsa de viaje que tenía a sus pies y sacó una cajita de rapé plateada. Abrió la tapa finamente labrada, tomó un generoso pellizco y lo aspiró por la nariz. Esperó unos segundos y luego estornudó discretamente en un pañuelo.

—Supongo que no querrás probarlo —le comentó sonriente a Damaris, que estaba sentada frente a él, ofreciéndole el rapé.

Ella lo rechazó amablemente.

—No, gracias.

Viajaban ellos dos solos y el cochero, el señor Fisher. El sonido de los cascos se entremezclaba con el de las ruedas, creando un monótono traqueteo. En los márgenes del camino crecían nudosos serbales cubiertos de musgo y cargados con rojos racimos de frutos.

Hacía frío. Damaris se arrebujó en su capa festoneada de piel y apoyó los pies sobre una piedra caliente envuelta en tela, dispuesta a tal efecto. La embargaba una intensa emoción. Por fin viajaban a Plymouth. Si hacía buen tiempo, el trayecto podía cubrirse en un día.

Allie y ella habían revisado todos y cada uno de los ejemplares del *Sherborne Mercury*, pero no encontraron más noticias sobre el niño aparecido cuatro años atrás en una playa, y enviado a un orfanato de Plymouth. Entonces decidieron informar de todo a Henry, quien sin perder un instante escribió al hospicio para solicitar información sobre un muchacho que, según el semanario, respondía al nuevo nombre de Michael Doe.

La contestación llegó a los pocos días. La señorita Cooper, que continuaba en el cargo de directora, confirmaba que habían acogido a un chico con ese nombre. Sin embargo, no proporcionaba información sobre su paradero. Si Henry deseaba conocer más detalles, debía acudir personalmente.

—¿Seguirá allí? —preguntó Damaris por tercera vez desde que habían partido.

—No puedo saberlo, querida —respondió su primo con la paciencia de siempre. El frío le sonrosaba las mejillas—. Pero espero que sí. De lo contrario, ¿por qué me iba a pedir la directora que acudiera en persona?

—¿Y por qué no te lo explica todo? ¿A qué viene tanto misterio?

De haber contado con más información, Julian habría podido acompañarlos. Pero, dadas las circunstancias, primero debían averiguar si el chico era realmente quien ellos pensaban.

Habían tenido que esperar unos días para emprender el viaje, ya que en noviembre era muy habitual que los caminos se volvieran intransitables por la lluvia y el barro. No obstante, gracias a la helada de esa misma madrugada, el suelo se había congelado y por fin pudieron ponerse en camino.

Damaris apoyó la cabeza en el respaldo tapizado de seda, y dijo:

—Ay, Henry. No sé qué hacer.

—¿A qué te refieres?

—A Julian. —Suspiró. No era la primera vez que compartía con Henry su desventura.

—Lo amas de verdad... —aseveró su primo, mirándola compasivo.

Ella notó que se le encendían las mejillas.

—Así es. Y creo que él me corresponde. Pero ¿de qué sirve, si se prohíbe a sí mismo ser feliz? —Sacudió la cabeza con pesar—. Solo tiene veintinueve años, no puede pasarse el resto de su vida culpándose.

—¿No crees que con el tiempo verá las cosas de otra manera?

—No, no lo creo. Se mostró tan convencido... —Tuvo que contener las lágrimas al recordar la conversación frente a la chimenea—. Pero no ha hecho nada malo, no ha matado ni ha causado daño a nadie. Todo lo contrario, ¡buscaba proteger a su familia! Aun así, no quiere entenderlo. Está empeñado en que no merece ser feliz.

Henry se quedó pensativo unos instantes.

—Lo sé, también a mí me lo ha dicho. Me temo que ni tú ni yo podemos ayudarlo. Primero tiene que perdonarse a sí mismo.

Damaris se mordió el labio.

—No lo hará nunca...

La luz de la tarde comenzaba a declinar cuando entraron en Plymouth, y había desaparecido del todo cuando por fin localizaron el hospicio. Incapaz de dominar su impaciencia, Damaris insistió en que se entrevistaran con la señorita Cooper, aunque ya fuera de noche.

El orfanato se encontraba en un desolador edificio de ladrillo, en el centro de la ciudad. La directora tardó en recibirlos, y tuvieron que esperarla mucho rato en una antecámara lúgubre y sin calefacción. No se habían cruzado con ningún niño. A Damaris le pareció percibir el entrechocar de platos y cubiertos a través de los gruesos muros, y por alguna rendija se colaba un tenue olor a estofado. Le sonaron las tripas. Se había saltado el almuerzo y se estaba saltando la cena, pero le daba igual. Ya comería más tarde.

Por fin se oyeron unos pasos que se acercaban, y la puerta de la estancia se abrió. La señorita Cooper era exactamente como Damaris se la había imaginado. Alta y flaca, ataviada con un sencillo vestido oscuro, y con el pelo gris recogido en un moño tirante. Sujetaba un candelabro de dos brazos que desprendía una luz mortecina y temblorosa.

—Señor Tremayne... —Ese fue todo su saludo. A la joven ni la miró—. Es tardísimo.

—Buenas noches, señorita Cooper. —Henry no se dejó intimidar por su brusquedad—. Me alegro de conocerla en persona. Esta dama es mi prima, la señorita Damaris Tremayne. Solo queremos hacerle unas pocas preguntas sobre el chico al que me refería en mi carta. Le aseguro que no la entretendremos.

La directora hizo un parco gesto de asentimiento y los guio a su despacho, situado al final de un corredor. Allí prendió una única vela en un candelero de latón, apagó el candelabro que llevaba y se sentó al amplio escritorio de caoba, totalmente vacío a excepción de una pluma y un tintero.

—Usted dirá, señor Tremayne. ¿Quién es ese chico que tanto le interesa?

—Es Tristan Harrington —se adelantó Damaris—. Pero aquí lo llamaron Michael Doe.

La mujer le lanzó una mirada glacial.

—Puede ser. Les asignamos un nombre a todos los niños de los que no sabemos nada. Seguramente ya había varios John Doe,[2] y por eso le pusimos Richard.

—¿Richard? —repitió confundida—. ¿No era Michael?

—Michael, Richard... Qué más da, en el fondo es todo lo mismo —concluyó, con un gesto de desdén.

—Seguro que de este niño se acuerda —intervino Henry—. Fue hallado en una playa y se pensó que había sobrevivido a un naufragio.

—Sí que lo recuerdo —contestó con frialdad—. Un mocoso mugriento con la ropa hecha jirones. No soltaba prenda, se quedaba como embobado sin decir nada.

Damaris no pudo refrenar su impaciencia:

—¿Podemos verlo?

La directora resopló, visiblemente molesta.

—Pues me temo que no. Por un lado, los niños están ya acostados... —empezó a decir, mientras desplazaba el tintero unas pulgadas.

—¿... Y, por otro? —la alentó Henry con gran amabilidad, viendo que el silencio se prolongaba.

Ella lo miró con irritación.

—Por otro, señor Tremayne, no estoy segura de que ese chico, ese tal...

—Michael Doe —le recordó Damaris.

—... ese tal Michael Doe continúe aquí.

2. En los países anglosajones, nombre y apellido que se da a los varones cuya identidad se desconoce.

—¿Tendría la amabilidad de comprobarlo? —insistió Henry con la mayor gentileza.

La señorita Cooper exhaló un sonoro suspiro, pero al fin abrió uno de los muchos cajones del escritorio. Tras rebuscar durante un rato extrajo una fina carpeta de color marrón y comenzó a hojearla.

—Pues lo siento —dijo arrastrando las palabras.

A Damaris se le encogió el corazón. ¿Habría sido todo en vano?

—¿Está muerto? —se atrevió a preguntar.

—No, nada de eso. Pero ya no está aquí, se marchó hará cosa de un año.

—¿Acaso lo adoptó alguien? —inquirió Henry.

—No fue exactamente una adopción. —Lanzó una última mirada a los documentos, cerró la carpeta y la devolvió a su lugar—. Entró al servicio de un deshollinador.

—¿De un deshollinador? —repitió Damaris, consternada.

Henry no perdió el tiempo y preguntó de inmediato:

—¿Podría decirnos a quién sirve?

La directora cruzó las manos sobre el escritorio.

—No, señor Tremayne, me temo que no puedo. Son muchos los deshollinadores de Plymouth que necesitan chicos pequeños y ágiles para introducirse en las chimeneas... Comprenderá que no me es posible acordarme de todos. Verá, mantener a todos estos niños cuesta dinero, y no recibimos suficientes donativos. Si de vez en cuando aparece un deshollinador y nos ofrece una cantidad por llevarse a uno... ¿quién soy yo para negarme? Hacemos estos arreglos bastante a menudo. En fin, al menos sabemos que alguien se ocupa de ellos. —Se levantó—. Y ahora, señor y señorita Tremayne, deben marcharse. Aún me queda mucho trabajo que hacer y el tiempo no me sobra precisamente.

¡Menuda grosería! Damaris se disponía a protestar, pero Henry, que continuaba sentado, apoyó una mano en su brazo para tranquilizarla.

—Señorita Cooper —dijo con una voz sacerdotal de lo más persuasiva—, no me cabe duda de que cumple su difícil cometido con gran dedicación y profunda devoción a Dios. Tiene que resultar muy complejo dirigir una institución como esta y, por ello, es fundamental que la persona al frente esté tan comprometida y capacitada como usted.

Los finos labios se curvaron imperceptiblemente en el adusto rostro de la directora.

—Gracias, señor Tremayne. Me alegra que sepa apreciar mi trabajo.

Henry le dedicó una sonrisa.

—Desde luego que lo aprecio. Por ello estaba pensando... —carraspeó— en facilitarle la labor donando al internado una elevada suma.

Nombró una cifra tan alta que la directora cambió de actitud al instante.

—Es... es muy generoso por su parte —admitió, volviendo a tomar asiento.

—¿Y cree que ahora sería posible averiguar el nombre de ese deshollinador del que hablábamos antes?

La mujer sonrió.

—Sin ninguna duda, estimado señor Tremayne. Pierda cuidado.

Aquella madrugada de noviembre hacía mucho frío y reinaba la oscuridad. Aún no habían dado las cinco, todavía faltaba mucho para el amanecer. A pesar de todo, Damaris no sentía frío. Plantada en la acera junto a Henry, movía impaciente los pies enfundados en sus botas acolchadas.

Habían salido a la calle muy temprano, provistos de un quinqué que les prestó el dueño de la posada donde se alojaban. Fue el posadero quien les aconsejó que buscaran en aquella zona de Plymouth, y había acertado. Enseguida encontraron al deshollinador con su cuadrilla de muchachos. A cambio de unas monedas, se mostró más que dispuesto a responder a sus preguntas.

—Señor Beecher —le decía Henry—, hará cosa de un año sacó usted a un chico del orfanato.

—Puede ser, sí. Sustituyo a mis chicos cada poco tiempo, cuando los que tengo crecen y ya no caben por las chimeneas. No les doy mala vida, conmigo tienen cama, ropa y comida. Y tres baños al año —añadió, contando con los dedos—: por Navidad, Pentecostés y San Miguel.

—¿Tres al año? —repitió Henry, enarcando las cejas—. Vaya, me deja impresionado.

Damaris lo miró con asombro. Su primo solo se ponía sarcástico cuando se enfadaba de verdad.

El hombre asintió. Bajo la amarillenta luz del quinqué tenía un aspecto enfermizo y demacrado.

—Pues no hay para menos. No encontrará a muchos que traten a sus aprendices así de bien.

—Bueno, señor Beecher, nos interesa uno en concreto: Michael Doe.

—¿Michael? No me suena ningún Michael. —Se encogió de hombros.

—A lo mejor se hace llamar Tristan, Tristan Harrington. Tendrá ocho o nueve años y seguramente es rubio.

—Mis muchachos no tienen nombre, les pongo un número. Es más fácil de recordar. Porque cambio más de cuadrilla que de camisa.

¿Los identificaba mediante números? ¡Era horrible! Igual que la tarea que desempeñaban. Damaris nunca se había parado a pensar cómo se limpiaban las chimeneas. Ahora se ponía enferma solo de imaginarse a los pobres niños metiéndose en los angostos conductos para retirar la suciedad y el hollín con un rascador, o con las manos desnudas.

Examinó las cuatro figuritas mal cubiertas de mugrientos harapos que permanecían tras el señor Beechers tiritando en el frío de la madrugada. Parecían hermanos, pero su similitud se debía a la delgadez y a la suciedad de la cara y el pelo, y no a una relación de parentesco. Lamentó profundamente no poder ofrecerles ropa de abrigo.

Parecía claro que el deshollinador no iba a ayudarlos. Decidida, tomó el quinqué y se acercó al niño que se hallaba más apartado del grupo. Debía de tener unos seis años.

—¿Cómo te llamas? —le preguntó.

La miró muy asustado y no contestó.

—Número cinco, ¡responde cuando te habla una dama! —le ordenó su amo.

—Callum —susurró con apenas un hilo de voz.

—Qué nombre tan bonito. Y dime, Callum, ¿conoces a un chico llamado Tristan? ¿Tristan Harrington?

Negó con la cabeza y clavó la vista en el suelo.

Pero la joven insistió:

—¿Y a Michael Doe?

De nuevo una negativa.

—Perdonen, pero no me sobra el tiempo —se impacientó el deshollinador—. ¿Acaban ya con las preguntitas?

—No, todavía no. —Henry señaló a la cuadrilla—. ¿Estos son todos sus muchachos?

—Sí, así es... —Se rascó una oreja y miró hacia los tejados—. Ah, no... Falta uno, el número tres. Está ahí dentro. —Levantó la cabeza y gritó—: ¡Eh, número tres! ¿Has acabado?

En la densa oscuridad, Damaris intuyó, más que vio, una sombra que salía de una chimenea, reptaba por el tejado y descendía hasta la calle.

—Ven aquí, número tres. Estos señores quieren preguntarte algo —le dijo, lanzando una desagradable risotada—. Verán, el chaval habla menos que una piedra. No esperen que les conteste.

El chico se acercó, amedrentado. A la luz del quinqué, y bajo una gruesa capa de hollín y polvo, Damaris alcanzó a distinguir las heridas y cicatrices que le cubrían los codos. El chico se puso a toda prisa una camisa harapienta. Su atuendo era como el de los demás: una camisa andrajosa y unos mugrientos calzones hasta las rodillas. Se mantenía inmóvil ante ella, cabizbajo.

Con el corazón acelerado, la joven avanzó un paso y se agachó para estar más cerca del niño.

—Hola —lo saludó con amabilidad—. Soy Damaris Tremayne. Estoy buscando a un chico muy especial, se llama Tristan Harrington. ¿Lo conoces?

Al oír aquella pregunta, el niño alzó la vista. Unos ojos de un color azul verdoso centellearon en la oscuridad, iluminando su carita cubierta de hollín.

Eran los ojos de Julian.

33

Allie

Mansión Heligan, noviembre de 1785

Apostada junto a la ventana de la biblioteca, Allie contemplaba el exterior. Por fin la lluvia había cesado, aunque en la explanada de grava quedaban charquitos y restos de barro traídos por los cascos de los caballos y las ruedas de los carruajes. En un árbol cercano distinguió dos palomas. Al volverse, revisó rápidamente la gran mesa que solía estar cubierta de libros. Ahora estaba dispuesta para el té, con tazas y platillos para dos personas. También había una tetera humeante y una bandejita de varias alturas con panecillos de pasas y modernos sándwiches triangulares. Sí, todo estaba perfecto.

Se le aceleró el pulso al ver aparecer un jinete que se aproximaba a la casa. Luego lo perdió de vista y lo oyó hablar con el mayordomo en el vestíbulo. Giró la silla en dirección a la puerta, que se abrió a los pocos momentos.

—Allison Tremayne —la interpeló Julian nada más entrar, posando la vista en el juego de té—, ¿por qué estamos solos? ¿No habías dicho que nos acompañaría tu prima?

—Por desgracia Harriet no puede bajar —respondió, consciente de su mentira—. Por favor, siéntate.

Él se acomodó.

—Allie, ¿es posible que la señora Tremayne no tenga ni idea de esta invitación?

A aquel hombre no había manera de ocultarle nada. Sintió que se le encendían las mejillas.

—Pues... a lo mejor. Pero es que no se me ocurría otra cosa para hacerte venir. Yo no puedo ir a tu casa.

Se impulsó hasta la cabecera de la mesa.

—¿Sabe tu hermana que me distraes de mis obligaciones? —insistió él.

Allie negó con la cabeza.

—No, sigue de viaje con Henry. Han ido a Plymouth, no tardarán en volver.

En realidad, debían de haber regresado el día anterior. Sin embargo, las repentinas lluvias habían inundado los caminos, tal como informaba Damaris en una carta entregada a mediodía por un mensajero a caballo. Por eso Allie los esperaba con impaciencia a lo largo de la jornada.

De pronto, reparó en que había descuidado los buenos modales, y se apresuró a preguntar:

—¿Una taza de té?

—Sí, gracias. ¿Podrás con la tetera?

Se encogió de hombros.

—Seguramente no.

De modo que fue él quien llenó las tazas. Allie le pasó la bandejita con los panecillos.

—Dime, ¿por qué me has hecho venir? —inquirió Julian, mientras se servía un sándwich de pepino.

—¿Es que no puedo querer que tomes el té conmigo?

—Me extrañaría muchísimo que solo fuera por eso.

Ella dejó el panecillo de pasas en el plato. Un tímido rayo de sol iluminó el mantel.

—Está bien, tienes razón. He de contarte algo.

Por la expresión de su rostro, podría decirse que no sentía la menor curiosidad.

—¿Te han regalado un cachorro? ¿Has cultivado una nueva variedad de rosa?

—¿En noviembre? No, nada de eso. Es algo muchísimo mejor. —Se limpió las manos con una servilleta—. Me imagino que desconoces el motivo de ese viaje a Plymouth...

—Así es, porque no me incumbe. Supongo que Henry tendría que ocuparse de algún negocio y tu hermana lo ha acompañado.

A Allie le latía el corazón tan fuerte que le retumbaba en los oídos. Sin duda era más prudente esperar al regreso de Damaris, pero ya no aguantaba más. ¡No aguantaba!

—Pues no... No han ido por negocios.

Él se encogió de hombros.

—A mí la razón no me importa.

—Sí, en este caso sí. —Tragó saliva—. Han ido por... por una cuestión relacionada contigo.

—¿Conmigo? Yo no tengo ninguna vinculación con Plymouth.

—Al parecer, sí.

Los ojos de Julian se pusieron en alerta.

—Ah, ¿sí? ¿Es que a Damaris le ha salido un pretendiente?

—No, no tiene nada que ver con mi hermana. —Se armó de valor e inspiró profundamente. Cada palabra contaba—. ¿Y si te dijera que uno de tus hijos sigue con vida?

Apartó el sándwich muy lentamente.

—No sobrevivió nadie —replicó con un hilo de voz—. Yo mismo los vi morir a todos.

—¿A todos? ¿Estás seguro?

Sacudió la cabeza, profundamente desconcertado.

—Allie, ¿a qué viene todo esto? ¿Qué son estas preguntas?

—Pues verás... —De pronto se sintió muy adulta— resulta que he hecho un descubrimiento. No puedo enseñártelo porque Damaris se lo ha llevado a Plymouth. Pero es muy importante.

Él entrecerró los ojos.

—¿Y de qué se trata?

—De una noticia de prensa publicada en el año ochenta y uno. Damaris me trajo del *grand tour* una pila de ejemplares atrasados del *Sherborne Mercury* y, al leerlos, encontré una noticia que hablaba de un niño náufrago.

Julian no reaccionaba. Se había quedado pálido. Allie continuó:

—Se trataba de un niño de unos cuatro o cinco años que apareció en una playa de Millendreath. Y estaba vivo. ¿Te das cuenta, Julian? Sucedió poco después del naufragio, podría ser Tristan. Piénsalo bien: no presenciaste su muerte, tan solo viste que una ola lo arrastraba al mar.

—Calla, por favor —le rogó articulando a duras penas un murmullo casi ininteligible.

—Pero ¿por qué?

—No me des falsas esperanzas. —Su rostro traslucía un amargo sufrimiento—. No sabes con cuánta fuerza quise creer, durante las primeras semanas, que alguno de ellos había logrado salvarse. Pero solo era una ilusión. Tristan está muerto, como su madre y sus hermanas. Todos murieron. Es imposible recuperarlos.

De pronto se oyó un ruido de cascos y ruedas en la grava. Allie aguzó el oído. Era el carruaje de Henry, ¡ya estaban en casa!

Ahora podía decírselo.

Se inclinó un poco para para poder mirarlo directamente a los ojos.

—No, Julian. No es imposible.

—¡Déjalo ya! ¡No digas una palabra más!

Se incorporó con tal violencia que volcó la taza, derramando su contenido sobre el inmaculado mantel blanco.

—¡Está vivo, Julian! ¡Tu hijo está vivo!

—¡No puedo seguir escuchándote!

Abrió la puerta y se precipitó al exterior.

—¡Henry y Damaris te lo traen ahora mismo! —gritó Allie. Pero él no alcanzó a oír sus palabras.

Damaris no recordaba haber estado nunca tan nerviosa. Se habían visto obligados a postergar el regreso un día entero porque, tras las heladas, cayeron unas fuertes lluvias que dejaron los caminos intransitables. Pero en unos momentos llegarían a la mansión.

No podía apartar la vista de aquel niño delgaducho que viajaba a su lado en el carruaje. Se había pasado todo el trayecto mirando por la ventanilla, sin decir una palabra. No habló ni siquiera cuando Henry le ofreció una manzana, que devoró sin dejar ni el corazón.

Tristan. El hijo de Julian. Era un milagro que viviera. Y más aún que lo hubieran encontrado.

Henry le había pagado al deshollinador una considerable suma para llevarse al supuesto Michael Doe. Además, les prometió a los otros chicos de la cuadrilla que también se ocuparía de ellos, a lo cual el señor Beecher reaccionó con una velada sonrisa de incredulidad.

De vuelta en la posada de Plymouth, ordenaron que sirvieran al niño un abundante desayuno, que devoró en un santiamén. También pidieron que le prepararan un baño con agua caliente y jabón, y que le proporcionaran ropa adecuada. Una vez limpio y bien vestido, Henry le preguntó si recordaba a su padre.

El chico los miró indeciso con aquellos ojos extrañamente familiares y finalmente asintió.

—Estupendo —exclamó Henry, la mar de contento—. Pues vamos a llevarte con él.

El niño asintió de nuevo. A Damaris le asaltó la duda de si realmente se acordaba, o si estaba fingiendo por miedo a que lo devolvieran al deshollinador. Probablemente su mente o su alma estaban dañadas, y había perdido mucho más que el habla.

Poco antes de llegar a Heligan, unos rayos de sol rasgaron las nubes y cayeron del cielo como una deslumbrante cascada. La joven quiso ver en ello un buen augurio. Inspiró profundamente cuando el carruaje se detuvo en la puerta de la mansión.

En el momento en que un lacayo abría la portezuela sintió una manita que estrechaba la suya. Presa de una intensa emoción, le devolvió un suave apretoncito.

Henry se apeó primero y se quedó esperando junto al carruaje.

—Baja, Tristan —lo alentó—. Bienvenido a tu nuevo hogar.

Damaris también le dedicó un gesto de ánimo. En cuanto se hubo apeado, cogido de su mano, miró hacia los tejados de la gran casa, y una expresión de temor asomó a su rostro. Había reparado en las incontables chimeneas que coronaban aquella mansión.

—No te preocupes, hijo. —Henry apoyó la mano en su

frágil hombro—. No tendrás que limpiar más chimeneas, ni aquí ni en ningún otro sitio. Nunca jamás.

La joven asintió, corroborando las palabras de su primo. Habían pensado cuidadosamente en cómo llevarían a cabo el primer encuentro. Primero instalarían al chico en una habitación, le ofrecerían un refrigerio, y solo después enviarían un criado a buscar a su padre. Henry recibiría a Julian a solas, lo prepararía para la situación y...

En ese momento resonó un gran golpe. Damaris alzó la vista.

La puerta principal se abrió con violencia y Julian se precipitó hacia ellos, visiblemente alterado. ¡Oh, no! ¿Qué estaba haciendo allí? Las cosas no iban bien, no iban bien...

Julian siguió avanzando, hasta que miró al niño. Y entonces se quedó petrificado.

—Bueno, no era así como lo habíamos planeado ... —Damaris percibía la voz de Henry tan lejana como si siguiera en Plymouth.

Julian se les acercaba con paso inseguro, como si acabara de aprender a caminar. La incredulidad y el desconcierto se reflejaban en su rostro.

—Julian —le susurró la joven—. Creo que hemos encontrado a tu hijo.

Él no la miró. Solo miraba al chico. Con los ojos muy abiertos.

Sacudió la cabeza varias veces. Después puso la carita del niño entre sus manos y la giró hacia la derecha. Le apartó un mechón de pelo rubio, y miró tras la oreja. A continuación, con manos temblorosas, le subió la manga de la chaqueta y la camisa del brazo izquierdo, como buscando algo. Lo soltó y se apartó un poco para contemplarlo.

—Tristan —murmuró con la voz rota.

Cayó de rodillas en la grava mojada y lo abrazó.

Damaris notó que se le estaban calando los pies a través de las botas y que se le estaba ensuciando el bajo del vestido. Pero nada de eso importaba. No podía apartar la vista de aquel hombre arrodillado en el barro y abrazado a su hijo como si le fuera la vida en ello, mientras el niño permanecía muy quieto.

Las lágrimas le velaban los ojos. Cuando Allie llegó a su lado, tan solo distinguió una silueta.

—No llores —la oyó decir, sin saber si se dirigía a ella o a Julian—. Por fin lo has recuperado.

34

Damaris

Mansión Heligan, noviembre de 1785

Tomaron una sencilla cena en la más estricta intimidad, consistente en paté de liebre con panecillos y verduras. Superada la timidez inicial, Tristan devoró cuanto le ofrecieron como si temiera no volver a comer jamás. Al contrario que Julian, quien, absorto en su hijo, apenas probó bocado.

Padre e hijo se alojarían esa noche en una de las numerosas habitaciones para invitados de la primera planta de la mansión.

—El chico necesita tranquilidad y empezar a tomar confianza —había dicho Henry—. Tiene que sentir que se encuentra a salvo, en su hogar.

Cuando Damaris se retiró a descansar se encontró con Sarah, la criada, que subía por la escalera de servicio con una bandeja de galletas.

—¿Son para nuestro pequeño invitado? —le preguntó.

—Sí, señorita. El señor Tremayne me ha pedido que les lleve unas pastas al señor Harrington y a su hijo.

—Puedes acostarte, Sarah. Yo me ocupo. El niño ha tenido un día cargado de emociones, es mejor que no lo abrumemos con demasiadas caras nuevas.

—Como desee, señorita. —Tras hacerle una reverencia, le entregó la bandeja.

Damaris esperó a que se hubiera marchado, y entonces llamó a la puerta con mano temblorosa.

Oyó un suave «adelante» y abrió.

El fuego iluminaba débilmente la estancia. Encontró a Julian sentado en una silla junto a la cama, con una mano en el hombro del niño.

—Acaba de dormirse —dijo.

La joven depositó la bandeja en la mesilla de noche.

—Os traigo unas pastas —susurró—. Y no te preocupes por los perros, Henry ha mandado un criado para que los alimente.

—Es muy amable por su parte. —Levantó la vista un momento, asintió abstraído y volvió a posar los ojos en su hijo—. Cuánto ha crecido. Y qué delgado está. —Le acarició la cabeza con ternura.

Era cierto: el chico estaba escuálido y era muy alto para su edad. La altura jugó a su favor cuando Henry negoció su rescate con el deshollinador. Si seguía creciendo a ese ritmo, en poco tiempo no cabría por las chimeneas.

—Es un milagro. Un verdadero milagro —se admiró Julian.

—Así es. —Se sentía tan contenta que estaba a punto de llorar de felicidad—. Ya es tarde, ¿no deberías acostarte tú también?

Hizo un gesto negativo.

—Me da miedo que desaparezca si cierro los ojos. Que todo esto solo sea un sueño o una alucinación. —Levantó la cabeza y por primera vez la miró directamente a los ojos—. ¿Damaris?

—¿Sí?

—Me faltan las palabras. No sé cómo darte... cómo daros las gracias.

La joven necesitó un momento para sobreponerse a la oleada de emoción y amor que la embargó.

—Bueno, fue Allie quien dio con la clave. Ella reparó en la noticia del periódico y supo establecer la conexión.

—Lo sé. Todos habéis colaborado, y sin duda estaré en deuda para siempre con Allie. Pero Henry y tú... me lo habéis devuelto.

Damaris jamás había visto a Julian tan contento como en los días siguientes. También ella flotaba en una nube.

Tras la primera noche le preguntaron al niño dónde prefería vivir, si en la mansión o en el Bosque Viejo. Tras un breve titubeo se agarró a la mano de su padre, lo cual no dejó lugar a dudas. Al día siguiente lo instalaron en la cabaña. Julian le fabricó una cama de madera que colocó en el dormitorio, junto a la suya. Damaris presenció la llegada al nuevo hogar. Contra todo pronóstico, los gigantescos perros no le inspiraron ningún temor a Tristan. Todo lo contrario, una sonrisa cautelosa asomó a sus labios nada más verlos. Ares se le acercó meneando el rabo y le lamió amistosamente las manos, y de ese modo rompieron el hielo.

Con el transcurso de los días, el chico fue venciendo su extrema timidez. Solo había una cosa que preocupaba a Damaris: que no dijera nada, o apenas nada. Cuando le preguntaban algo, únicamente respondía «sí» o «no», no articulaba ninguna otra palabra. Como si hubiera olvidado hablar.

—Dale tiempo —le decía su primo para tranquilizarla cuando le expresaba su inquietud—. Mejorará, ya lo verás.

Henry cumplió su promesa. Pocos días después regresó a Plymouth, esta vez él solo, para liberar al resto de la cuadrilla del señor Beecher. Volvió con tres niños de entre cinco y ocho años; se los veía muy cohibidos, y apenas podían dar crédito a su buena suerte. Faltaba uno, el mayor, quien al parecer se había fugado para enrolarse en un barco.

Los acogieron tres familias de arrendatarios tras un arreglo beneficioso por ambas partes. Los chicos recibirían cuidados, y las familias ganarían otras dos manos para trabajar... y quizá un hijo. Además, Henry les entregó una generosa suma de dinero.

Sabían bien que aquel gesto solo representaba una gota en medio del océano. Los deshollinadores, con el señor Beecher a la cabeza, continuarían comprando niños pequeños tanto a los hospicios como a las familias más pobres para asegurar sus negocios. Pero al menos habían rescatado a aquellos tres chicos.

El invierno llegaba lentamente a Heligan. El espino blanco perdió las hojas y entre sus oscuras ramas desnudas, cargadas de bayas rojas, se refugiaban bandadas de zorzales. Se marchitaron las rosas, se recogieron las últimas manzanas y se araron los campos. En el huerto de frutales, las colmenas se envolvían en tela de arpillera y hojas secas de helecho, y después se colocaban muy juntas para protegerlas del frío.

Damaris estaba comprobando que había puesto suficientes hojas de helecho. Alzó la mirada, perdida en sus pensamientos. Allí, a escasos pasos de distancia, Julian la había besado. ¡Qué lejano parecía aquel momento! Y tan solo habían transcurrido dos meses...

Estaba envolviendo la última colmena en arpillera cuando le llamaron la atención dos urracas que graznaban y armaban jaleo en un árbol. Sonrió. Según la tradición, ver una pareja de estos pájaros traía buena suerte, mientras que la visión de una sola ave se consideraba un mal augurio. Por eso, cuando alguien observaba volar una urraca en solitario, había que saludarla educadamente y preguntarle por su esposa.

De pronto, otro sonido captó su atención, una especie de chapoteo proveniente del estanque. Se acercó con curiosidad.

Encontró a Julian y a Tristan en la orilla, haciendo rebotar piedras planas. En ese momento el niño cogió una, buscó el ángulo adecuado y la lanzó casi paralela al agua. El guijarro rebotó tres, cuatro, cinco veces sobre la bruñida superficie antes de hundirse con un gorgoteo casi imperceptible. La alegre sonrisa que iluminó su rostro fue maravillosa.

Julian le hizo notar a su hijo que no estaban solos:

—Mira, ahí está Damaris.

Verlo tan contento hizo que a la joven se le acelerara el corazón. Se aproximó.

—¿Has conseguido cinco rebotes? ¡Impresionante!

—¿Quieres probar? —Julian le tendió una piedra plana. Al tomarla, notó el calor de su mano.

—Pues... Es que no lo he intentado nunca —confesó.

—No es difícil. Es cuestión de encontrar el ángulo.

Su lanzamiento fue muy torpe, como quedó demostrado en cuanto la piedra se hundió nada más tocar el agua. Tristan se rio con ganas. Sus carcajadas, que oía por primera vez, la llenaron de felicidad.

—Inténtalo otra vez —la animó Julian, pasándole otro guijarro—. Tienes que lanzar más horizontal. Así...

Colocándose tras ella, le cogió la muñeca. Su proximidad la embriagaba de tal modo que deseó abandonarse y dejarse caer en sus brazos. Sin embargo, no se atrevió. Con su ayuda, logró que la piedra rebotara dos veces en la superficie del estanque.

Entonces llegó volando una urraca, graznó y se posó en la rama de un frutal. Comenzó a acicalarse el plumaje negro y blanco.

Julian la señaló.

—Mira, Tristan. ¿Recuerdas lo que les decíamos?

—Buenos días, señor urraco —contestó inesperadamente. Aunque apenas hablaba en susurros, las palabras se entendían—. ¿Cómo están hoy su esposa y sus hijos?

Damaris no daba crédito. Era la primera vez que pronunciaba más de dos sílabas seguidas.

Julian miró a su hijo con una mezcla de sorpresa y alegría.

—¿Te... te acuerdas?

El niño asintió con una sonrisa vergonzosa, sin estar seguro de haberlo hecho bien.

—Tú lo decías... lo decías siempre —tartamudeó. Al parecer, estaba recuperando la capacidad de unir palabras—. Cuando veíamos una urraca sola. Si no... es mala suerte.

—Eso es... —Necesitó un momento para controlar la emoción—. Cómo iba a imaginar que te acordarías precisamente de esto... —Miró a Damaris—. Aunque en Carolina del Sur hay menos urracas que aquí, le enseñé la tradición igual que mi padre nos la enseñó a mis hermanos y a mí. —Se dirigió de nuevo al niño—: «Una trae pena, dos traen alegría...», ¿te acuerdas de cómo sigue?

El niño lo miró.

—«Tres traen una boda, cuatro un nacimiento, cinco... cinco...»

—«Cinco traen plata, seis...

—«Seis traen oro, siete una historia aún por... por contar». Señor urraco, ¿cómo están hoy su esposa...? —Comenzó a repetir el saludo, pero, de repente, sus grandes ojos de un azul verdoso se inundaron de lágrimas y susurró—: Mamá... ¿Dónde está mamá?

—Mamá está en el cielo, hijo —contestó Julian, luchando por mantener la serenidad—. Está con los ángeles y...

—¡Agua! —lo interrumpió el niño—. ¡Había mucha agua! Y... mis hermanitas... —Miró a su padre con los ojos desorbitados por el miedo—. ¿Cómo se llamaban? ¡No me acuerdo! —Su voz se hizo más aguda, distorsionada por el pánico—. ¡No recuerdo sus nombres! Me he olvidado de mis hermanas... —Estalló en un llanto desesperado.

—Tranquilo, cálmate. Todo ha pasado ya. —Se sentó a su lado en la hierba fría y húmeda—. Tus hermanitas se llamaban Ena y Elzie. Están con mamá en el cielo y siempre cuidarán de ti.

A Damaris le corrían lágrimas por las mejillas.

—¿Por qué no viniste? —exclamó Tristan—. ¿Por qué no me buscaste? Creía que me habías abandonado. Que todos me habíais abandonado... —Sus palabras se ahogaron entre los intensos sollozos. Julian lo atrajo hacia sí y lo abrazó.

—Lo siento —susurró—. Lo siento muchísimo. Pensaba que habías muerto en el naufragio.

La joven se retiró sin hacer ruido. Era mejor dejarlos a solas.

Desde hacía algún tiempo, Allie no era la única alumna del señor Doyle. Unas semanas atrás el pequeño Johnny Tremayne también había empezado a tomar lecciones. Y después, a propuesta de Henry, Tristan se incorporó a las clases.

El niño era muy buen estudiante, como Allie tuvo ocasión de comprobar. Lo absorbía todo como una esponja y parecía empeñado en recuperar lo que no había aprendido en los últimos años. En cuanto fue capaz de sostener el lápiz quiso escribir. Y una vez que trazó las primeras letras, quiso saber más. Todo le interesaba: la escritura, la lectura, la geografía... Solo se le resistían las matemáticas, igual que a ella misma.

Nunca había conocido a nadie como él. Disfrutaba muchísimo de la compañía de un chico de su edad que, además, se adelantaba a todos sus deseos. Siempre estaba listo para echarle una mano. Era alto para sus nueve años y empujaba la silla sin esfuerzo para llevarla a donde ella sola no podía llegar.

Enseguida se hicieron inseparables. No solo en clase, sino también en sus horas libres. Por eso no pasó mucho tiempo antes de que se atreviera a revelarle su secreto.

El sol brillaba aquel día de diciembre de un modo muy poco usual. Allie y Tristan merodeaban por las caballerizas y se entretenían mirando cómo les ponían herraduras nuevas a algunos animales.

—¿Sabes montar? —le preguntó el niño mientras veían pasar un macho castrado con la crin casi rubia.

—¡Pues claro que no! ¿Te crees que estaría en esta silla si

pudiera ir a caballo? —Ella misma se sorprendió por la brusquedad de la respuesta. Pero era un asunto que la afligía, nada le gustaría más que poder cabalgar.

—Lo siento muchísimo —se disculpó, sinceramente arrepentido—. Es que a veces se me olvida.

Ella lo miró sorprendida. A nadie se le había olvidado jamás que no podía caminar. Solo a él. Al bueno de Tristan, que algunas veces la trataba como a una auténtica diosa.

—Quiero enseñarte algo —decidió.

—¿Qué?

—Enseguida lo sabrás. Pero tenemos que ir donde no nos vean.

Él señaló hacia delante.

—¿Qué tal ahí, detrás de los establos?

Se dirigieron allí y eligieron un lugar con el suelo firme y seco. Entonces Allie le dijo:

—Sujeta bien la silla.

Cuando obedeció, ella se apoyó firmemente en los reposabrazos y se levantó muy despacito. Una vez estabilizada, soltó las manos.

El chico la miraba fascinado.

—¡Estás de pie!

—Y puedo hasta caminar —contestó llena de orgullo—. Por ahora solo doy unos pasitos, pero voy mejorando. Dame la mano y te lo demuestro.

Con su ayuda, avanzó un poco con paso inestable. Después se dio la vuelta y, un poco más segura, regresó hasta la silla. Se dejó caer, agotada pero muy satisfecha.

La admiración se hizo patente en la cara del niño.

—¡Tenemos que contárselo a Damaris! ¡Y a mi padre! ¡Y al tío Henry!

—No, no. Todavía no.

—Pero ¿por qué? ¡Se van a poner contentísimos!

—Necesito practicar un poco más para darles una buena sorpresa. Me gustaría que me vieran en Navidad.

Tristan asintió, entusiasmado.

—¡Y yo te ayudaré! Bueno... solo si tú quieres —añadió.

35

Damaris

Mansión Heligan, diciembre de 1785

—Damaris, ¿estás lista? —resonó la voz de Henry.

—¡Ya voy! —apuró el té, dejó la taza en su platillo y salió de la sala del desayuno. Henry la esperaba en el gran vestíbulo, ya completamente vestido.

—Estás muy hermosa, querida. Muy hermosa —le dijo, recibiéndola con una amplia sonrisa y un guiño—. Pues vámonos. Los cestos están ya en el carruaje.

El día anterior la joven, junto con varios sirvientes, había preparado unas cestas con alimentos y algunos detallitos para los arrendatarios. Esa mañana, dos días antes de Navidad, se disponían a repartirlos. Habitualmente era Harriet quien, en calidad de señora de la casa, realizaba aquella tarea acompañada de Damaris. Sin embargo, llevaba varios días indispuesta, de modo que Henry se ofreció a sustituirla.

Al salir de la mansión comprobaron que el carruaje aún no había llegado. Henry no se mostró molesto en absoluto por ello.

—No tardarán en traerlo, le habrá surgido un imprevisto al cochero —terció, mientras le ofrecía el brazo—. ¿Y si aprovechamos el tiempo para visitar mi preciosa gruta de cristal?

—Encantada.

Se colgó de su brazo y se dirigieron a la gruta, pasando ante el jardín de flores y los invernaderos. Hacía mucho frío, el sol despuntaba y un suave brillo azulado iluminaba la neblina de la mañana. En el poste de un cercado, un mirlo reñía con los zorzales que se escondían en el ramaje de los arbustos desnudos.

—Ay, qué mala suerte. —Henry se detuvo de improviso y se apoyó en una roca—. Se me ha metido una piedrecilla en el zapato. Ve tú por delante, enseguida te alcanzo.

Mientras avanzaba por el camino, Damaris comenzó a distinguir un débil resplandor que no parecía provenir del amanecer, sino de la gruta. Cuando la cueva quedó a la vista se detuvo, absolutamente fascinada: el interior de la pequeña cavidad centelleaba y refulgía a la luz de innumerables velas apoyadas en los salientes. El aire olía a cera de abeja.

Entró en la gruta, maravillada.

—Qué preciosidad... —murmuró para sí. Se volvió, buscando a su primo—. Henry, esto es... —Pero allí no había nadie, al parecer no la había alcanzado aún—. ¿Henry?

—Se ha marchado —resonó entonces una voz que le resultó muy conocida. La joven sintió que el corazón se le paralizaba de dicha.

Al volverse, se lo encontró de frente: Julian.

—Espero que nos perdones la artimaña. Quería hablar contigo a solas y Henry se ha prestado a traerte hasta aquí.

¿Quería hablar a solas? ¿En la gruta? Las preguntas se le agolpaban en la cabeza.

—Entonces... ¿no vamos a repartir los cestos?

—Sí, pero lo haremos por la tarde.

Ella sacudió la cabeza y dejó escapar una risita nerviosa.

—No me imaginaba a Henry mintiendo de un modo tan convincente.

—Ni yo. —Se aproximó unos pasos para entrar en la gruta—. Y tampoco esperaba sentirme tan turbado.

¿Él, turbado? ¿Julian? ¿El hombre que siempre parecía tan sereno? Sin duda se trataba de un asunto muy serio.

—¿Y de qué quieres hablarme?

—¿Te acuerdas de nuestra conversación el día que Allie se cayó al estanque? —El resplandor de las velas le iluminaba el rostro y la expresión de sus ojos le despertó un cosquilleo en la espalda—. Me dijiste que me amabas.

—Sí, así es. Nunca podré dejar de amarte, da igual lo que hagas o lo que digas.

—¿Recuerdas lo que te respondí?

Se le hizo un nudo en la garganta.

—Me dijiste algunas cosas muy bonitas. Pero también aseguraste que jamás volverías a ser feliz y que nunca podríamos estar juntos.

Él hizo un gesto de arrepentimiento.

—Bueno, es posible que... que ahora vea las cosas de otra manera.

Damaris se sintió muy frágil, como hecha de un finísimo cristal que podría quebrarse con el más leve soplo de brisa.

—¿Ya no te culpabilizas de... de la muerte de tu familia?

—Sí, con esa culpa tendré que vivir siempre. —Bajó la cabeza y siguió explicándose—: Para mí la vida ya no tenía sentido. Me veía condenado a soportar años de tristeza, remordimiento y vacío. Pero entonces sucedió un milagro, recuperé a mi hijo. Fue como despertarme de un letargo. Poco a poco he aprendido a mirar hacia delante. Y he estado reflexionando mucho...

—¿Sobre qué? —Los latidos de su corazón resonaban tan fuertes que apenas oyó sus propias palabras.

—Sobre ti. Sobre nosotros. —Le cogió las manos y dio un paso atrás—. Comprenderé que me rechaces, pero no quiero dejar de preguntártelo: Damaris Elinor Tremayne, ¿quieres casarte conmigo?

Damaris sintió una emoción tan intensa que una lágrima le resbaló por la mejilla.

—Sí —respondió con un hilo de voz—. Sí, claro que sí. Más que nada en este mundo.

Él suspiró profundamente y la atrajo hacia sí.

—Te amo —murmuró.

Era todo tan increíble, tan... irreal. La luz del amanecer, el brillo de las velas, los centelleantes cristales a su alrededor... y el calor de Julian. Se sintió como en un cuento de los que leía en su infancia.

—No quiero engañarte —le susurró él al oído—: carezco de apellido noble, y todo cuanto poseo es una cabaña en el bosque de Henry con unas pocas pertenencias. No soy muy alegre y me gusta la soledad. Y en ocasiones puedo ser muy obstinado.

—Nada de eso me resulta nuevo —repuso con una radiante sonrisa, embriagada de felicidad. De pronto se puso seria, y añadió—: Comprendo que nunca podré sustituir a la madre de Tristan, pero al menos lo intentaré.

—Serás una madre maravillosa.

Julian hundió las manos en su melena y la besó. Cuando Damaris se apartó de él, sin aliento y ardiendo de amor y deseo, notó que le faltaba algo. Se llevó la mano a la nuca.

—¡El pasador! Se me habrá soltado. Es un regalo de mi madre.

Julian tomó una vela casi consumida para iluminar las zonas por las que ella iba buscando. Finalmente, el pasador apareció intacto en un recoveco. Entonces Damaris alzó la vista y se lo encontró agachado muy cerca de ella. La pasión que reflejaba su mirada desencadenó un torrente de calidez que recorrió todo su cuerpo.

En ese momento se percató de que la vela goteaba y la cera fundida le estaba cayendo en los dedos.

—¡Oh! —exclamó, asustada—. ¡Te estás quemando!

Él negó con la cabeza.

—No es nada.

—Pues claro que sí. —La sopló con cuidado y la depositó en un saliente—. Pobres dedos. —Se llevó su mano a los labios—. Hay que curarte.

—No pasa nada, de verdad.

—Podríamos ir a tu casa.

—¿A la cabaña?

—Claro. Seguro que tienes algo para vendarte. Y Tristan está en clase, ¿verdad?

—Así es —respondió, y una sonrisa de complicidad le iluminó el rostro—. ¿De verdad quieres venir sola a la cabaña? Jovencita, ¿acaso olvidas que no es apropiado que una dama se encuentre a solas con un hombre si no es un familiar o su marido?

—Ese hombre es mi prometido —repuso ella, imitando el tonillo jocoso que él acababa de emplear. Se quedó sin aire por un momento: había dicho «prometido». ¡Estaba prometida! ¡Con Julian! Por fin se casaría con él. El corazón le dio un vuelco de alegría. Entonces añadió—: Estoy segura de que mi prometido no se aprovechará de la situación.

Casi no se dio cuenta de cómo llegaron al Bosque Viejo y

a la cabaña. Una vez allí, se olvidaron totalmente de las quemaduras y apenas prestaron atención a los perros que, tras saludarlos, volvieron a su lugar frente a la chimenea. Solo importaban ellos dos.

El fuego se estaba extinguiendo y hacía un poco de frío. Sin embargo, Damaris tenía mucho calor y se sentía aturdida, como si estuviera achispada.

—¿Eres feliz? —le preguntó a Julian.

—No imaginas cuánto.

Tomó la cara de ella entre sus manos y la besó. Primero con timidez y suavidad, luego con pasión creciente.

La joven sintió una intensa oleada de deseo. Dejó caer la capa, mostrando su escote. Él la ciñó con más fuerza. Notó el calor de su cuerpo y el latido de su corazón, un latido que se aceleraba por ella. Y no fue lo único que respondió a aquel estrecho abrazo.

Inesperadamente y para su decepción, la soltó y se apartó unos pasos.

—Voy a... Voy a reavivar el fuego.

—¿Por qué? ¿Ya te has cansado de mí?

Él se rio... ¡se rio sinceramente!

—Nunca me cansaré de ti. Pero no respondo de lo que pueda suceder si sigo besándote.

Un torrente de fuego recorrió el cuerpo de Damaris. A él se le había aflojado el pañuelo del cuello, y la visión de su camisa abierta le resultaba irresistible.

—Bueno, pues vamos a descubrirlo —decidió, y comenzó a desatarle el pañuelo.

—Pero... ¿qué haces?

—Quiero verte —susurró.

Apenas le quitó la prenda lo cogió de la mano y lo llevó al

dormitorio. No sabía de dónde le surgía tanta audacia. Pero se sentía tan feliz, tan rebosante de amor y de deseo... que no podía esperar más.

Las ropas cayeron al suelo una tras otra, primero las de él, y luego las de ella. Se hundieron en la cama fundidos en un abrazo apasionado.

Damaris había oído que las mujeres sentían dolor la primera vez que las poseían. Sin embargo, no tenía ningún miedo. No con Julian, cuyas manos la derretían dulcemente. Cuando por fin se entregó y él la penetró, la sensación fue deliciosa.

Tan solo emitió un gritito ahogado al sentir un pinchazo, que al instante desapareció. Entonces se aferró a Julian con más fuerza y se vio arrastrada por una ardiente oleada de deseo que crecía y crecía...

—Oh, Dios... —gimió, cuando la ola se estrelló, dispersándose en mil destellos—. ¡Julian...!

El día de Navidad, tras el desayuno, acudieron todos juntos a la iglesia de Saint Ewe. Viajaban en tres carruajes: la familia Tremayne con las dos hermanas, la familia Rashleigh, y Julian con Tristan. De regreso a Heligan hacía frío, pero el cielo lucía con un brillante azul intenso. Cuando se apearon, Allie les rogó que no entraran en la mansión y que se dieran la vuelta para que nadie la pudiera mirar.

—Ya podéis giraros —les ordenó al cabo de unos instantes.

Damaris no daba crédito a lo que estaba viendo: ¡su hermanita estaba en pie! Se había levantado de la silla y, con los brazos extendidos, alimentaba unas bonitas palomas que comían de sus manos. Tristan se mantenía a su lado sin perderla de vista, dispuesto a sujetarla si era necesario.

Las risas de la niña desbordaban alegría.

—¡Feliz Navidad! —exclamó.

—¡Feliz Navidad, Allie! —respondieron con emoción los presentes.

—Y esto no es todo —informó cuando las palomas se dispersaron, con la cara roja por el frío y el esfuerzo.

Le tendió las manos a Tristan. Damaris sintió que se le llenaban los ojos de lágrimas mientras veía cómo se acercaba. ¡Estaba caminando!

Al llegar a su lado, el chico la soltó y Allie extendió los brazos hacia su hermana, que se lanzó a abrazarla. Aunque solo le llegaba al hombro, de pronto la encontró muy mayor.

—Allie, cariño... —dijo con la voz ronca de emoción—. Esto es... ¡Maravilloso! ¿Por qué no me has contado nada?

—¡Porque quería que fuera una sorpresa! —respondió, acomodándose en la silla. Cuando Tristan se colocó tras ella para impulsarla, añadió—: Tengo hambre, ¡a comer!

Poco a poco fueron entrando en el vestíbulo, donde Bellwood y un lacayo se apresuraron a recoger sus abrigos, gorros y capas. Julian aguardó a Damaris en el vano de la puerta que daba acceso al salón.

—¿Sabes dónde estás? —le preguntó con una mirada cargada de intención.

—Pues... sí —repuso ella, algo confusa—. En la puerta del salón.

—Y justo bajo el muérdago. —Señaló el ramito verde adornado con lazos de colores—. Hoy, esto me da derecho a besarte en público.

Y la besó.

—¡Damaris! —exclamó Harriet con indignación—. Pero ¿qué haces? ¡Qué...! ¡Qué desvergüenza!

—Hoy no, querida cuñada —intervino Grace entre risas mientras Damaris, roja como la grana, se liberaba del abrazo—. Me parece que hoy no solo celebramos el triunfo de Allie, sino también un compromiso.

36

Damaris

Mansión Heligan, abril de 1786

La mañana de Pascua prometía ser tan hermosa como las de los días anteriores. Damaris se esforzó por permanecer inmóvil mientras Ruby le adornaba el alto recogido con unas flores primaverales. Estaba tan nerviosa que casi sentía náuseas, pero se le pasarían.

Si por ella fuera, se habrían casado sin demora en invierno, pero era necesario respetar ciertos plazos, y después comenzó la Cuaresma. Por eso la fecha más temprana resultó ser el Domingo de Pascua. Aunque la espera se le antojó eterna, por fin había llegado el momento de dar el «sí quiero» a Julian.

Al principio le preocupaba cómo se lo tomaría Allie. No solo su matrimonio sino, además, que dejara de residir en la mansión. Sin embargo, al sacarle el tema, la niña insistió en lo mucho que se alegraba de que Julian y ella estuvieran juntos. Señaló que seguirían viviendo en Heligan y podrían verse a diario. Tampoco le quitaba el sueño que a partir de ese momento Damaris tuviera un hijastro. Todo lo contrario.

«Ese niño necesita una madre», había sentenciado con aires de superioridad. «Además, hasta cierto punto soy la responsable de su rescate. Me parece de maravilla que reciba los mejores cuidados posibles».

Al oír que llamaban a la puerta, Damaris regresó al presente. Seguro que se trataba precisamente de su hermanita.

—Pasa, Allie.

Pero no fue ella quien asomó por la puerta, sino la cabeza impecablemente peinada de Harriet.

—Estás hermosísima, querida —le dijo admirada al entrar.

La joven se ruborizó. Su prima no solía prodigar halagos.

—Gracias, Harriet.

—Has terminado ya de arreglarte, ¿verdad?

—Sí, estamos esperando que llegue el carruaje.

—En ese caso, Ruby, déjanos a solas —le ordenó a la doncella.

—Como ordene, señora —la criada respondió con una reverencia, y añadió—: Le deseo mucha felicidad, señorita Tremayne. —Dicho lo cual, abandonó la estancia, cerrando la puerta al salir.

Harriet cogió una silla y se acomodó frente a la joven.

—¿Cómo te sientes, querida?

—Emocionada, un poco... como en un sueño. Y muy contenta.

Su prima asintió y se quitó una pelusa inexistente del vestido. Se mostraba algo nerviosa. Muy nerviosa, en realidad.

—¿Hay algo por lo que deba preocuparme? —inquirió Damaris.

—¿Preocuparte? No, no exactamente, aunque... —se interrumpió—. ¿De verdad deseas vivir en esa cabaña en mitad del bosque?

La joven sonrió.

—Agradezco tu interés, prima. Sí, es lo que deseo, voy a vivir con el hombre al que amo. Además, recuerda que hasta los dieciséis años residí en una casita muy parecida.

—Tienes razón —asintió, pensativa—. Serás una mujer casada y tendrás un hijastro.

—Así es, un niño encantador. Esperamos darle hermanitos pronto. —Después de decirlo, notó que se le coloreaban las mejillas.

—Me alegro de que saques el tema. De eso precisamente venía a hablar contigo. —Se aclaró la garganta—. En realidad, esta conversación le correspondería a la madre de la novia, pero, por desgracia, la tuya ya no está entre nosotros. De modo que es responsabilidad mía... explicarte... ciertas cosas.

—¿Qué cosas?

—Pues... las cosas que... que el hombre y la mujer hacen cuando se casan. —Resultaba muy curioso ver ruborizarse a la impasible Harriet.

Damaris hizo un gesto afirmativo, esforzándose por mantenerse seria.

Su prima carraspeó de nuevo y prosiguió:

—Bueno, querida, tienes que saber que el hombre...

—Julian. —Quiso ayudarla.

—Sí, Julian, pero también los demás hombres. Bueno, pues el hombre tiene ciertas... necesidades... que la mujer descubre en la noche de bodas.

—¿Necesidades?

La asaltó cierta mala conciencia por jugar así con su pobre prima. Pero no podía confesarle que todo eso ya lo sabía de sobra. A lo largo del invierno Julian y ella habían mantenido encuentros frecuentes en la cabaña, aprovechando que Tristan asistía a clase en la mansión. En el fondo, no había nada reprochable, estaban prometidos y la boda se celebraría pronto.

—Sí, necesidades. Exigencias que... en fin, la mujer tiene obligación de satisfacer.

La joven asintió en silencio y la miró simulando expectación. Era mejor dejar que continuase con su discurso.

—Seguramente has visto a las vacas, las ovejas o los caballos... —Se atascó—. Bueno, has visto cómo se... se aparean. Con las personas es parecido pero diferente. Imagino que sabes que la anatomía de los hombres es distinta en ciertas partes, ¿verdad?

Damaris tuvo que hacer un gran esfuerzo para reprimir una sonrisa.

—Sí, algo he oído —contestó, obligándose a mantenerse seria. Desde luego, «oír» no era el verbo más adecuado, considerando su profundo conocimiento de esa «anatomía distinta».

—Verás, querida —le cogió la mano y se la apretó con fuerza—, cuando el hombre te toma no es especialmente agradable. La primera vez resulta muy dolorosa. Pero luego se pasa y las veces siguientes no duele tanto. Te aconsejo que te quedes muy quieta, pienses en algo bonito y lo dejes hacer. Así no es tan terrible.

Damaris se mordió el labio. Pobre Harriet, no parecía que disfrutara mucho del lecho conyugal. Y pobre Henry...

—Quedarse quieta y dejarle hacer... —repitió—. ¿Acaso Henry no se preocupa por ti?

Harriet sacudió la cabeza y se ruborizó aún más.

—Oh, sí. ¡Claro que sí! Henry es un cielo y siempre procura que me resulte lo más agradable posible. Pero, en fin, cree que la mujer no está hecha para sentir tanto placer como el hombre.

La joven tuvo que contenerse para no rebatir aquella idea. No podía permitirse explicarle cuánto placer experimentaba ella.

Harriet le dio unas palmaditas en la mano.

—Tú eres joven y estás sana, sin duda el próximo año tendrás un bebé en brazos. Eso compensa todos los inconvenientes. —Sonrió—. Sabrás que estás encinta porque te faltará el período. En los primeros meses padecerás náuseas por las mañanas.

Oh, de modo que esa era la causa. Hacía algunas semanas que temía encontrarse enferma. La embargó una oleada de alegría. Era muy posible que ya llevara un niño en el vientre.

—Te lo agradezco mucho, prima. —Le temblaba ligeramente la voz—. Una madre no me habría aconsejado mejor.

—Me alegro, querida. —Se levantó, aliviada por haber zanjado un tema tan espinoso—. Creo que acaba de llegar el carruaje.

La parroquia de Saint Ewe los esperaba, adornada con lazos blancos y ramilletes de flores primaverales. Charles Rashleigh condujo a Damaris hasta el altar y Henry ofició la ceremonia. Una hora después, la joven abandonó la iglesia del brazo de Julian sintiéndose la mujer más feliz del planeta.

Y aún más feliz se sintió cuando, pocas semanas después, se confirmó que esperaba un hijo.

A partir de entonces la vida no fue tan sencilla como había imaginado. Aun así, no la habría cambiado por nada del mundo. Tenía más obligaciones, pero le resultaban más satisfactorias que cualquiera de las tareas que realizaba antes. Tras varios años sentándose a la mesa puesta en la mansión, había vuelto a cocinar, recordando lo que su madre le había enseñado. Supervisaba el aprendizaje de Tristan y practicaba con él la lectura, la escritura y el cálculo; cuidaba el jardincito de flores y plantas aromáticas que sembró ante la cabaña; cosía cortinas y zurcía la ropa que se estropeaba. Disfrutaba de la convivencia matrimonial.

Julian se mostraba inesperadamente cariñoso y parecía más joven y más alegre que nunca. A veces visitaban el mercado de Saint Austell con Allie, Tristan y la familia Tremayne, y luego hacían rebotar piedras planas en el estanque de Heligan. Apenas quedaba rastro de aquel ermitaño silencioso y adusto de los primeros años. Quizá estaba sucediendo lo que Damaris tanto deseaba: que su alma se curase poco a poco.

A la joven le gustaban sobre todo las horas del anochecer, cuando Tristan ya estaba acostado. Mientras trabajaba en su labor, charlaba con Julian de los acontecimientos del día hasta que llegaba la hora de retirarse a descansar.

Habían hecho algunos cambios en la cabaña. Se reservaron el dormitorio y colocaron la cama infantil en la estancia principal. Tumbados ante el fuego, los perros disfrutaban de la compañía del niño.

Una noche Damaris se despertó y se encontró sola en la cama. Entonces oyó los sollozos de Tristan y la voz de Julian consolándolo.

—¿Se encuentra bien? —preguntó a su marido cuando regresó a su lado.

—Sí, no es nada. Se ha asustado por una pesadilla, pero ya ha vuelto a dormirse.

La luz de la luna se colaba en el dormitorio a través de la ventana, cuyas cortinas estaban descorridas.

Pasado un ratito, Damaris preguntó:

—¿Sigues oyendo sus gritos? Una vez me contaste que por las noches te parecía que su voz te llamaba. Cuando creías que estaba muerto.

—No, desde que regresó, he dejado de oírlos. —Volvió el rostro hacia ella. Bajo el resplandor plateado de la luna se le veía muy extraño, como un ser de un mundo mágico—. Es como si... como si de algún modo mi mente hubiera intuido desde el principio que seguía con vida.

Esa explicación se le había ocurrido también a ella.

—Y... ¿qué hay del resto de tu familia? —inquirió con cautela—. ¿Alguna vez has oído a Rachel y a las niñas?

Hizo un gesto negativo.

—No. Nunca.

Damaris apoyó la cabeza en su hombro y se acurrucó junto a él. Durante las primeras semanas después de la boda se despertaba sobresaltada por pesadillas en las que Rachel, repentinamente resucitada, reclamaba que le devolviera a su marido. Pero esos sueños ya no la atormentaban.

—¿Sabes eso que le digo siempre a Tristan? —susurró Julian—. ¿Eso de que su madre y sus hermanas están en el cielo y nos cuidan desde allí?

Ella asintió en silencio.

—Pues al principio era solo para consolarlo. Pero con el paso del tiempo me parece una idea muy tranquilizadora.

—Sí —contestó soñolienta—. De verdad lo es.

Durante toda la primavera y gran parte del verano los operarios y jardineros trabajaron sin descanso para continuar la construcción del jardín de Heligan. Se trazaron nuevos caminos, se talaron árboles, se desbrozó la maleza y se plantaron nuevos arbustos y macizos de flores. Cuando por fin el proyecto estuvo terminado, Henry organizó una gran fiesta para celebrarlo.

Aquel sábado de agosto, a Damaris le habría encantado empuñar sus lápices, como había hecho en las últimas semanas, para plasmar el esplendor y la explosión de color de los jardines. Sin embargo, no tuvo oportunidad. Henry había invitado a decenas de amigos y conocidos, que acudieron en tropel. Como era de esperar, se encontraban presentes todos los habitantes de la mansión junto con la familia Rashleigh y el paisajista Thomas Gray quien, henchido de orgullo, respondía con entusiasmo a cualquier pregunta. También se personaron los arrendatarios de Heligan con sus familias y algunas gentes de las localidades cercanas. Además, acudieron los compañeros de caza de Henry junto con otros amigos y conocidos, muchos de los cuales pernoctarían en la mansión. Incluso el matrimonio Bampfylde viajó desde Hestercombe, transportando como regalo unos arbolitos de naranjo para el nuevo invernadero.

Una vez reunidos los invitados en la amplia extensión de césped, Henry pronunció un breve discurso en el que agradeció su presencia, alabó los méritos de Thomas Gray y relató algunas anécdotas divertidas de su *grand tour* del año anterior.

—Un hombre más sabio que yo, creo que fue Cicerón —relató, en tono distendido—, dijo una vez: «Si tienes un jardín y una biblioteca, no te faltará nada». Pues bien, yo ya poseía una biblioteca y ahora soy dueño del jardín que siempre soñé. Y puedo darle la razón al viejo Cicerón: ya no necesito nada más. Salvo a mi familia y a mis preciados amigos, claro está.

Tras un breve aplauso, continuó:

—Si pudiera pedir un deseo sería que estos jardines se preserven durante décadas. Qué digo décadas, ¡durante siglos!

Los invitados se rieron y aplaudieron de nuevo. Entonces Henry se volvió hacia su hijo y lo interpeló:

—John Hearle Tremayne, cuando yo falte, tú serás el encargado de proteger y cuidar este lugar, y de engrandecerlo con nuevas plantas y nuevas ideas. ¿Lo harás?

El pequeño Johnny permaneció en silencio mirando a su padre con gran seriedad, como si fuera muy consciente del significado de sus palabras. Después asintió. A su lado, su madre no cabía en sí de orgullo.

De nuevo resonaron los aplausos.

—Perfecto. —Se alegró Henry—. Pues con estas palabras declaro inaugurada la gran joya de Heligan. Disfruten de la fiesta, exploren los jardines y diviértanse.

Damaris decidió dar un breve paseo, pues caminar aliviaba un poco el dolor de espalda que padecía las últimas semanas. Más tarde buscó un rincón tranquilo desde el que observar a los presentes.

—¿Han visto ya las rudbeckias? —oyó preguntar a una señora en un corrillo—. ¡Unas flores realmente extraordinarias!

—Sí, amarillas como el sol, ¡admirables!

—También las nuevas vistas son asombrosas. La finca parece distinta.

—¡Y qué me dicen del jardín de flores! No sabía que había geranios de tantos tamaños y colores.

—¿Han visitado el templete griego? Parece que uno va a encontrarse al mismísimo Apolo.

Heligan nunca había estado tan concurrido. Más de cien invitados recorrían la mansión y los jardines, paseaban por los nuevos caminos y admiraban las flores del jardín amurallado y de la rosaleda. En el centro del bullicio se hallaba Henry, que conversaba con todos, rebosante de felicidad y orgullo. El criadero de piñas fue unánimemente alabado. Varios de los presentes quisieron saber cómo funcionaba y cómo se calentaban los invernaderos donde se cultivaban melocotones y limones.

A unas cincuenta yardas de la mansión se estaba construyendo un nuevo edificio destinado a albergar al futuro administrador y a su familia. Harriet y el matrimonio Rashleigh habían convencido a Henry de que necesitaba a una persona que asumiera una parte de las incontables tareas que conllevaba gobernar una propiedad como Heligan.

Damaris dedicó un buen rato a buscar a Allie, y finalmente la encontró charlando con un articulista del *Sherborne Mercury* llegado de Truro. Le estaba contando que la señora Bampfylde, de Hestercombe, tenía parte de mérito en el rescate de Tristan, porque le había regalado aquellos ejemplares atrasados, en uno de los cuales aparecía la noticia sobre el niño náufrago.

Damaris se detuvo al ver a Grace. Su prima dejó un platito vacío en un murete y se dirigió hacia donde ella estaba. En cuanto la alcanzó, le propuso:

—Ven, vamos a dar un paseo. —La tomó del brazo y, a los pocos pasos, le preguntó—: ¿Y bien? ¿Qué tal la vida conyugal?

La joven se rio.

—Mucho mejor de lo que imaginaba.

—Sí, eso me parecía. Él te hace feliz, y tú lo haces feliz a él. Nunca había visto tan relajado al señor Harrington... bueno, a Julian. Ahora es de la familia. —Le señaló la barriga—. ¿Cuándo sales de cuentas?

Ella dudó un poco.

—Oficialmente, en Año Nuevo.

—¿Oficialmente?

—Sí... Pero nacerá en diciembre casi seguro.

—¿Un parto adelantado, entonces?

Asintió, un poco avergonzada.

Grace sonrió con complicidad.

—Si Harriet se entera, le da un patatús.

—Sí, eso me temo. ¡Con lo que se esforzó en advertirme sobre los desagradables deberes maritales!

—Bah, no te preocupes más —la tranquilizó entre risas—. Charles y yo tampoco esperamos hasta la boda.

Habían llegado a las caballerizas, donde un grupo de niños se arremolinaba en torno a Tristan, y a Julian y su yegua.

—Nunca habría imaginado que se prestara a ello —dijo Grace.

—Ni yo. Creo que Tristan ha logrado convencerlo. Pero, mira, parece que se está divirtiendo.

Su marido se encontraba rodeado de niños de todas las edades deseosos de que les diera una vuelta en su yegua torda. En aquel momento montaba Callum, uno de los deshollinadores rescatados. Cabalgaba orgulloso como un pavo mientras Julian describía un círculo con el animal sujeto por las riendas.

Al caer la noche, tras una agradable cena en la mansión,

Henry les pidió a sus invitados que salieran de nuevo al jardín. Damaris sabía qué ruta seguirían: el sendero flanqueado de antorchas y faroles que llevaba a la gruta. Los sirvientes habían encendido cientos de velas que iluminaban su interior. Se alegró muchísimo de presenciar las exclamaciones de asombro que arrancó aquel maravilloso espectáculo.

Pero eso no era todo, Henry aún tenía preparada otra sorpresa: la actuación de unos expertos en pirotecnia llegados de Truro. Los cohetes silbaron y derramaron su luz en el cielo nocturno. En tierra, unas ruedas de fuego giraban a gran velocidad y lanzaban al aire una lluvia de chispas. Resonaron infinidad de «¡ah!» y «¡oh!», de aplausos y vítores, y los niños y algunas damas lanzaban gritos que eran una mezcla de admiración y de miedo.

Damaris estaba tan impresionada por el despliegue que no sabía dónde mirar. Se apoyó en Julian, y en ese momento notó unas suaves pataditas en el vientre. Entonces cogió la mano de su marido y se la llevó a la barriga mientras los fuegos artificiales iluminaban el cielo.

37

Damaris

Jardines de Heligan, septiembre de 1786

Tuvieron mucha suerte con el tiempo en la fiesta de inauguración de los jardines. A los pocos días, el clima empeoró notablemente y comenzaron el frío, el viento y la lluvia. A mitad dé septiembre un intenso temporal que barrió el sur del país arrasó casas enteras y se cobró la vida de varias personas. Arrancó árboles de cuajo y algunos barcos se hundieron o se estrellaron contra los acantilados, arrastrados por el oleaje. En Heligan varios árboles sucumbieron. Sin embargo, en cuanto la tormenta amainó, los jardineros se apresuraron a reparar los daños. Retiraron los troncos caídos, extrajeron las raíces y plantaron en su lugar ejemplares nuevos.

La festividad de San Miguel llegó y pasó. Durante aquellas semanas Julian apenas paraba en casa, pues era el momento más ajetreado del año. Ayudaba a Henry a abonar el salario a los trabajadores y a tratar con los arrendatarios que se retrasaban en el pago del alquiler. Además, debía hacer un recuento aproximado de la caza mayor y menor del bosque, y organizar las batidas de la temporada cinegética. Por todo ello Damaris se alegraba muchísimo cuando al atardecer regresaba con ella a la cabaña.

Una fría mañana de octubre, poco antes de que Damaris cumpliera veintidós años, en el cielo se formaron unos nubarrones bajos que presagiaban lluvia. Julian cortaba leña para el invierno y ella quitaba las malas hierbas de su jardincito.

Los perros alzaron las orejas y se levantaron con un gruñido. Ella suspendió su tarea y también Julian dejó el hacha y cogió la escopeta, que tenía a su lado. A los pocos minutos un joven apareció en el claro. A Damaris le resultaba familiar, pero no recordaba dónde lo había visto.

—Marty Truscott. —Su marido, en cambio, lo identificó inmediatamente, y bajó el arma.

Entonces se acordó: era el trampero furtivo al que Julian había sorprendido y llevado ante Henry una mañana que Ruby y ella habían salido a pasear a caballo.

—Señor... señor Harrington. —Se detuvo a unos pasos de la cabaña, manoseando nervioso su gorro de color rojo—. Oh, buenos días, señorita Tremayne. Perdón, quiero decir señora Harrington.

—¿Estás seguro de que es aquí adonde querías venir?

Como un conejillo aterrorizado, el joven asintió.

—Sí. Me envía el señor Tremayne. Para... para que hable con usted.

Pobre muchacho. Damaris temía que su marido lo despidiera con cajas destempladas. Sin embargo, para su sorpresa, contestó:

—Si es así, pasa y hablamos. —Marty dejó escapar un sonoro suspiro de alivio.

Aunque se moría por saber de qué hablaban, la joven mantuvo a raya su curiosidad y retomó la tarea de arrancar malas hierbas.

Al poco rato salieron de la cabaña. Marty se despidió, mucho más tranquilo, y desapareció a paso rápido entre los árboles.

—¿Qué quería? —Por fin podría saciar su curiosidad.

—Lo voy a tomar de aprendiz. Quiere casarse con una muchacha y ganarse honradamente el pan. Como voy a dejar de ser guardabosques, hará falta alguien que me sustituya.

—¿Dejarás de ser guardabosques? —inquirió, nerviosa—. ¿Ya no trabajarás para Henry?

—Pues resulta —empezó a explicarle, cogiéndola por la cintura— que voy a desempeñar otras tareas. Muy pronto nos iremos de aquí.

—¿Cómo que nos iremos? —Se liberó de su abrazo y lo miró enfadada—. ¡Yo no quiero marcharme! ¡No quiero dejar Heligan! ¿Y qué será de Allie? Si nos vamos...

—No dejaremos Heligan —la interrumpió.

—Pero...

—Voy a ser el administrador de Henry, lleva meses insistiendo para que acepte. Y al fin le he hecho caso y he dicho que sí.

—Ah, ¿sí? —Se sentía muy confusa. Y entonces cayó en la cuenta—. ¡El edificio nuevo! El que están construyendo... para el administrador y su familia. ¿Esos somos nosotros?

Él se encogió de hombros con fingida indiferencia.

—Eso parece. Nos hace falta más espacio, la cabaña se nos va a quedar pequeña enseguida. —Cogió un leño, como si sus manos necesitaran mantenerse ocupadas. Y al momento volvió a soltarlo—. No sabes cuánto me ha costado ocultártelo. Tampoco se lo podía decir a Allie ni a Tristan, porque te lo habrían soplado enseguida. Solo lo saben Henry, Harriet y los Rashleigh.

Damaris sacudió la cabeza, sin decir nada.

—Piensa que todo son ventajas —prosiguió Julian, interpretando su silencio como un rechazo.

—Sí, claro que sí. Estoy muy contenta, salvo porque me has engañado como un granuja. Pero ¿y tú? ¿A ti te parece bien?

—Bueno. —Se encogió de hombros—. Desde luego supondrá un gran cambio. Tendremos más dinero y una casa grande con varias habitaciones e incluso sirvientes. También estaremos más cerca de la mansión y, por tanto, de Allie. Como ves, es todo bastante horrible —ironizó, esbozando una sonrisa pícara que Damaris casi no le conocía—. Pero creo que podré adaptarme.

El frío otoño dio paso a un invierno aún más riguroso. El jardín permanecía dormido y la construcción de la nueva casa se había paralizado. Sin embargo, aquella estancia de la mansión, en cuya chimenea ardía un buen fuego, se encontraba muy bien caldeada.

—¡Aquí no dice nada de los niños deshollinadores! —se indignó Allie. El último número del *Sherborne Mercury* reseñaba la fiesta de Henry y la historia del milagroso rescate de Tristan. No obstante, a pesar de su insistencia, no dedicaba ni una palabra a aquellas criaturitas desventuradas—. ¿Y si les escribo? ¿Tú qué dices, Maris?

—Pues... la verdad... ahora mismo... me da igual —jadeó su hermana. Al instante emitió un gemido profundo y gutural que Allie no había oído jamás y estrujó las sábanas, presa de una contracción.

La situación se prolongaba desde hacía muchas horas. Cada pocos minutos se le tensaba el cuerpo, se ponía muy pálida y soportaba la oleada de dolor con los dientes apretados.

Las contracciones comenzaron a mediodía, tras el almuerzo dominical del que toda la familia había disfrutado en la mansión después de asistir a misa. A toda prisa se preparó una habitación en la primera planta e hicieron llamar a la comadrona, que vivía en la cercana localidad de Pentewan. Ya habían transcurrido varias horas, reinaba la oscuridad y la noche estaba muy avanzada.

—Todo va bien —había determinado la comadrona tras reconocerla—. Solo queda esperar. Los partos primerizos a veces son muy largos.

El acontecimiento se esperaba para principios de año, pero en ocasiones los niños se adelantaban. Una vez, Allie había leído en secreto (aunque el libro se encontraba a su alcance, en un estante bajo) cómo funcionaba todo. Después de la concepción, acerca de la que no se daban detalles, el niño tardaba unos nueve meses en nacer. Puesto que la boda se había celebrado hacía apenas ocho meses, aquel bebé llegaba al mundo demasiado pronto. O bien, como no se abstuvo de apuntar la comadrona, la concepción se había producido antes del matrimonio.

La rechoncha mujer roncaba en una butaca, en la esquina de la habitación. Harriet y Grace se relevaban para darle la mano a Damaris, hablar con ella y tratar de distraerla.

La joven se adormecía por momentos, hasta que una nueva contracción la sacaba de la duermevela. A Allie le partía el corazón verla padecer así. También Harriet tenía muy mala cara, parecía que presenciar aquel sufrimiento la afectaba profundamente. Quizá recordaba el parto de Johnny, seis años atrás.

Los hombres (Julian, Henry y Charles) aguardaban en el salón, y entretenían la espera con oporto y cigarros puros. Allie se preguntó si Tristan los acompañaría. ¿Dónde iba a estar, si no? Quizá con Johnny en el cuarto de los niños, aunque ya era demasiado mayor para que lo hubieran mandado allí.

Se impulsó hasta la ventana. La escarcha dibujaba flores en el cristal y se sentía el frío que intentaba colarse desde el exterior. Eran los primeros días de diciembre, la luna estaba casi llena y Heligan yacía bajo un manto de nieve. Un montoncito blanco se acumulaba en el alféizar, la nieve cubría la hierba y los caminos, y envolvía árboles y arbustos en una cubierta blanca. El paisaje transmitía una paz que se vio perturbada por otro largo gemido de Damaris.

La comadrona se sobresaltó, se levantó con dificultad del sillón y examinó de nuevo a la joven.

—Todavía tardará un poco —afirmó—. Creo que la damita debería ir a acostarse. Lo que viene ahora no es para niños.

Las protestas de Allie fueron en vano, pues Harriet le ordenó que abandonara la habitación.

Damaris yacía entre almohadones, pálida y bañada en sudor.

—Vete, Allie. Todo saldrá bien.

—¿Seguro?

Su hermana intentó componer una sonrisa.

—Claro que sí. Ocúpate un poco de Julian, ¿de acuerdo?

La niña se lo prometió y salió de la estancia a regañadientes.

Antes de llegar al salón se encontró con Julian, fatigado como si llevara días sin dormir.

—¿Cómo está? —preguntó ansioso.

—Pues me imagino que como todas las mujeres cuando dan a luz. Pero me ha dicho que todo saldrá bien y me ha pedido que te cuide.

Para su alegría, efectivamente Tristan se encontraba en el salón, y con esa excusa le permitieron quedarse con los hombres. No era apropiado en absoluto, pero tratándose de una noche tan excepcional como aquella, las convenciones sociales podían obviarse.

—Todavía recuerdo el nacimiento de Johnny —rememoró Henry, mientras le servía a Julian otro vaso de oporto—. Estaba hecho un manojo de nervios, y muerto de preocupación. Y cuando por fin tuve a mi hijo en brazos, se me hizo pis encima.

Julian sonrió a duras penas y vació el vaso de un trago.

En algún momento de aquella noche eterna, Allie se durmió. Alguien la llevó a su habitación. Cuando abrió los ojos, el sol brillaba y se encontraba arropada en su cama. Tristan dormía en un pequeño sofá que había en la habitación.

Miró bajo el cobertor y se dio cuenta de que llevaba la ropa del día anterior.

—¡Damaris! —exclamó, y su grito sobresaltó a Tristan—. ¡Tengo que verla!

Nadie la había despertado. Era una mala señal. Damaris había muerto, o el bebé, o ambos. ¡Oh, no, no, no! Tristan se apresuró a ayudarla a sentarse en la silla y salieron a toda velocidad.

Cuando llegaron a la habitación, a Allie le temblaban las manos. Llamó a la puerta. Transcurrido cierto tiempo Julian abrió.

La niña lo miró atemorizada, preparada para lo peor. Le

pareció que estaba muy cansado, pero no se le veía afligido. Todo lo contrario, estaba muy contento. Tras él distinguió a Damaris quien, muy lejos de haber fallecido, irradiaba felicidad. Estaba incorporada en la cama y sostenía un bulto envuelto en una mantita.

Su alivio fue infinito.

—¿Estás bien? —le preguntó, con un hilillo de voz.

Damaris asintió. Pese a su enorme sonrisa, Allie percibió que estaba agotada.

—Claro que sí. Todo está en orden. —Apartó un poco la mantita—. Tristan, Allie, os presento a Avery.

Después permitió que su hermanita lo cogiera en brazos. Allie sintió nacer en su interior un amor profundo y desconocido por aquel ser minúsculo y arrugadito.

Avery Harrington, su sobrino.

38

Lexi

Mevagissey, Cornualles, abril

Lexi se sentía contentísima. Cait llegaría en un rato y podrían celebrarlo juntas. Había metido en la nevera el champán que compró al salir del trabajo, y para cenar pedirían comida india. Invitaría ella. Nelson, el gato negro de tres patas, se había acurrucado en un sillón delante del radiador y ronroneaba bajito.

El material para la primera fase de la exposición estaba casi listo. Conocía a fondo todos los documentos que había podido encontrar sobre la construcción de los jardines de Henry Tremayne. Planeaba imprimir en un gran panel el plano de Thomas Gray de finales del siglo XVIII para presentarlo del mismo modo que el plano moderno de Heligan. También pretendía exponer fragmentos seleccionados del diario de Henry. Además, escribiría un texto explicativo que destacaría las conexiones entre ambas cosas.

A pesar de todo, creía que aún le faltaba información. De Damaris Tremayne solo sabía que había acompañado a Henry en su *grand tour* y que era una dibujante de gran talento. En cuanto al corazón y al nombre casi ilegible tallados en el haya, le encantaría descubrir quién los había grabado, y a quiénes hacían referencia.

Como Cait aún tardaría una hora en volver, decidió emplear el tiempo en seguir indagando.

Encendió el portátil, desde cuya pantalla la saludó como siempre el retrato de Henry. Lástima que solo existiera esa imagen de él. Se preguntó si realmente tendría aquel aspecto tan serio.

Pero no debía perder el tiempo, ahora investigaba a otra persona. Inició una nueva búsqueda. Hasta aquel momento no había encontrado a ninguna Damaris Tremayne que encajara en el intervalo temporal que manejaba. Con ese nombre solo halló a la tía, recientemente fallecida, de un antiguo propietario de Heligan. Estaba claro que esa no era «su» Damaris.

Se dirigió a la página del *Sherborne Mercury*, un semanario que en tiempos de Henry era muy popular en el sur de Inglaterra y que ofrecía algunos números de la época digitalizados. No muchos, por desgracia. Ya había buscado allí sin éxito. Volvió a probar con las palabras clave: «Tremayne, Damaris, Heligan» y de nuevo no obtuvo resultados.

Bueno, pues tendría que pensar en otra cosa.

De pronto sintió como si una venda se le cayera de los ojos. ¿Y si sus búsquedas eran erróneas? Aquella Damaris quizá se casó en algún momento, y entonces habría adoptado el apellido de su marido.

¿Cómo no se le había ocurrido antes? Tal vez podría rastrearla en los registros parroquiales. Ni siquiera era necesario que los visitara en persona, tal como demostró una rápida pesquisa: enseguida halló un portal en el que se podían investigar genealogías de siglos pasados con solo introducir algunos datos relevantes.

Escribió «Inglaterra» en el cuadro de búsqueda y seleccionó «Cornualles» en el desplegable. Una vez allí, pinchó en «Enlaces matrimoniales 1754-1806». Apareció una larga lista que comenzó a revisar enlace por enlace.

Sin embargo, abandonó al poco rato. Era demasiado laborioso y complejo, así no avanzaría. Se le ocurrió visitar el foro y revisar los consejos de otros usuarios. Uno de ellos sugería buscar en los registros de bautismo, y no en los de casamiento.

¡Buena idea! En poco tiempo dio con una página que agrupaba los registros de bautismo de Cornualles.

En el campo destinado al nombre escribió «Damaris»; en el del término parroquial, puso «Saint Ewe»; y en el de apellido de soltera, «Tremayne».

¿Y el año del matrimonio? Lexi solo sabía que durante 1785 había acompañado a Henry en su viaje. Era probable que entonces estuviera soltera. Pero, claro, a partir de su regreso se podía haber casado y tenido hijos en cualquier momento...

Escribió «1785» y pulsó el botón de «buscar».

Nada.

Nuevo intento. Mantuvo todo igual, pero esta vez insertó el año 1786. Iría probando año por año, a ver si tenía suerte. Aunque quizá el bautismo se celebró en otra parroquia, o Damaris nunca se casó, o no tuvo hijos, o falleció joven y no...

¡Premio!

Apareció un resultado referido a un bautismo celebrado en diciembre de 1786. Cuando pinchó en el enlace se abrió una nueva ventana que mostraba la fotografía de una página manuscrita, con toda probabilidad de un registro parroquial. Amplió la imagen para leer las anotaciones.

La letra del párroco, bonita y regular, se entendía sin ninguna dificultad. Cada bautismo estaba pulcramente inscrito con fecha, nombres y otras informaciones. No tardó mucho en encontrar lo que buscaba.

«Feliz bautismo en la Iglesia de Todos los Santos de la parroquia de Saint Ewe. Fecha de bautismo: 10 de diciembre de 1786. Nombre del niño: Avery. Nombre del padre: Julian Harrington. Nombre de la madre: Damaris Elinor Harrington, de soltera Tremayne».

¡Tremayne! Damaris Tremayne, ¡allí estaba! Casi se le escapó un grito de júbilo.

Al final su suposición era correcta: se había casado.

Con un tal Julian Harrington. Aquel nombre le resultaba familiar. ¿No se llamaba así el náufrago que Henry había contratado como guardabosques?

Revisó sus notas y, efectivamente, allí estaba: «Julian Harrington».

El ruido que hizo Cait al entrar por la puerta la arrancó de sus pesquisas. Nelson se despertó de la duermevela y maulló para dar la bienvenida a su dueña.

—Mira, Nelson —dijo Lexi—. Aquí llega nuestra compañera de piso preferida.

—Vaya, te veo de buen humor. —Lanzó las llaves y el correo a la encimera y abrió la nevera para guardar la compra. Entonces exclamó sorprendida—: ¡Champán! ¿Qué celebramos?

—Bueno, pues que casi he terminado de preparar la primera fase de la exposición. Además, me he dado cuenta de lo bien que me siento aquí, y quiero celebrarlo. —Dudó un momento—. Ah, y además hoy es mi cumpleaños.

—¡Mierda! Lo siento, no tenía ni idea. De haberlo sabido te habría traído un regalito o...

—¡No, no! —la interrumpió—. Si quisiera que lo supieras, te lo habría dicho. Ahora vamos a brindar.

Se levantó, tomó dos copas del armario y sacó la botella de la nevera. La abrió haciendo que el tapón saltara con un alegre «pop» y sirvió el champán.

Cait alzó la copa.

—¡Muchas felicidades! Brindo por ti y por Heligan. Y, sobre todo —sonrió con malicia—, por que nuestros ex lamenten cada día no estar con unas chicas como nosotras.

Aunque Lexi se estremeció, se obligó a no pensar en Rob. Ya no tenía lugar en su vida. No lo tendría nunca más.

Tras dar un sorbo, dejó la copa y dijo:

—Tienes que ver lo que acabo de encontrar.

Cait se acercó al portátil.

—¿Algo más sobre tu adorado Henry?

—No, sobre Damaris. Mira, aquí lo tienes. —Le enseñó la imagen de la inscripción en el registro.

Cait la leyó y frunció el ceño.

—Vaya, ¿has visto eso? —Señaló una línea en concreto—. Aquí, en los datos de la madre. Pone «*late spinster* Tremayne», es decir «difunta soltera Tremayne». ¿Querrá decir que murió poco después de dar a luz?

Lexi sonrió.

—No, por suerte. Si bajas por el registro, verás que lo pone en todas las mujeres. Fíjate: «*late spinster* Smithens, *late spinster* Anderson», y lo mismo con el resto. Aquí «*late*» no significa «difunta» sino algo así como «antigua» o «nacida». Es el apellido de soltera.

—Ah, pues me quedo más tranquila, y además he aprendido algo nuevo. —Asintió con un gesto de satisfacción, se terminó el champán y dejó la copa—. Así que podemos suponer que tu Damaris disfrutó de la vida todavía algún tiempo.

En el archivo reinaba un silencio muy agradable. Ahora que había obtenido algo más de información sobre Damaris, Lexi esperaba continuar recopilando material para la exposición.

Había dormido sorprendentemente bien, sin duda gracias a las generosas cantidades de alcohol que habían consumido la noche anterior. Primero su champán y después una botella de vino que Cait sacó de algún sitio y que dejaron medio vacía antes de retirarse cada una a su habitación. Por suerte, aquella mañana el ibuprofeno había obrado maravillas con su dolor de cabeza.

Sin saber muy bien qué buscaba, sacó algunos libros y carpetas de los estantes y revolvió un poco por el archivo. Entonces dio con una caja plana en la que ponía «Rashleigh». ¿El matrimonio Rashleigh? Si se refería a ellos, se trataba de la hermana de Henry, Grace, y de su cuñado Charles. No era la primera vez que veía aquella caja, pero no la había considerado relevante. Ahora la dejó sobre en la mesa, se puso los guantes blancos de algodón y la abrió con mucha cautela.

Había leído en alguna parte que Grace llevaba un diario que nunca había podido localizarse. Con gran esmero fue sacando documentos, y comprobó que el diario tampoco se encontraba allí. Sin embargo, halló una carpeta gris oscuro que contenía multitud de hojas de papel con marcas de haber estado plegadas. Era la correspondencia de Grace a lo largo de varios años.

Procedió a revisarla con gran atención. Muchas de las cartas las había escrito Henry, no necesitó mirar la firma para saberlo. Su caligrafía le resultaba tan conocida como la de un buen amigo. Las leyó por encima. Daban cuenta de pequeños acontecimientos domésticos, de la salud de personas y animales o de la siembra de nuevas plantas. Apartó aquellas misivas para examinar las demás. Halló cartas de amigos y conocidos que agradecían una invitación, o bien informaban de sus asuntos o del crecimiento de sus niños. También aparecieron cartas de los propios hijos de Grace. Una hija describía a lo largo de varias páginas un baile al que había asistido en Londres, y otra relataba sus experiencias como reciente esposa y madre.

Casi al final de todo apareció una breve nota, escrita en letra grande y con los palitos redondeados, una letra de mujer.

Llevaba fecha del 12 de abril de 1815, y en la firma se leía claramente «Damaris Harrington».

Se le cortó la respiración. ¡Damaris! ¡Otra señal de vida, casi tres décadas después de su boda!

> Queridísima Grace: no hay palabras para expresar mi aflicción por lo sucedido. Aunque Avery es mi hijo y siempre lo querré, sus acciones son imperdonables. Espero que este funesto duelo no suponga la ruptura de nuestra profunda amistad, y deseo que mantengas tu cariño hacia mí y hacia mi familia. Rezo por vosotros, especialmente por Perys. Con todo mi afecto, y en la esperanza de tu perdón, se despide tu amiga, Damaris Harrington.

Añadía una breve posdata que Lexi solo leyó por encima. Depositó la carta en la mesa con las manos temblorosas por la emoción. ¿Un funesto duelo? ¿Y el hijo de Damaris estaba implicado? ¡Qué giro tan dramático!

El hijo de Damaris... Revisó el encabezamiento: abril de 1815. Si se trataba del mismo Avery cuya inscripción de bautismo había encontrado el día anterior, en aquella fecha sería ya un hombre de veintiocho años. ¿Qué había sucedido? ¿Quién era Perys? ¿Cómo terminó la historia? Y, sobre todo, ¿por qué no podía ser Damaris más explícita?

Inspeccionó las cartas que quedaban, sin encontrar ninguna otra escrita por ella.

39

Lexi

Jardines de Heligan, abril

Cuando llegó a Heligan a la mañana siguiente, el tiempo era frío y lluvioso, con un cielo gris pizarra cargado de nubes bajas. El día perfecto para trabajar en un lugar cubierto y calentito.

Eliza no había llegado aún. Se dispuso a esperarla ante el edificio de las oficinas cuando Ben apareció a su lado.

—¿Esperas a alguien?

—Sí, a Eliza. Pero parece que se retrasa.

—Dime, ¿qué tal avanza la exposición?

—¿Prefieres la respuesta larga o la corta?

Él se encogió de hombros.

—En media hora tengo que estar en el huerto. Hasta entonces puedes contarme la versión larga.

Lo miró con escepticismo.

—¿Lo dices por amabilidad o de verdad te interesa?

—De verdad me interesa. La historia de Heligan me apasiona, porque un antepasado mío trabajó aquí.

—¿En serio? No lo sabía.

—Es que no voy por ahí contándoselo a todo el mundo. Pero sí, el abuelo de mi abuelo fue un empleado de estos jardines. Como ves, he seguido sus pasos. Me parece muy bonito trabajar en el mismo sitio que él.

—Lo es, sin duda. Pues a lo mejor te entrevisto para la exposición...

—Me encantaría —aseguró. Por un momento pareció que iba a añadir algo más. Lexi sintió un cosquilleo parecido al del champán recorriéndole el cuerpo. Nada desagradable, sino todo lo contrario.

—Está bien, tú te lo has buscado. ¿Quieres que entremos y te enseño nuestros progresos?

—Me parece perfecto.

La joven abrió la puerta del despacho, se dirigió a su escritorio y encendió el ordenador. Primero le mostró a Ben el plan general para las distintas fases de la exposición, y después los paneles que Eliza y ella habían preparado en los últimos días. Se mostró realmente impresionado.

—Y he descubierto cosas nuevas —anunció Lexi.

—Quiero oírlas.

—¿Sabes la cabaña del Valle Perdido, la que me enseñaste? Pues parece que el guardabosques que la habitaba era un náufrago que había aparecido en una cala cerca de aquí.

—¡Hala!

—Y eso no es todo. Ya tengo su nombre, se llamaba Julian Harrington.

—¿Cómo lo has averiguado?

—Gracias a una carta de Henry a su hermana en la que le hablaba de su nuevo guardabosques. —Lo miró y jugueteó con un mechón de la melena, absorta en sus pensamientos—. ¿Conoces un haya centenaria que está en Eastern Ride, en el camino de herradura? Tiene un nombre tallado en el tronco, y un corazón.

—Sí, la conozco. El nombre ya casi no se lee. Debe de ser antiquísimo.

Ella asintió, soltándose el mechón de cabello.

—Lo he examinado con detalle y estoy casi segura de que las letras que quedan son: «L, I, A, N». Míralo aquí.

Abrió la imagen y se la enseñó muy ampliada en el monitor.

—¿Ajá?

—¿Es que no atas cabos? ¡Podrían corresponder a «Julian»!

Ben frunció el ceño.

—¿Te parece que la inscripción es tan antigua? Bueno, teóricamente es posible, porque las hayas viven muchísimo tiempo. Pero, suponiendo que tengas razón, ¿de verdad crees que se refiere al guardabosques? ¿Quién querría escribir su nombre en un árbol?

—Eso nunca lo sabremos con certeza —reconoció—. Pero Julian no era un nombre habitual en la época. Por aquel entonces los hombres se llamaban Robert, William, Henry o Thomas, cosas así. —Sonrió—. Pero, espera, que aún hay más. He descubierto que Henry Tremayne no realizó en solitario su *grand tour* por los jardines de Inglaterra. Contaba con una acompañante, una mujer llamada Damaris Tremayne, una joven de su familia que quizá fuera su prima. Pues bien, al regreso del viaje la tal Damaris se casó ni más ni menos que con... —hizo una pausa dramática—: ¡Julian Harrington!

—Ya veo. Qué historia tan interesante.

—Y por eso estoy bastante convencida de que en el haya pone «Julian». Y de que...

—... fue Damaris quien lo grabó —completó Ben.

Ella asintió con alegría.

—Seguro que estaba enamoradísima de él. Hemos descubierto una historia de amor que pasó hace doscientos años. ¿No es superromántico?

—Bueno... —repuso él, sin demasiada convicción—. Igual suena un poco cursi.

Lo miró extrañada.

—¡Ay, los chicos! No sabéis nada de romanticismo.

Él le dedicó una enigmática sonrisa, que despertó en ella un intenso deseo de que la abrazara.

En ese momento rechinó la manilla de la puerta y apareció Eliza.

—Vaya, tenemos visita. Hola, Ben. —Contra todo pronóstico, estaba de muy buen humor. Le faltaba el aliento—. Siento llegar tarde... me he entretenido. —Se dejó caer en una de las sillas de la oficina.

—No te preocupes, Ben ha sido un oyente muy atento. Eso sí, la inscripción del haya no le parece romántica...

—¡Hombres! —exclamó la chica muy convencida, poniendo la misma cara que una gata después de haberse zampado un cuenco de nata—. ¡Por cierto! He encontrado algo muy interesante. —Rebuscó en el bolso, sacó un cuadernito y lo abrió por una página marcada con un pósit—. Para que luego no se diga que yo no colaboro. Mirad, di con esto anoche: durante los trabajos de restauración de Heligan apareció un penique del año 1797, de los denominados «rueda de carro».

—¿Qué es eso de «rueda de carro»? —preguntó Ben.

—Los llamaban así a finales del siglo XVIII —explicó la chica, que se había informado bien.

Les mostró una imagen de aquella antigua moneda de cobre, en la que aparecía comparada con un penique actual. Era casi cuatro veces más grande.

—Es enorme. —Se asombró Lexi.

—Pues por eso precisamente la llamaban «rueda de carro». Al parecer, es la moneda más grande y más pesada que se ha acuñado nunca, su peso es de una onza. Me imagino que sería incomodísimo llevarla en el monedero... Pues bien, se piensa que este penique se le pudo caer del bolsillo a Thomas Gray mientras trabajaba en la finca. O puede que perteneciese a Henry Tremayne, o a alguno de sus arrendatarios...

—O a Damaris —apuntó Ben.

—O a Damaris —repitió Lexi. Se volvió hacia su compañera, y le dijo—: Eliza, tengo que contarte mis nuevos avances.

Le resumió la información que había reunido en sus búsquedas nocturnas por internet, a saber: que había localizado a Damaris, la compañera de viaje de Henry, en un registro parroquial de bautismo; y que gracias a eso sabía que se había casado y que había tenido un hijo, Avery. Eliza se mostró entusiasmada. Lexi continuó:

—Además, ayer estuve en nuestro archivo y encontré una carta muy interesante de Damaris a Grace Rashleigh. Sucedió algo que truncó su amistad, al parecer un duelo entre Avery y un hombre llamado Perys, que quizá era el hijo de Grace.

—¿Un duelo? ¿Entre los hijos de dos amigas? ¡Qué emocionante! ¿Y qué pasó? ¿Murió alguno de ellos?

—Ni idea. En su carta, Damaris solo decía que rezaba por Perys. Puede significar cualquier cosa. He intentado indagar más, pero sin éxito: nada, *niente*.

—¿Has probado ya en Kresen Kernow? —inquirió Ben.

—¿El nuevo archivo de Cornualles? Sí, en la versión online. —Abrió el bolso y sacó una hoja que había impreso en la impresora de Cait—. Esto es lo que encontré: una lista de todos los documentos referidos a la familia Tremayne del período que nos interesa.

En el folio, lleno de apretadas líneas, se listaban las tierras pertenecientes a Henry, o que se encontraban bajo su mando. Además, aparecía una síntesis de matrimonios, herencias, avales, contratos de arrendamiento, junto con documentos personales, como diarios o recetas. También se recogía la correspondencia, tanto de negocios como privada, mantenida con las familias Hoblyn, Kirkham, Moyle, Dart, Williams y Harrington.

—¡Harrington! —exclamó Lexi—. Con lo que ahora sabemos, podría tratarse de Damaris y Julian.

—¿No has encontrado nada más? —preguntó Eliza.

—No, solamente este listado. Nada sobre Avery Harrington o sobre otros hijos.

—¿Y no te pueden enviar los documentos?

Lexi negó con la cabeza.

—Por desgracia, no. Kresen Kresow es un archivo, no una biblioteca. Para acceder a los papeles hay que acudir en persona.

—Bueno, pues parece que una de las dos tendrá que ir —intervino Ben—. Si no, nunca sabréis cómo acabó esa misteriosa historia.

—¿Y dónde está ese archivo? —quiso saber Eliza.

—En la ciudad de Redruth, a unas treinta millas de aquí. —El joven se adelantó a la respuesta de Lexi.

—¿Tan lejos? —replicó Eliza enseguida. Alzó las manos en señal de disculpa y dijo—: Lo siento, pero no puedo. No tengo tiempo para un viaje tan largo.

—No importa. —En realidad, Lexi no esperaba otra

cosa—. Iré yo. Aunque sin coche puede resultar un poco complicado.

Ya se había informado de cómo llegar hasta el archivo sin vehículo propio. En autobús, el trayecto duraba dos horas y media y requería varios transbordos. Quizá podría alquilar un coche, pero enseguida desechó la idea porque tendría que presentar su documentación y no quería dejar pistas a Rob. Se le ocurrió preguntarle a Edwin Wood si le prestaría su viejo Ford. Lo malo era que después de tantos años sin conducir, a lo mejor ni se acordaba de dónde estaba el freno. Así pues, a pesar de todo, lo mejor sería tomar el autobús.

—No te preocupes —anunció Ben, interrumpiendo sus cavilaciones—, yo puedo llevarte. Mi familia vive en la zona y tenía pensado visitarlos.

—Eres muy amable, de verdad. Pero no puedo aceptar.

—Pues claro que sí, tampoco está tan lejos. En fin, ahora el deber me reclama. —Se levantó, miró a Lexi y añadió—: Si quieres, lo hablamos con más calma en otro momento. Pero dalo por hecho.

—¡Uy! —exclamó Eliza en cuanto se hubo marchado—. ¿Me he perdido algo?

—No sé a qué te refieres.

—Pues, hija, ¡va a atravesar Cornualles por ti!

—Es un chico muy atento.

En el bonito rostro de su compañera se dibujó una sonrisita irónica.

—Claro, claro. Seguro que haría lo mismo por cualquiera...

—No he dicho que vaya a aceptar su ofrecimiento.

—Claro que lo vas a aceptar. Piensa que es por una buena causa, por el bien de nuestra exposición. —Se le acercó un poco—. ¿Seguro que no hay algo más?

—¿No eres un poquito curiosa?

—Solo me intereso por ti. Bueno, y la verdad es que me gustaría asegurarme de que... —se ruborizó levemente— no sientes nada por Orlando.

—¿Por Orlando? —Negó con la cabeza—. Me cae muy bien y es un tipo estupendo, pero no, no siento nada por él.

Decidió no entrar en detalles. Era mejor que no supiera nada de la escena en la que él se le había declarado y ella le había dado calabazas.

Eliza asintió, visiblemente aliviada.

—Bueno, ¿en qué trabajamos hoy? —De pronto se mostraba muy interesada. Al contrario que en los últimos días, en los que se había limitado a hacer lo imprescindible—. Solo puedo quedarme hasta las tres, luego tengo una cita.

—Vaya, vaya.... Déjame que lo adivine: ¿con un chico muy guapo y con rastas?

La chica volvió a sonrojarse.

—Es posible.

Lexi reprimió una sonrisa y se volvió hacia el ordenador. Eliza tenía razón, debían ponerse a trabajar, pues aún quedaba mucho por hacer. Había que avanzar con la segunda fase de la exposición, para la cual ya había realizado algunas lecturas preliminares: la época de los cazadores de plantas. Así eran conocidos los exploradores que durante la primera mitad del siglo XIX viajaron por todo el mundo recolectando especies nuevas y exóticas con el fin de llevarlas a Europa.

—Sería genial incluir un panel sobre Joseph Hooker —opinó Lexi.

Hooker fue uno de los recolectores de plantas más famosos de su tiempo. Viajó por medio mundo y ejerció durante muchos años como director del jardín botánico Kew Gardens, en Londres. Entre otras muchas otras especies, introdujo el rododendro en Inglaterra. De hecho, uno de sus ejemplares seguía creciendo en Flora's Green.

—Pero, claro, ya se sabe todo sobre él —añadió desilusionada.

—Así es —convino Eliza—. Si mal no recuerdo, aquí le dedicaron una exposición no hace mucho.

—Ya... me di cuenta enseguida. En fin, será mejor que nos centremos en Heligan, seguro que otros exploradores también trajeron plantas. Theo mostró mucho interés en sacar a la luz las historias menos conocidas.

—Claro que sí, solo tenemos que encontrarlos. —La joven encendió el ordenador—. Vamos a hacer unas cuantas búsquedas.

Durante un rato trabajaron en silencio. Lexi no tardó en dar con cierta información que le llamó la atención. Entre los exploradores que enriquecieron Heligan con nuevas plantas, bulbos y semillas se encontraba un tal Anthony Buller quien, a principios del siglo XIX, ejerció de juez en la región india de Bengala.

Qué interesante. Allí podría haber una buena historia.

Profundizó en su búsqueda, indagando en la vida de aquel juez tan versado en botánica.

—¡Vaya, esto sí que es bueno! —murmuró al leer un nombre conocido.

Eliza levantó la cabeza.

—¿Qué?

—¿Te dice algo el nombre de John Hearle Tremayne?

—Claro, era el hijo de Henry Hawkins Tremayne, el fundador de los jardines.

—Exacto. Pues resulta que Anthony Buller era cuñado de John Tremayne.

—¿De verdad? ¿Dónde lo has encontrado? —inquirió, mientras se levantaba y se acercaba a Lexi.

—Lo pone aquí, mira. —Se apartó un poco para que pudiera ver el monitor.

«John Hearle Tremayne expandió el diseño de los jardines trazado por su padre. Abordó el desmonte de la zona conocida hoy en día como "la Jungla", un jardín subtropical encajado en un valle situado al sureste de la casa señorial. En el camino de subida hacia la mansión mandó plantar una hilera de árboles ornamentales y una avenida de cornejos del Himalaya, de los que aún se conservan algunos ejemplares. Sus semillas se recolectaron en Nepal y fueron enviadas por su cuñado, sir Anthony Buller, quien se asentó como juez en la India en 1815».

Una rápida visita a una web de parentescos históricos les permitió descubrir que aquel juez se había casado con Isabella Lemon, hermana de la esposa de John Tremayne, con quien tuvo once hijos.

—¡Once hijos! —exclamó Eliza, espantada—. ¡Pobre mujer!

Lexi, por su parte, pensaba en otra cosa.

—Isabella y Anthony... —murmuró para sí—. He leído estos nombres en alguna parte.

Su compañera la miró con expectación.

Y entonces se acordó.

—¡Claro! —Sacó el móvil y buscó la foto que había tomado de la carta en la que Damaris mencionaba el duelo.

Amplió la imagen, revisó la fecha y bajó hasta el pie de la página.

—¡Mira la posdata! —apremió a su compañera, tendiéndole el teléfono.

«Aunque me alegra saber que Avery se encuentra a salvo, sé que algún día deberá responder de sus actos. Hasta entonces, espero que Anthony e Isabella lo tomen bajo su protección y lo vigilen».

A Lexi le latía el corazón como si acabara de correr una maratón. Aquella historia no la había descubierto nadie, seguro.

—Independientemente de cómo terminara el duelo, ahora sabemos dónde se refugió Avery. —Sonrió triunfal—. Viajó a la India con el matrimonio Buller.

Eliza cumplió lo que había anunciado, y poco antes de las tres apagó el ordenador.

—Supongo que te quedarás un rato —dijo, acercándose a Lexi.

—Sí, otro poco. A ver si encuentro algo más.

—No tardes mucho, hoy es día de pizza al aire libre.

—¿Qué es eso?

—No te enteras de nada, ¿eh? Cuando hace bueno encienden el horno exterior, junto al edificio Steward's House, y preparan un montón de pizzas. Cuando los turistas están servidos, puede ir el personal.

—Suena genial.

—Pues venga, nos vemos en un rato.

—Hasta ahora. ¡Pásalo bien!

Eliza le tiró un beso.

—¡Gracias! —respondió cantarina.

Lexi trabajó durante un rato, hasta que por fin decidió dejarlo y apagar el ordenador. Desde que había oído la palabra «pizza» le sonaban las tripas. Lógico, porque no había tomado nada desde el desayuno.

Sacó las llaves del bolso, cerró la oficina y salió al exterior.

El cielo era de un azul intenso y la brisa casi imperceptible transportaba un delicioso olor a queso fundido. Se le hizo la boca agua. Enseguida vio una pizarra que anunciaba el día de pizza al aire libre.

Tomó el camino que llevaba a Steward's House. Las flores silvestres moteaban las praderas, y por todas partes revoloteaban pajarillos en busca de comida o ramitas para sus nidos.

Al llegar comprobó que casi todas las mesas estaban ocupadas, tanto por visitantes como por empleados. Olía de maravilla. Se situó en la cola frente al horno y tuvo la suerte de llevarse una de las últimas pizzas, que poco después se terminaron.

En cuanto la tuvo en las manos oyó gritar su nombre.

—¡Eh, Lexi! ¡Ven con nosotros! —Eliza le hacía señales desde una mesa. Se acercó al grupo.

—¿Seguro que no molesto?

—Pues claro que no —respondió Orlando, sentado frente a Eliza. De su almuerzo conjunto solo quedaban las migas.

Lexi se acomodó en el banco junto a su compañera. Aunque se quemó con el primer mordisco, la pizza le supo a gloria. Mientras masticaba el segundo bocado (esta vez con más cuidado), vio aproximarse a Ben.

—Llegas tarde, chaval —le espetó Orlando con una sonrisa maliciosa—. Acaban de apagar el horno.

Ben lo miró con fingido desdén, se sentó a la mesa y depositó a su lado los guantes de trabajo.

—Pensé que podría escaparme antes, pero ha surgido un imprevisto.

—Toma. —Lexi le acercó su comida—. Coge de aquí.

—¿Lo dices en serio? Mira que te tomo la palabra.

—Adelante, es mucho para mí. —No era cierto, pero el sacrificio bien merecía la pena.

Ben no se hizo de rogar y comenzó a comer.

Entonces apareció un petirrojo encantador y se les acercó dando saltitos. Lexi le lanzó una miguita que devoró en un santiamén. Al instante se aproximó de nuevo.

—¡Menudo tragoncete! —Se rio la chica, lanzándole más migas.

Orlando sonrió.

—Lexi se preocupa por todo el mundo, grandes y pequeños.

—Pues sí —convino Ben, y añadió, mirándola—: Te lo agradezco de verdad. —Se limpió las manos con una servilleta. De la pizza no quedaba ni rastro—. Dime, ¿has descubierto algo más sobre ese misterioso Avery y su duelo?

—Sobre el duelo no. Pero parece ser que después Avery viajó a la India. Al menos eso se deduce de la posdata que Damaris incluyó en su carta. A partir de ahí se le pierde la pista.

—¿A la India? Vaya, qué interesante. —Ben lanzó la servilleta y encestó limpiamente en una papelera—. ¿Y bien? ¿Has pensado cuándo quieres ir al archivo Kresen Kernow?

—Pues lo antes posible.

—¿Qué tal el miércoles de la próxima semana? Tengo el día libre. Así puedes solicitar con tiempo los documentos que quieres revisar.

Lo miró a los ojos.

—¿Lo dices en serio? ¿De verdad me llevarías?

—Desde luego, ya te he dicho que mi familia vive cerca. Puedo dejarte en el archivo, ir a visitarlos y recogerte después. ¿Qué te parece el plan?

—Eres muy amable.

Él negó con la cabeza.

—Qué va. Es que me corroe la curiosidad, y tú tienes la culpa. Ahora necesito saber qué le pasó a toda esa gente que investigas.

—No sabes cuánto lo siento —respondió con una sonrisita.

—Más te vale... Bueno, entonces ¿el miércoles a las nueve?

El petirrojo levantó el vuelo, saciado de miguitas. Lexi lo siguió con la mirada hasta que se internó en los arbustos. Aquella mañana de primavera todo encajaba a las mil maravillas: el buen tiempo, la compañía, las verdes praderas... y la sensación de haber encontrado su lugar. De ser aceptada. Por un momento le pareció que el tiempo se detenía.

Miró a Ben, que seguía pendiente de su respuesta.

—Sí —contestó sonriente—. Eso sería estupendo.

Epílogo

Julian

Jardines de Heligan, agosto de 1797

Un halcón describía círculos en el cielo azul radiante. Siguiendo su vuelo, Julian lo observaba otear presas en el campo de trigo a medio segar. La rapaz permaneció inmóvil, suspendida en el aire durante unos segundos, y después se lanzó en picado.

El verano llegaba a su fin, era época de cosecha. Por el campo de trigo avanzaba una fila de hombres, todos con la camisa arremangada. En el aire flotaba un polvo fino y dorado que se levantaba cuando las guadañas segaban las hileras de espigas. Tras ellos marchaban las mujeres, que ataban las espigas en gruesos haces y los iban dejando atrás. Julian oía el silbido de las guadañas, los gritos de los segadores y las risas de las mujeres. Como todos los viernes por la tarde, recorría las tierras con Henry para hablar con los arrendatarios y asegurarse de que todo estaba en orden. Se encontraban en los campos de cereales, que constituían la última parada de su revisión semanal. Varios peones levantaron la cabeza y saludaron al señor de las tierras y a su administrador. Al instante retomaron sus tareas.

—¿Estás seguro de que no deseas que el señor Bone retrate a tu familia? —le preguntó Henry, quitándose de la ropa una pajita arrastrada por el viento. Como no llevaba peluca, se le veía el pelo canoso. A pesar de que sobrepasaba ya la cincuentena, se mantenía muy activo—. Que el dinero no sea un impedimento. Ya sabes que es un pintor muy reputado.

El señor Bone había realizado un retrato de Henry dos años atrás. Lo representó con semblante solemne, como correspondía a un terrateniente, y con austeros ropajes oscuros. En aquellos días había regresado a la mansión para pintar a Harriet.

—Te lo agradezco mucho, Henry. Estoy seguro. —le respondió, sonriente—. Además, no creo que Damaris pueda aguantar quieta tanto tiempo.

—Tienes razón, pero al menos quería intentarlo. En fin, Harriet me espera. Hasta pronto, nos vemos el domingo.

—Hasta la vista.

Henry emprendió el camino hacia la mansión a paso ligero. Una focha común apareció chillando y se perdió aleteando entre los campos.

—Rascal, ¡ven aquí! —exclamó Julian.

Se oyó un crujir de ramitas y de entre la maleza surgió un perro marrón y blanco de tamaño mediano. Era un cruce difícil de determinar, pero probablemente fuera una mezcla de spaniel y de foxhound. El animal se le acercó meneando el rabo y le olisqueó las manos. Julian le acarició las sedosas orejotas. Tras la muerte de los grandes daneses, Rascal era su compañero de paseos.

La suave brisa olía a paja, a tierra caliente y a final de verano. Julian contempló los vastos campos que se extendían ante él. Aquel lugar era su hogar desde hacía más de una década. Conocía cada árbol, cada seto y cada sendero.

Los sembrados que descendían suavemente hacia el mar, el camino que llevaba al Bosque Viejo, los pastos para el ganado, los campos de cereales, las lindes moteadas de amapolas rojas y de aciano azul. El huerto de frutales, donde evitó la caída de Damaris antes de besarla. El estanque en el que casi se ahogó Allie. Y el bosquecillo donde, seguramente, habían concebido a Lowenna.

Heligan era la llamada de los faisanes entre la maleza, el graznido de las urracas y las cornejas en las copas de los árboles, el trino de mirlos, pardillos y petirrojos. Heligan era el arroyuelo que se abría paso susurrando a través del bosque y la agradable sombra de los árboles. Era las zarzamoras cargadas de jugosas bayas y los fructíferos manzanos. El olor de la piedra recalentada por el sol, de las flores, la hierba y la paja recién cortada.

El halcón retomó su vuelo en círculos.

—Venga, Rascal, vamos a casa.

El perro trotó por delante hasta que divisó a alguien. Se acercó meneando amistosamente el rabo: era el hijo de Julian, que ya tenía diez años. El niño había construido un puentecito junto al camino con piedras y ramas, y hacía pasar por encima un carro de juguete.

—¡Papá!

—¿Qué haces aquí, Avery? ¿No tenías que ayudar a tu madre?

—Ya hemos terminado. Mamá me ha dado permiso para ir a jugar. Te estoy esperando. —Señaló el juguete—. ¿A que no sabes por qué el carro está vacío?

—Pues no. A ver, ¿por qué está vacío?

El niño se lo quedó mirando, para crear expectación.

—Porque unos salteadores de caminos le han robado al mercader toda la carga y todo el dinero. Se ha quedado sin nada. Papá, ¿no podrías darle algo al pobre hombre?

—Eres un chico muy avispado —contestó, mientras introducía la mano en el bolsillo. Sintió una oleada de cariño por su hijo, tan guapo, travieso y testarudo. Con sus ojos oscuros y sus rizos indomables parecía un pequeño pirata. Era muy distinto del rubio Tristan, que acababa de alcanzar la mayoría de edad.

—Bueno, ¿y qué hará tu mercader con el dinero?

Tras un instante de reflexión, Avery respondió:

—Pues... creo que apostará. Y ganará dos veces más. No, cuatro veces más.

Su padre soltó una carcajada.

—De modo que es un jugador... —Abrió una bolsita y sacó una de las grandes monedas que habían entrado en circulación aquel año.

A pesar de su tamaño y de su peso, su valor era tan solo de un penique. Resultaban realmente incómodas, de hecho, las llamaban «ruedas de carro». Julian no creía que fueran a durar mucho tiempo en curso.

—Toma. —Se la tendió—. Con esto se puede hacer una buena apuesta.

—¡Gracias, papá!

—Y ahora corre a casa. Tienes que arreglarte para la fiesta de la cosecha.

La cara del niño se iluminó al oír mencionar la fiesta. Se celebraba en el enorme granero, y asistirían todos los arrendatarios y peones.

—¿Habrá violinista?

—Pues claro, sin música no hay diversión.

—Bien. Porque Maisie Truscott me ha pedido que baile con ella.

—¿Maisie Truscott? ¿La hija del guardabosques?

Avery hizo un gesto afirmativo, muy serio.

—Dice que tú antes vivías en su casa, y que su madre era la doncella de mamá.

—Y así era, hijo.

Al poco de convertirse en guardabosques, Marty Truscott pidió la mano de Ruby y se casó con ella.

El niño continuó:

—Pero es que ya se lo había prometido a Bessie Bryant. Es la hermana de Tom Bryant, el mozo de cuadra.

—Bueno, pues tendrás que bailar con las dos. —Julian le revolvió los oscuros rizos. Aunque solo tenía diez años, ya era un rompecorazones.

—Eso haré. ¿Me puedo llevar a Rascal?

Su padre asintió y le hizo una seña al animal.

—Rascal, ven aquí.

Avery echó a correr, con el carro en una mano y la moneda en la otra. El perro y el niño espantaron una bandada de pájaros que alzó el vuelo a su paso.

Julian se quedó mirando cómo avanzaban por el camino que conducía al edificio de granito gris donde vivían desde hacía una década. Damaris había plantado un pequeño jardín delante de la casa. Las caléndulas y las margaritas se extendían como una alfombra blanca y amarilla, y a su lado crecían claveles y girasoles. Un gran rosal cargado de flores de color rojo oscuro trepaba por un lateral de la fachada.

Desde la distancia distinguió la frondosa melena castaña cobriza de Damaris. Con un cesto en el brazo, retiraba las flores marchitas del jardín. Al acercarse distinguió también a Lowenna, de seis años, que tejía una corona de flores sentada en la hierba. A su lado, Florrie, su hermanita, se entretenía jugando con la tierra. La niñita rompió a reír cuando Lowenna le ciñó la corona en la cabeza. Al poco irrumpió Avery a todo correr, con Rascal detrás. Julian oyó a sus hijas lanzar grititos de alegría cuando el perro se abalanzó cariñosamente sobre ellas. Sonrió satisfecho.

Una hoja se desprendió de un árbol y flotó lentamente hasta el suelo. Julian alzó la mirada. El halcón había desaparecido.

Posfacio

Aquellos que tengan curiosidad por saber qué es real y qué es producto de mi fantasía, quizá encuentren aquí algunas respuestas. Es importante señalar que esto es una novela y que, aunque he utilizado muchos acontecimientos y hechos reales, la editorial y yo hemos acordado no incluir ninguna referencia a la pandemia del coronavirus.

Los Jardines Perdidos de Heligan (The Lost Gardens of Heligan) se cuentan entre los jardines más apreciados de Gran Bretaña. El nombre Heligan deriva de la palabra córnica *helygen*, que significa «sauce».

El señor de Heligan, Henry Hawkins Tremayne, fue de verdad tan amable como lo he descrito, y era famoso por su carácter afable y algo ingenuo, así como por su indulgencia con los pequeños delincuentes. Uno de sus contemporáneos se refería así a su comportamiento: «Los acusados de pequeños hurtos podían estar seguros de que se librarían si tenían la inteligencia suficiente para señalar su pobreza; tras una reprimenda por el pecado cometido, eran perdonados y recibían media corona como aliciente para no volver a cometerlo».

El *grand tour* que Henry realizó por algunos jardines del sur de Inglaterra tuvo lugar más o menos como aquí se expone, y su protagonista llevó realmente un diario (que por desgracia no puede consultarse). No hay constancia de que contara con una acompañante femenina. Quien sí existió de verdad fue el eremita de Pains Hill (hoy llamado Panshill) del que habla Allie. También parece ser cierta la historia de fantasmas que le cuentan a Damaris en Park Place. Del mismo modo, son reales muchos de los documentos históricos que se mencionan. Por ejemplo, Henry Tremayne adquirió polvos para el cabello, un bastón de paseo, chocolate y servicios de peluquería. Las facturas de la silla de ruedas y de los cachorros de gran danés son producto de mi imaginación.

No fue posible encontrar mucha información sobre el paisajista Thomas Gray, quien planificó los jardines. Solo se sabe que posteriormente vivió muchos años en Rusia y creó un jardín para el zar Alejandro I. (Espero que me perdone por atribuirle cierta torpeza y una desafortunada inclinación por la ropa colorida).

La resuelta hermana de Damaris, Allie, padece el «mal inglés», como se denominaba antiguamente el raquitismo. Se trata de una enfermedad de los huesos causada por un déficit de vitamina D que a menudo aquejaba a la clase alta inglesa. La exposición a los rayos del sol y moverse al aire libre lograban cierta mejoría.

En el siglo XVIII y hasta bien entrado el XIX, muchos niños pequeños trabajaban al servicio de los deshollinadores. Debían meterse por los conductos, y en ocasiones morían en circunstancias terribles.

La idea de que una urraca sola trae mala suerte es una superstición ampliamente extendida en las islas británicas (seguramente porque estos pájaros suelen emparejarse de por vida, y uno solitario puede implicar que ha perdido a su compañero). Para evitar el infortunio, se las saluda con fórmulas como: «Good morning, Mr Magpie, how is your wife today?». ('Buenos días, señor urraco. ¿cómo están hoy su esposa y sus hijos?').

Este es el original de la canción infantil que recitan Tristan y Julian (hay distintas versiones, he escogido una de ellas): «One for sorrow, two for joy, three for a wedding, four for a birth, five for silver, six for gold, seven for a story yet to be told».

Es cierto que en Heligan se cultivaron piñas durante el siglo XVIII. El criadero, una especie de invernadero hundido en el suelo y calentado mediante estiércol de caballo, fue reconstruido imitando al máximo la estructura original. En 1997 los jardines presentaron la fruta más cara del mundo. Incluyendo la mano de obra, los costes de transporte del abono, el mantenimiento de la estructura y otros detalles, se calculó que cada ejemplar costaría más de mil libras. La reina Isabel II recibió la segunda piña cosechada en Heligan como regalo por el cincuenta aniversario de su boda. La primera se la comieron los jardineros y trabajadores para comprobar que no sabía a abono... y no fue así (es más, según los empleados estaba deliciosa).

Desde hace varios años, en Cornualles se utilizan determinados magnolios de seis grandes jardines, entre ellos Heligan, como «termómetro de la primavera». Cada año el llamado *bloomometer* se puede seguir en tiempo real por internet, en la siguiente dirección: https://www.narehotel.co.uk/location/cornwall/bloomometer

La historia de la nutria en el Jardín Italiano y la broma de los *shigs* son ciertas (ambas se encuentran en internet), así como el hecho de que, durante los trabajos de restauración de Heligan, se encontró un penique «rueda de carro». Sin embargo, en el Valle Perdido no quedan restos de ninguna cabaña, ni existe un haya centenaria con un nombre tallado en su tronco.

A lo largo de mi investigación me han sido de gran ayuda los siguientes libros:

Tim Smit, *The Lost Gardens of Heligan: The discovery of a garden paradise in Cornwall,* Londres, Orion, 2010.

Philip McMillan Browse, *Heligan Survivors: An Introduction to Some of the Historic Plantstock Discovered in the Lost Gardens of Heligan,* Cornwall, Alison Hodge Publishers, 2007.

Candy Smit, *Heligan Centenary Guide: Including Four Tours of the Gardens and Estate as They Were and a Brief History of Their Creation,* Cornwall, Heligan Gardens Ltd., 2014.

Colin Howlett, *Heligan Wild: A Year of Nature in the Lost Garden,* Londres, Orion, 1999.

Tom Petherick, *Heligan: A Portrait of the Lost gardens,* Londres, Weidenfeld & Nicholson, 2004.

Quiero expresar mi agradecimiento a las editoras Julia Abrahams, Gerke Haffner y a la doctora Ulrike Brandt-Schwarze por todo el apoyo que me han prestado, así como a los empleados y empleadas de la editorial Lübbe, que han hecho posible este libro.

También quiero darles las gracias a Tuschy y a Ingrid Corbi y, por supuesto y mil veces, a Stefan. Eres el mejor.

Inez Corbi
Febrero de 2021